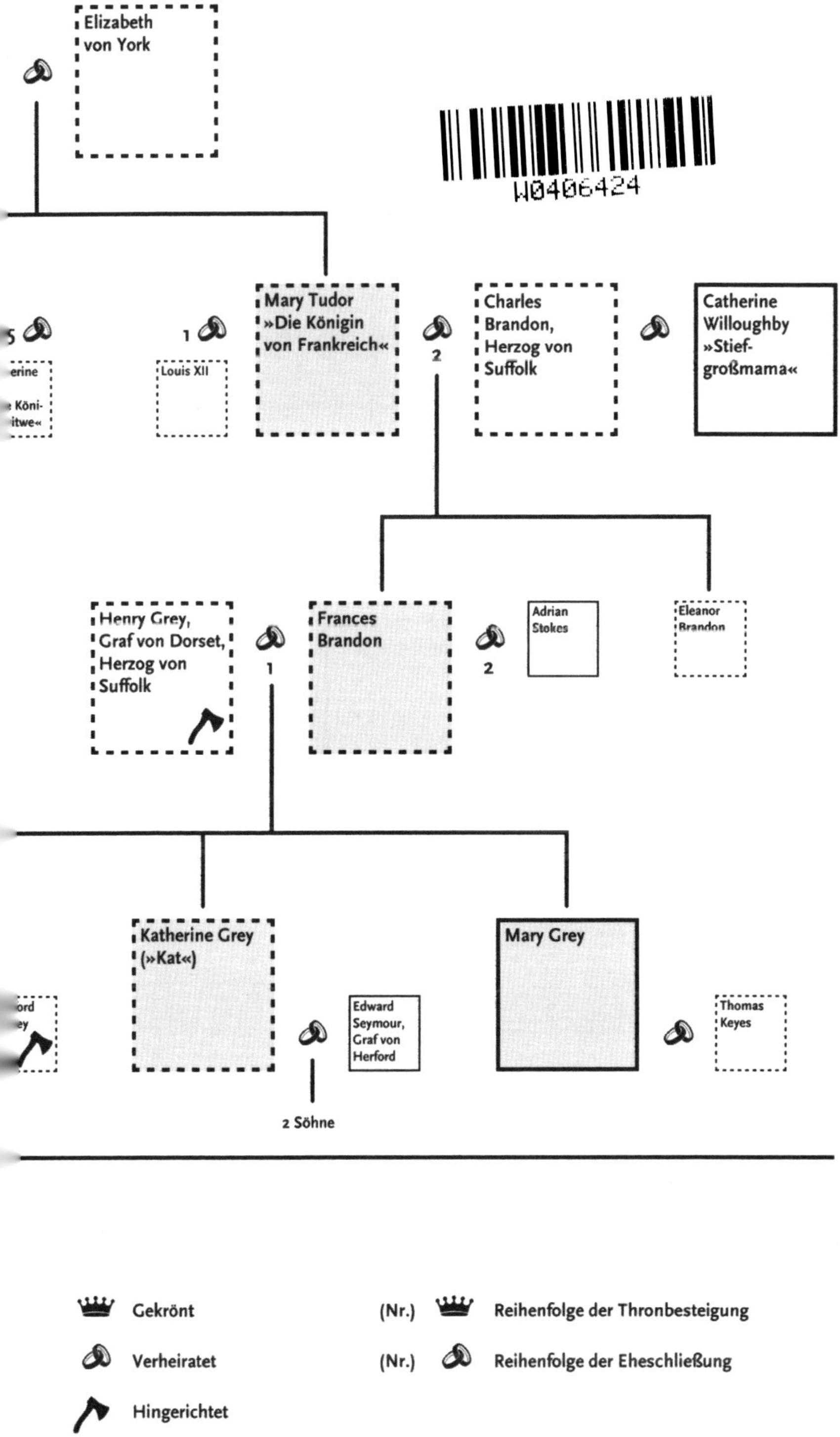

Elizabeth von York
Mary Tudor »Die Königin von Frankreich«
Louis XII
1
2
Charles Brandon, Herzog von Suffolk
Catherine Willoughby »Stief-großmama«
Henry Grey, Graf von Dorset, Herzog von Suffolk
1
Frances Brandon
2
Adrian Stokes
Eleanor Brandon
Katherine Grey (»Kat«)
Edward Seymour, Graf von Herford
2 Söhne
Mary Grey
Thomas Keyes
Gekrönt
(Nr.) Reihenfolge der Thronbesteigung
Verheiratet
(Nr.) Reihenfolge der Eheschließung
Hingerichtet

WIE IHR WOLLT

Inger-Maria Mahlke

WIE IHR WOLLT

ROMAN

BERLIN VERLAG

MIX
Papier aus verantwortungsvollen Quellen
FSC® C083411

Umschlaggestaltung: ZERO Werbeagentur, München
Typografie: Birgit Thiel, Berlin
Gesetzt aus der Scala von Fagott, Ffm
Druck & Bindung: CPI books GmbH, Leck
Printed in Germany
ISBN 978-3-8270-1213-5

www.berlinverlag.de

FÜR CANDELARIA

3. September 1571, Bishopsgate

Hab den Schuhkrieg gewonnen. Elf zu null für mich. Ellen war kampfeslustig, die letzten Tage hat sie nicht einmal versucht, mir welche anzuziehen. Die Cremefarbenen – hätte ich auch genommen, leicht zu knöpfen, der Schaft oben schön weit. Anschleichen wollte sie sich, ist in die Hocke gegangen, auf alle viere, und unter den Tisch gekrochen, in jeder Hand ein Schuh. Ich hab gelesen, in den Papieren aus Chequers, die Ellen gestern beim Aufräumen gefunden hat. Hab still gehalten, gewartet, bis ihre Finger dicht an meinem Knöchel waren, ehe ich ihn hochzog, auf den Stuhl. Sie hat meine Wade gepackt, versucht, den Fuß wieder unter den Tisch zu zerren, ich hab nach ihr getreten. Ellen wollte ausweichen, ist mit dem Kopf gegen die Tischplatte gestoßen. So fest, dass der Krug umgekippt ist, selbst schuld, sie hat ihn nach dem Frühstück nicht abgeräumt. Hellgelb, mit gräulichen Schauminseln besetzt, ist das Ale über die Tischplatte geschossen, in einer länger werdenden Zunge auf meine Unterlagen zu. Und über sie hinweg, dunkle Tinteschlieren mit sich fortreißend, die Kante hinab, auf mein Brusttuch. In den Stoff, bis zum Korsett und weiter runter. Ich bin sitzen geblieben, hab die Unterlagen hochgehalten, damit sie abtropften.
Ellen ist gerannt, einen Lappen holen. Hat mich auf den Tisch gestellt, musste mich bis aufs Hemd ausziehen und neu ankleiden. Ihr Kopf tut weh, sagt sie, bringt das Kleid zum Einweichen runter. Schätze, morgen wird sie nicht angreifen. Die Schuhe liegen noch immer unterm Tisch. Ich brauche keine.
Die Unterlagen hat Ellen zum Trocknen auf den Binsen vor dem Kamin ausgebreitet, ordentlich Bogen neben Bogen, hat sich erst

geweigert, ich musste darauf bestehen. Nur Unsinn, sagt sie, steht doch nur Unsinn drauf. Als wenn sie lesen könnte. Wollte erst kein Feuer machen, hat nur eine Handvoll Holz genommen, Mrs Gresham wird das missfallen, gesagt.

Bin auf der Fensterbank, Ellen ist unten in der Küche, werde die Unterlagen im Auge behalten, habe Angst, dass sie sie ins Feuer tut. Vereinzelt laufen Tropfen die Scheibe herab. Sechs Wochen sind es mittlerweile, seit Mitte Juli fast ununterbrochen Regen. War erleichtert, als es anfing, alles unterschiedslos hellgrau wurde. Dachte, es geht schnell vorüber. Dachte, es gibt nichts Schlimmeres als sonnige Morgen im Sommer. An denen es kühl ist, aber man fühlt, dass sich der Tag ausdehnt, in Bewegung gerät, losstürmen will, ehe die Mittagshitze sich schlaff und träge ausbreitet. Die Vögel schlagen, kräftig und alle durcheinander, im Pfarrgarten von St Helen steht eine Reihe Buchsbäume, sagt Ellen, dort säßen sie so dicht in den Ästen, als wären es gefiederte Blätter. Die Sonne scheint noch nicht in den Innenhof, nur die Südseite der Schornsteine leuchtet. Ein erster heller Streifen schiebt sich auf den Dachfirst gegenüber, kriecht allmählich die grauen Schindeln hinab, wird breiter, lässt die weißlichen Flechten strahlen. Die Schornsteine des Seitenflügels beginnen Schatten zu werfen, eckige Silhouetten mit runden Abzügen gekrönt, die aussehen wie die Umrisse einer weit entfernten, friedlichen Siedlung. Und man kann nichts tun außer warten, dass es vorbeigeht.
Wenigstens fallen heute nur einzelne Tropfen. Die Torflügel stehen nicht weit genug offen, um erkennen zu können, was auf der Straße geschieht.
Kann verstehen, dass Keyes sich beklagt hat, als sie ihm im Gefängnis die Zwille weggenommen haben. Er die Spatzen und Tauben nicht mehr durchs Zellenfenster von den Mauervorsprüngen

schießen konnte, um die Zeit zu vertreiben. Hätte auch gerne eine Zwille. Könnte den Mädchen, die mit dampfenden Eimern aus der Küche über den Hof in den Seitenflügel laufen – hört her, liebe Leut, drei Monate sind rum, die gnädige Frau nimmt ein Bad –, die Hauben von den Haaren schießen. Werde immer kindischer. Schrumpfe, nicht äußerlich, nein, da ist es nicht schlimmer als sonst, mein Inneres, was immer das ist, schrumpft. Wird immer kleiner, bis es in ihre Erwartung passt.

Ellen ist aus der Küche zurück, die Neuigkeiten des Tages lauten: Ein Wunderheiler in Cheapside lässt Pockennarben verschwinden, indem er sie berührt.
Und immer noch: Thomas Howard, Herzog von Norfolk, die Papisten und unsere schottische Cousine. Der Kronrat verhört seine Bediensteten, heißt es, er selber steht weiter unter Hausarrest. Über ihn reden sie wenigstens noch. Wissen, dass er da ist.

Die Unterlagen sind trocken, die Worte lesbar, nur ein wenig verwischt. Jeder Strich hat einen grauen Schweif, als hätte er versucht, vom Papier zu fliehen, und dabei Schleifspuren hinterlassen. Werde die Bögen ins Journal legen.
Zwei Mal habe ich begonnen, in Chequers. Dachte, es könnte helfen, aufzuschreiben. Dachte, die Sätze würden aufhören, einander zu jagen, während Ellen am Fußende des Bettes so tief und gleichmäßig atmete, als gäbe es keine Sätze. Die sich auf die vorherigen stürzen, sich ineinander verknäueln, bis ich sie sortiert habe, dann hielten sie still, ordentlich aufgereiht. Nach jedem zerwarteten Tag, wenn Ellen sich nicht mehr regte, wurden sie wieder wild. Jagten einander erneut, und ich musste jeden so lange denken, bis er recht war.
Wollte sie einhegen auf dem Papier, mit dunkler Tinte zu abge-

grenzten Buchstaben. Worten. Sätzen, die stumm von links nach rechts daliegen, reglos und gut verwahrt. Wusste nicht, wie ich anfangen sollte. Weiß es immer noch nicht. Werde die Bögen ins Journal legen.

Chequers, Dez. 1565

Es war einmal ein König, der erste aus der Familie Tudor, seine Verwandten hatten einander totgeschlagen, er war als Einziger übrig. Der König hatte vier Kinder, die ältere Tochter verheiratete er nach Schottland, die jüngere nach Frankreich, sein älterer Sohn starb, der Jüngere folgte ihm auf den Thron. Blablabla bla bla
Es war einmal

Es waren einmal unzählige mögliche Anfänge. Die klingen, wie irgendwas, das die Ammen erzählen, damit man einschläft. Das keinen Schluss braucht, weil es mit langsamer werdenden Atemzügen endet. Mit einem letzten Heben und Senken des Brustkorbs, seufzerbegleitet. Ein Bein zuckt noch, auch die Finger auf dem Deckchen, dann ist alles still, und die Amme geht zur Bank am Feuer und schließt die Augen.

Es war einmal eine Königstochter, die heiratete den König von Frankreich. Der war alt und gebrechlich und starb nach wenigen Wochen. Die Königstochter kam in eine dunkle Kammer, um zu trauern, und ein Sohn aus vorheriger Ehe auf den Thron. Während die englischen und französischen Gesandten noch über ihre Mitgift stritten, vermählte sich die Königstochter mit dem Herzog von Suffolk. Den hatte ihr Bruder geschickt, um sie abzuholen. Auf Knien, in Worten, Tränen, Briefen bat und schmeichelte und bettelte sie, und ihr Bruder ließ sie am Leben. Unter der Bedingung, dass sie ihr die französische

Mitgift zurückerstattete. Das taten der Herzog und die Herzogin von Suffolk dann jahrelang, und nach ihrem Tod zahlte der Herzog und nach dessen Tod seine neue Frau.

Es war einmal eine Königstochter, die lebte am Hof ihres Bruders. Sie war mit dem Herzog von Suffolk verheiratet und wurde Königin von Frankreich genannt. Ihre Aussichten waren gut, die Frau des Bruders gebar lediglich eine Tochter und dann fünfmal nichts, was länger als ein Jahr lebte. Die Königin von Frankreich hingegen bekam einen Sohn, zwei Töchter und dann wieder einen Sohn. Ihr Ältester starb, das war nicht schlimm, sie hatte ja noch einen Nächster-männlicher (und dahinter ein Ausrufungszeichen)-Nachkomme-des-Königs. Doch dann verliebte sich der Bruder in Anne. Die Königin von Frankreich hielt der Schwägerin die Treue, was sollte sie sonst tun, der guten Aussichten halber.

Es war einmal eine Mary Grey, die saß nachts wach und vergaß, die Feder schräg zu halten. Die Tinte lief raus und bildete einen hässlichen Fleck auf dem Papier, der an den Rändern bereits matt trocknet. Statt den Sandstreuer zu nehmen, schreibt Mary Grey weiter, schmiert Schwarzes auf ihre besten Ärmel und wird morgen die hochgezogenen Augenbrauen ihrer Bediensteten ertragen müssen.

Es war einmal ein Mädchen, das hieß Frances Brandon und kam immer zu kurz. Sie war die Tochter des Herzogs von Suffolk, ihre Mutter wurde Königin von Frankreich genannt. Als sich Frances Brandons zwölfter Geburtstag näherte und alle abwägten, welchen französischen Prinzen sie heiraten sollte, weigerte sich ihre Mutter, der Geliebten ihres königlichen Onkels den Vortritt zu lassen, sie als erste Dame des Reiches anzuerkennen. Der König war ungnädig, und die herzogliche Familie zog sich aufs Land zurück. Ausschließlich heimi-

sche Kandidaten kamen jetzt in Frage, und Frances Brandons Vater bot ihre Hand dem Herzog von Norfolk für dessen Sohn an. Nein danke, antwortete dieser, und so blieb ihr nichts anderes übrig, als Henry Grey zu heiraten. Mündel ihres Vaters und Erbe des Grafen von Dorset. Frances gebar reichlich, ihre Söhne starben, die Töchter überlebten, drei waren es, Jane, Katherine und Mary genannt. Immer die anderen, sagte die Gräfin von Dorset, immer die anderen.

Es war einmal ein König, der zweite aus der Familie Tudor. Er verliebte sich in ein Mädchen namens Anne, aber die katholische Kirche verweigerte ihm die Scheidung von seiner Königin, die ihm nur eine Mary geboren hatte und sonst nichts, was länger lebte. Also gründete er eine eigene Kirche, löste die Klöster auf, zog deren Vermögen ein, wurde reich und heiratete sein Mädchen.

Es war einmal ein Mädchen namens Anne, das hatte dem König einen Sohn versprochen. Sie gebar eine Elizabeth und sonst nur Totes und starb auf dem Schafott. Die nächste Ehefrau war artig, gebar einen Sohn und starb im Kindbett. Die nächste gebar nichts, ließ sich aber artig scheiden. Die nächste gebar auch nichts, verliebte sich in den Kammerdiener und starb auf dem Schafott. Die nächste gebar wieder nichts, und dann starb endlich der König.

Es waren einmal sechs Cousinen: eine Schottin, zwei Bastarde und die drei Schwestern Grey. Es waren einmal so viele mögliche Perspektiven, dass Mary Grey nicht weiß, für welche sie sich entscheiden soll.
Es waren einmal drei Schwestern, die hießen Jane, Katherine und Mary, sie waren die Urenkelinnen des ersten Tudorkö
Das ergibt keinen Sinn.
Es war einmal ein Leser, der konnte nichts verstehen, denn Marys Gedanken waren ver

Es war einmal ein Mädchen namens Mary Grey. Das heiratete, ohne ihre königliche Cousine Elizabeth um Erlaubnis zu fragen, den alten Keyes. Bald wurde in jeder Ecke darüber getuschelt, und die Eheleute wurden verhaftet, und Mary Grey kam in den Hausarrest nach Chequers und Keyes ins Fleet Gefängnis. Und da rotten sie noch heute.

Ich weiche schon wieder aus. Man beginnt wohl mit der Geburt. Das ist Unsinn. Dennoch:
Am 9. Januar 1545 wurde Mary Grey in Bradgate nahe dem Dorf Goby geboren.

Notizen zur Nacht, in der die Gräfin von Dorset niederkam:
Die Leute behaupten, in ihr die üblichen Unheilsanzeichen entdeckt zu haben: aus der Luft stürzende Vögel, springende Spiegel, aufwärts fallender Schnee, Kobolde tanzend auf Waldlichtungen, und in Osterley sei ein zweiköpfiges Kalb geboren worden. Die Verfasserin ist überzeugt, dass es sich um eine gewöhnliche Winternacht gehandelt hat, mit stillen Schneeflächen, rabenbesetzten Ästen und erfrorenen Vagabunden. Der Himmel über Bradgate sei dunkel gewesen, sagen die Leute, die Sterne hätten Stecknadelköpfen geähnelt, zu tief in Stofffasern geschoben. Nichts Großes könne aus einer solchen Nacht kommen, sagen sie, doch der Säugling, von dem sich die Gräfin enttäuscht abwandte, war von normaler Statur und unterschied sich durch nichts von den anderen, die sie in Blut unter Schreien auf die Welt gepresst hatte.
Schreiben Sie nicht, verfügte die Gräfin. Ihr Gatte weilte in Calais und ließ Franzosenschädel einschlagen.
Nicht wenige warteten vergeblich auf die Nachricht, denn die Gräfin bekam keine Kinder, sie gebar Wahrscheinlichkeiten. Auch wenn noch unklar war, wie sich diese genau verteilten. Noch belastete der Onkel, um die Pest in der Hauptstadt zu meiden, jeden Sommer die Ein-

kommen derjenigen, die in seiner Gunst standen, indem er von herausgeputztem Landsitz zu noch herausgeputzterem Landsitz zog, mit faulendem Bein und neuer Frau.
Bringt es weg, sagte die Gräfin, nachdem die Ärzte den Säugling hochgehalten hatten, so dass sie sich versichern konnte, dass ebenjenes Körperteil fehlte, das die Wahrscheinlichkeit vergrößert hätte. Sie griff bereits nach dem kandierten Ingwer, als die Amme ihre Schenkel abwischte. Der Säugling wurde zu seinen beiden noch lebenden Schwestern gebracht, die Taufe bereitete Schwierigkeiten. Gemeinhin benannte die Gräfin ihre Töchter nach der jeweiligen Frau des gewichtigen Onkels. Nur hieß die neue Frau genauso wie jene, die es zur Geburt der mittleren Tochter gewesen war, und zwei Katherines in einer Generation schickten sich nicht.
Als es so weit war, notierte niemand das Datum ins Stundenbuch, niemand schrieb Mary unter Jane und Katherine. Denn so wurde der Säugling getauft, nach der lieben Cousine mit den bescheidenen Aussichten.

Der Onkel starb zwei Jahre später, Schnee lag in den Feldern. Die liebe Cousine ließ die Messe lesen und maß auch nur viereinhalb Fuß.
Der Onkel bestimmte die Wahrscheinlichkeiten: Der König ist tot, lang lebe: erst der fahle Cousin Edward, dann die liebe Cousine Mary, danach, und nur, wenn es denn sein müsse, die nicht ganz so liebe Cousine Elizabeth, und dann folgten schon Jane, die sich auf Reisen befand, und Katherine, die früh eine Vorliebe für Aprikosen hatte und Angst vorm Teufel unterm Bett, und dann die anderthalb Fuß, die hinterm Rücken der Gräfin Das Wesen genannt wurden und von dem die Ammen berichteten, es würde sich neben Truhen stellen, neben Kerzenständer und die Stiefel seines Vaters, um zu prüfen, ob es größer sei.

4. September 1571, Bishopsgate

Greshams Alte will wieder aufs Land. Zetert. Nicht mit mir, nicht am Treppenaufgang. Greshams Antworten nur unregelmäßige, knappe Pausen, willkürlich gesetzt und zu leise, als dass ich sie hören könnte. Krank sei sie, malade, wiederholt die Alte ständig, hält das Wort für elegant. Eine Falle sei die Stadt, fliehen müssten sie, vor dem stinkenden Fluss, den Dämpfen. Morgens lägen die vielleicht friedlich weiß über dem Wasser, doch nachts kröchen sie in die Häuser, in den Körper hinein, zerstörten die Balance, das ausgewogene Verhältnis der Körperflüssigkeiten. Sie sei melancholisch, ohne einen Löffel Suppe gegessen zu haben, und er, Gresham, müsse voller gelber Galle sein, sonst würde er nicht so rücksichtslos, so hartherzig mit ihr umspringen. Was nütze es, Häuser auf dem Land zu besitzen, wenn einem verboten werde, sie aufzusuchen, und sei es, um sein blankes Leben zu retten. Lady Mary, Lady Mary, Lady Mary, äfft sie ihn nach. Wenn er nicht ginge, sie würde gehen. Solle die Krone ihr doch Reiter hinterherschicken und sie verhaften. Vielleicht habe sie ja Glück und werde auch unter Hausarrest gestellt bei irgendjemandem, der mit der ganzen Angelegenheit nichts zu tun habe. Auf dessen Kosten sie sich breitmachen könne. Die Krone verlangt, die Krone verlangt, ruft sie in der großen Halle, bereits auf dem Rückzug, auf dem Weg in ihr Sitzzimmer.

Hauptereignis des Tages: Drei Raben haben einen kleinen Turmfalken in den Innenhof getrieben. Tanzen um ihn herum durch die Luft, die Federn gespreizt, an den Flügelenden geformt wie Schneiden.

Langeweile ist ein sanftes Tuch. Nur dass nach kurzer Zeit irgendwas straff wird, sehr straff, zwischen Becken und Kehle, wie Bänder, aufgespannte Bänder, vom Unterleib durch den Oberkörper hoch zum Hals.

Sogar die Küchenneuigkeiten sind ermüdend:
Greshams Alte hat mehr Personal eingestellt, wieder eine Köchin, ist zu geizig für einen Koch.
Es regnet, es regnet, die Ernte wird nass. Das sei nicht lustig, das bedeute Hunger, Ellen ist heute sehr humorlos.

5. September 1571, Bishopsgate

Keyes ist tot.

Das bedeutet nichts. Er hat schon lange kein Gesicht mehr. Keine Stimme. An seine Ärmel erinnere ich mich, sie waren pflaumenfarben. Meine Wange lag an ihnen, die Perlen auf den Manschetten kalt an meinem Kinn. Wir gingen nebeneinander, fünf Schritte, bis zur Tür, sein Arm hing herab, sein Handrücken auf Höhe meines Halses.

Gresham kam selbst, begleitet von Smith mit seiner großen Tasche. Ich saß auf der Fensterbank, Ellen war auf den Knien, hat versucht, meinen Fuß in die gelben Schuhe zu schieben, hielt die Korksohle in der Linken, meinen Knöchel in der Rechten und wich den stoßenden Zehen aus. Zwölf zu null, übrigens.
Schmalgekniffen haben Greshams Augen das Halbdunkel abgetastet, wenn ich mich nicht rühre, kann er mich nicht finden. Smith hat die Schließe geöffnet, die Tasche aufgeklappt, weit auf, wie ein Ledermund, und hineingesehen und gewartet.
Hier, Master Gresham, Ellen ist eine Spielverderberin. Sie schiebt

den Schuh über meine Zehen, richtet sich auf und verbeugt sich gleich wieder. Greshams Augen bleiben dort hängen, wo er den Ursprung der Bewegung vermutet.
Er verneigt sich in Richtung des Lehnstuhls, es tue ihm leid, er habe schlechte Nachricht. Dann ist er wieder stumm und überlegt, Achtung, aufgepasst, in seinem Gesicht. Es gibt einen Zeugen, Smith blickt in die Tasche. Wen kann er schon meinen, habe ich gedacht, waren doch alle schon schlechte Nachrichten. Und bei Stiefgroßmama hätten sie keinen Arzt mitschicken müssen. Nun mach schon, hab ich gedacht. Gresham schweigt, Herr Diplomat ist im Ruhestand, und wägt doch wieder jedes Wort in seinem Heim, als wär er auf Mission.
Der Sergeant Porter ist gestorben, sagt er schließlich, kneift die Augen enger zusammen, um die Reaktion des Lehnstuhls abzuschätzen. Smith blickt auf in mein Gesicht, auch er schätzt ab, prüft, was er aus der Tasche holen soll.
Weil der Lehnstuhl sich nicht rührt, glaubt Gresham, ich hätte ihn nicht verstanden.
Der ehemalige Sergeant Porter, sagt er. Und da noch immer kein Laut kommt: Keyes. Der alte Keyes ist tot.
Benötigt ihr etwas, hat Smith gefragt und in den Taschenmund gedeutet.
Ich habe Ellens Hand gespürt, zwischen den Schulterblättern, sie zog sie gleich wieder zurück. Mag sie noch immer nicht berühren, die Erhebung in meinem Nacken, man sollte meinen, sie würde sich daran gewöhnen. Ich will ihr auf die Finger hauen, sie streichen über meinen Ellbogen.
Keyes ist tot. Klingt wie der Refrain eines Kinderlieds. Keyes ist tot – und hat schon lange kein Gesicht mehr. Keyes ist tot – und wenn er kommt, dann laufen wir. Keyes ist tot – und hat schon lange kein Gesicht mehr. Keyes ist tot – und der Samtflor hat an mei-

nen Nasenlöchern gekitzelt. Keyes ist tot – er hatte schöne Ärmel. Keyes ist tot ist nur ein Kinderlied.
Und ich hab wohl begonnen zu summen, denn Ellen sagt: still, und kneift in meinem Oberarm. Smith ist zufrieden, nun weiß er, was er braucht. Nimmt etwas aus der Tasche, gibt Ellen ein Zeichen. Sie holt den Becher, er lässt Hellbraunes hineinlaufen, es riecht nach Sergeant-Porter-Atem am frühen Abend. Auch das ist übrig.

Das wird Euch Ruhe geben, sagte Smith, während ich trank.
Nun muss SIE mich rauslassen, hab ich gesagt. Gresham hat genickt, jetzt weiß er, wo ich bin.
Smith hat den Ledermund zugeklappt, mein Beileid.
Ich habe ihm gedankt und ihn entlassen. Gresham ist gegangen, seine Alte mit der Nachricht friedlich stimmen.
Du auch, hab ich zu Ellen gesagt.
Und nun sitze ich hier.
Von wem kam Smith, von wem die Nachricht? Elizabeth? Ein Zeichen? Von IHR? Und ein nächstes folgt?

Ob ich mich nicht umziehen wolle, hat Ellen gefragt, ein Kleid hochgehalten und ein Paar dunkle Ärmel. Die Bänder seien zu hell, hat sie gesagt, sie werde sie in der Nacht abtrennen, es sei dennoch angemessener. Einen dunkelgrauen Kragen hatte sie dabei, schwarze Strümpfe, schwarze Haube, den Rest konnte ich anbehalten. Einen neuen Bruststoff hat sie festgesteckt, die gelben Schuhe, sie lagen unter dem Tisch, aufgesammelt, ich besitze keine schwarzen, so mussten wir nicht kämpfen, und sie hat stumm die Pantoffeln geholt.

Einen Arzt zu senden ist Anteilnahme. Wie weit ist es von Anteilnahme zu Gunst? Von Mitleid zu Gnade? Ellen soll Gresham fra-

gen, wer Smith geschickt hat. Aber ich kenne die Antwort. Ich fühle Wärme, es regnet hinter den Vorhängen, die Wandbehänge waren dieses Jahr nicht einen Tag richtig trocken, und ich fühle Wärme. Als würden die Wolkenränder bereits dunkel aufleuchten, denn hinter ihnen ist die Sonne, und erste Strahlen schaffen es an ihnen vorbei, hinab auf meine Haube, meine Schultern, die Erhebung. Ich strecke die Hände nach ihnen aus.
Ellen ist zurück. Ob ich Brühe will. Nein. Sie war noch nicht bei Gresham. Ich hätte den Doktor nicht einfach so gehen lassen sollen, ich hätte mehr draus machen müssen.

Smith überbrachte die Nachricht selbst, wer ihn geschickt hat, wusste Gresham nicht. Allenfalls der Rat oder Cecil. Ich habe ein Buch genommen, als es erneut klopfte, die Foxe'schen *Märtyrer*, passend, um sie nach Ellen zu werfen.
Es war Gresham, zwei Besuche an einem Tag.
Er habe eine Bitte, die Kerze verrät ihm, wo ich sitze. Meine Frau, sagte er.
Die Alte fühlt die warmen Strahlen hinter den dunkel aufleuchtenden Rändern, hab ich gedacht. Und will schnell beiseite, damit sie nicht auf sie fällt, die Gnade, wie ein Felsbrocken, der Knochen zersplittert und tief ins Fleisch treibt.
Meine Frau – der Diplomat im Ruhestand nimmt den Gehstock von der rechten in die linke Hand, sehr langsam und sorgfältig tut er das –, meine Frau hat erfahren, dass Ihr Euch umgezogen habt. Wieder Pause. Gehstock von links nach rechts. Sie fürchtet, es ist zu früh. Er hat sich umgedreht, in den Flur gesehen, als ob dort jemand stünde. Sie ist in großer Angst. Darum bitte ich Euch, zieht wieder an, was Ihr vorher trugt. Meine Frau weint, sie werden uns nach Tyburn bringen und uns die Eingeweide in den Mund stopfen. Ich werde schreiben und nachfragen, wie die Angelegenheit zu hal-

ten ist. Welche Auffassung besteht, über Eure Verbindung zum ehemaligen Sergeant Porter. Bis dahin verzichtet bitte auf alles, was gedeutet werden könnte.
Und er hat Ellen hereingewinkt, sie war es, die im Flur stand. Ich hab schlecht gezielt, den Weg falsch berechnet, das Buch flog an ihr vorbei, traf Gresham an der Schulter. Sie kommt von hinten, stellt sich hinter meinen Stuhl, und greift nach der Haube. Ich tauche weg, rolle mich ein, Kinn ans Brustbein gepresst, Arme vor dem Bauch verschränkt, strecke ihr die Erhebung entgegen, nun muss sie sie anfassen. Ellen tastet nach den Nadeln, mit denen der Kragen befestigt ist.
Haltet still, sonst stecht Ihr Euch, sagt sie.
Gresham beugt sich langsam, Wirbel für Wirbel nach vorne, greift nach dem Foxe. Ellen hat die Nadeln gefunden, nimmt den Kragen am äußersten Ende, will ihn von meinen Schultern ziehen. Ich bin schneller, halte ihn vorne fest. Sie brummt, Nadeln zwischen den Lippen, spitz stehen sie hervor. Spuckt sie aus, als ich mich umwende, sie aus dem Augenwinkel ansehe. Ellen kennt mich.
Es ist besser so, sagt sie und zieht den Stoff aus meinen Fingern.
Es freut mich, dass Ihr im Glauben Halt findet, Gresham hält die *Märtyrer* dicht vor seine Augen, legt sie wieder auf den Tisch.
Ellen lacht, für sie ist das Buch eine ungesunde Beschäftigung mit Dingen, die nicht zu ändern sind. Für sie ist wahr, was drinsteht, obwohl sie dabei war.
Ich will die Kinder, hab ich Gresham hinterhergerufen, als er hinausging, schreiben Sie: Ich will die Kinder.
Ellens Hände auf meiner Schulter, dort, wo die Ärmel festgebunden sind. Ich hab sie weggestoßen, wir haben eine Weile gekämpft, bis sie meine Taille zu fassen gekriegt hat, mich mit ausgestreckten Armen von sich weghalten konnte. Ich habe meine Fingernägel in die Innenseiten ihrer Unterarme gepresst, sie hat nicht losgelas-

sen, lässt nie los, wenn sie mich einmal hat. Kann mich nicht mehr hochheben, so wie früher, sie wird alt. Ich hab mich nach vorne geworfen, den Halt verloren, Ellen musste mich auffangen, hat sich das Kinn an der Stuhllehne blau geschlagen.

6. September 1571, Bishopsgate

Werde baden. Ellen beaufsichtigt den Wassertransport, vorbereitet sein, sie hat recht, ich muss vorbereitet sein. Vielleicht senden sie keine Nachricht, vielleicht kommen sie mich holen, bringen mich nach Hampton Court, damit ich mich IHR zu Füßen werfe. Der Weg zur Staatskammer ist lang, durch Empfangszimmer und Gänge, vorbei an dicht an dicht stehenden Augenpaaren und Lippen, die flüstern, in Ohren, die begierig aufnehmen. Ich werde nicht als Bettlerin gehen. Rein äußerlich zumindest.

Bin wieder trocken. Warte. Wir müssen färben, Ellen mischt Rhabarbersaft und Vitriolöl. Wollte erst nicht, muss schon kratzen, wenn ich dran denke. Ellen hat mit beiden Händen in meine Haare gegriffen, die Strähnen zum Licht gezogen: Nur die Spitzen sind noch kupferfarben, der Rest: braun. Dorset-Braun. Dorset-mittlerweile-fünfmal-Hochverrat-Braun. So könnt Ihr nicht gehen, hat sie gesagt.
Erinnere mich, wie es anfing mit dem Färben. Kurz nach IHRER Krönung, die Influenza-Welle war gerade vorübergezogen, da breitete sich die nächste Epidemie aus. Die führenden Damen waren unter den ersten Opfern, ein schwerer Befall der Ehrenmädchen folgte, einige Herren steckten sich an, die restlichen Hofdamen, alle hatten auf einmal rotes Haar. Und kraus war es geworden, wie IHRs. Im besten Fall, es gab reichlich Experimente mit den Tinktu-

ren. Zu hell, zu dunkel, grünlich, als wären sie verbrannt, manchmal fielen ganze Strähnen aus. Hinterließen nässende Stellen, die Kopfhaut schuppte, und ein Ausschlag säumte den Haaransatz, den die Schminke nur unzureichend überdeckte.

Erst juckt es, dann brennt es, dann juckt es wieder, Ellen schlägt nach meinen Fingern, deren Nägel die Haut von der Stirn schälen möchten, damit es aufhört. Juckreiz ist der kleine Bruder des Schmerzes, hat irgendjemand gesagt. Fühlt sich gerade eher nach dem großen Bruder an. Ellen legt die Schminke bereit, das Bleiweiß ist verklumpt, war nicht richtig verkorkt, sie zerdrückt es mit dem Löffel.

Ist spät geworden. Bin hergerichtet, hat lange gedauert, Ellen ist aus der Übung.
Trage das blaue Kleid, Elsterngefiederblau, ohne die Grenze zum Schwarz zu überschreiten, alle sind zufrieden. Gleichfarbige Schuhe, Waffenstillstand, ich hab Ellen die Füße entgegengestreckt, die Zehen zusammengezogen, damit sie besser hineingleiten.
Sehe gut aus im Spiegel, Ellen hat ihn mir hingehalten, bei geschlossenen Vorhängen wirkt das Kleid dunkel, mein Gesicht darüber sehr weiß. Die Witwe Keyes faltet ihre Hände, gibt acht, dass der Finger mit dem Ring vorne ist.
Den Ring mussten wir suchen, er war in einem der Beutel, dunkel angelaufen, Ellen hat ihn poliert, musste ihn mit Fett einreiben, um ihn auf meinen Finger zu schieben. Kriecht jetzt auf allen vieren auf dem bloßen Boden herum, die Binsen sind unten im Hof, zum Ausklopfen, und Ellen reibt und wischt und lässt sich nicht davon abbringen. Das Zimmer macht nichts her, sagt sie. Gut so. Sollen sie reden. Ich besitze nichts. Ein paar Truhen und Beutel mit Hemden, Ärmeln, Unterröcken und Brusttüchern. Das Regal und den

Tisch musste Greshams Alte rausrücken, die Stühle auch, hat achtgegeben, dass keiner zum andern passt. Die Teppiche hingen bereits an den Wänden, spanisch. Sind noch aus der Zeit der lieben Cousine, blassrosa gebleichte Granatäpfel umrankt von gelb gewordenen Blättern. Die Tischplatte ist tintenfleckig, und nicht alle sind von mir, an der Stirnseite ist das Holz hellgerieben, mein Stuhlpolster dafür dunkel und speckig. Das Leder der anderen ist aufgebrochen, Rosshaar drängt hervor, Ellen rutscht, wenn sie sich setzt, mit dem Hintern vor und zurück, bis es nicht mehr sticht. Wird der Motten in den Vorhängen nicht Herr. Ein Muster aus hellgefressenen Löchern, das Gitter der Knüpfschnüre freigelegt, und hellbraunen Flügeldreiecken, die ihren Standort wechseln. Auf dem Kamin ein Rußhalbmond, graue Strahlen an den Fensterfassungen. Die Ellen verschmiert, als sie versucht, sie mit dem Lappen wegzuwischen. Hör auf, hab ich gesagt.
Sollen sie reden. Bei Hofe, tuscheln, einander erzählen, wie Greshams Alte mich hat hausen lassen. Schämen wird sie sich. Geschähe ihr recht.

Mittag und immer noch keine Nachricht, alle warten. Gresham hat an Cecil geschrieben, nennt ihn hartnäckig Lord Burleigh. Für mich bleibt er Cecil. Ob SIE ihn zum Staatssekretär ernennt oder einen Baron aus ihm macht.
Der Hof hat von Keyes' Tod erfahren, weil jemand an den Rat geschrieben hat, um zu fragen, ob er Keyes' Posten haben kann. Nicht den alten als Sergeant Porter, den neuen, den er oben in Leicestershire bekommen hat, als er aus dem Gefängnis entlassen wurde. Der Rat hat SIE informiert und dann Smith geschickt.
Ellen soll packen, alles, was mir gehört. Hat sich geweigert, faules Stück. Als ich nicht nachgab, hat sie einen Stapel Bücher genommen, jedes einzelne mit einem Tuch abgewischt, ehe sie es in die

Truhe legte. Gresham wird wegen meines Erbes schreiben. Das sollte für einen eigenen Hausstand reichen, sagt er.

Küchenneuigkeiten:
Schon den zweiten Tag in Folge: ich. Genau genommen: Meine Schande sei gestorben.

Den ganzen Nachmittag: im Innenhof geschäftiges Treiben. Überwiegend Damen, in Ehefrau-eines-Kaufmanns-mit-gutem-Geschäftsjahr-Mänteln und -Hauben, Greshams Alte serviert Marzipan, Ingwer und gewürzten Malvasier zur Feier meiner baldigen Abreise. Mir bringen sie nichts herauf, ich schicke Ellen nach den Holztrippen, den unbenutzten Holztrippen, und feiere mit und stampfe Salutschüsse in die Dielen über dem Empfangszimmer. Noch immer steigen sie aus den Sänften, mehr als beim letzten Mal. Vor einem Jahr, als Keyes aus dem Gefängnis kam, gab es kandierte Früchte und Wackelpudding in Form der Tudorrose. Könne nicht mehr lange dauern, haben alle gesagt, Ellen hat gepackt. Nachdem Keyes der neue Posten verliehen wurde, hat eines der Mädchen neben der Eingangstür stehen müssen, um der Alten Bescheid zu sagen, sobald der Bote da ist. Dreieinhalb Tage hat es gestanden, schließlich hat Ellen die Truhen und Kisten wieder geleert.

7. September 1571, Bishopsgate

IHR Geburtstag. Welch ausgezeichneter Anlass für Gnade. Großmut. Gloriana.

Bin auf der Fensterbank, hinterm Vorhang.
Der Innenhof verschwommen, Regen rinnt die Scheiben hinab, so

dicht, dass nicht mal ein kleines Dreieck zwischen den laufenden Tropfen freibleibt, durch das ich hinaussehen könnte. Der Regen wäscht England, wäscht alle Umrisse weg, die klaren Linien. Wäscht die Straße hinter dem Tor fort, spült Katzen in die Küchen, Bettler unter Mauervorsprünge und Bögen. Greshams London, so muss es sein, wenn er mit zugekniffenen Augen durch die Straßen geht, nur verschwommene Farbflecken um ihn herum, schmutzig braun die meisten. Vereinzelt bunt eilende Livreen. Das kleine Schwarzgeflügelte sind Raben, das große Damen in Umhängen.

Wenn ich das Fenster öffne, fängt Ellen an zu schreien, ob ich sterben wolle. Und ihre Hand schießt hinter dem Vorhang hervor und schließt es wieder. Ich solle an meine Mutter denken, sagt sie.

Das Tor steht offen, ein hell verschwommener Spalt zwischen dem Dunkel der Türen, vor den sich ab und zu Braunes schiebt. Ein hartes Klacken kommt durch den Regen, Hufe auf Pflastersteinen, zu laut, um davongetragen zu werden. Doch der helle Spalt wird nicht größer, das Klacken nicht lauter, zurückgeworfen von den Mauern des Innenhofs. Der Spalt verdunkelt sich nur kurz, dann ist der Reiter vorbei und noch immer keine Nachricht.

Aus der Küche:

Noch immer: ich.

Schon wieder: Thomas Howard, Herzog von Norfolk, die papistische Verschwörung, die spanische Invasion und Mary Stuart. Sie haben ihn aus dem Hausarrest in Charter House geholt, vorgestern schon. In den Tower gebracht, viel Pöbel auf den Straßen und entlang des Flussufers. Unter einem dünnen schwarzen Anstrich der Reformation stecke noch immer das Rot der Papisten, heißt es. Unsere schottische Cousine habe er heiraten wollen. Mitsamt einer Invasionsarmee, als Hochzeitsgabe von den Spaniern. Wollte Thomas I. werden, Ehemann von Mary II. Seine Eigentlich-gehörtes-ja-uns-Howard-Arroganz. Schon mit siebzehn, als er nach der Krönung der lieben Cousine bei Hofe auftauchte, hatte er die. Hat sogar Kat übersehen, da konnte sie machen, was sie wollte.

Hab wach gelegen, still im Bett, Ellen zusammengerollt am Fußende. Bis ein größeres Tier auf die Planken des Himmels fiel. Eine Weile lief es hin und her, hab dem leisen Tapsen zugehört, immer die Kanten entlang, dann war es ruhig. Bin zu Ellen hinabgerutscht, hab sie getreten. Sie hat nicht gefragt, die Kerze angezündet, mich an den Tisch gesetzt. Hat Papier geholt, den Staub von den Bögen gepustet, Kiel und Tinte. Nicht offen stehen lassen, sonst trocknet sie wieder ein, hat sie gesagt und sich hingelegt. Ellen schnarcht. Hat den ganzen Tag über ihr Kinn gejammert. Wenn ich ein anderes Mädchen finden könnte, würde ich sie fortschicken.
Wer wird um Keyes trauern? Seine Kinder vielleicht. Hab sie am Tisch sitzen sehen, vor sechs Jahren, an der Stirnseite Keyes in Sergeant-Porter-Uniform, ihm gegenüber ich und zwischen uns, rechts und links, die Kinder. Zwei Jungen, zwei Mädchen, von einer anderen geboren, von meinem Geld ernährt, gekleidet und erzogen, es wären nette Kinder geworden. Er hat von ihnen erzählt, von den Unterhaltskosten, dem fehlenden weiblichen Einfluss. Meine Frau ist zu lange tot, hat er gesagt. Und so saß ich ihm gegenüber, in Gedanken nicht kleiner als die anderen. Kein Wesen, keine Unwahrscheinlichkeit, nicht: die Arme, oder: Gott schütze mich. Eines der Mädchen hat er nach Greenwich mitgebracht, damit ich es kennenlerne. Es knickste sehr artig und sagte: Euer Gnaden.
Ich dachte, er wäre zu unbedeutend. So tief, so weit unter mir, zu alt und groß und dumm und hölzern. Wenn er sprach, dann in eckigen Wortbrocken, und wenn er schwieg, verirrte sich sein Finger in die Nase, an ihm kann SIE keinen Anstoß nehmen, hab ich gedacht.

8. September 1571, nach wie vor Bishopsgate

Keine Nachricht. Ellen noch immer in der Küche, wollte nur das Geschirr wegbringen.
Fensterbank.
Kein Regen, konnte Farben zählen. Bin zur Expertin in Farben geworden, wer hätte gedacht, dass ich mich auf Handwerkerlivreen und Gefolge spezialisieren würde.

Sehr erfolgreicher Vormittag, fünf Mal das Weiß-Blau der Schlachter. In einem der Häuser hinter dem Tor muss es was zu feiern geben. Vielleicht wird auch dort jemand aus dem Hausarrest entlassen.
Und sonst:
3 x Weiß-Rot – Schneider
2 x Grün-Braun – Bäcker
2 x Schwarz-Weiß – Barbiere
1 x Rot-Weiß – Köche
1 x Gelb-Schwarz Schmiede
1 x Gelb-Blau – Apotheker
1 x Blau Weiß – Korbmacher
1 x Rot-Weiß – Brauer
1 x Weiß-Schwarz – Färber
Warum tragen ausgerechnet die Färber Weiß-Schwarz? Weil sie Experten in Farben sind?
Außerdem:
4 x die Farben der Familie Howard
1 x Dudley – könnte Robert schreiben, ihn so lange Schwager nennen, bis er ein gutes Wort einlegt
1 x Fitzwilliam

SIE gestattet mir Schwarz, vorhin kam der Bote. Ich war verheiratet. Kein Formfehler, kein anderes rechtliches Hindernis, die Ehe war gültig. Anders als bei Kat oder unserer Mutter zu Zeiten der lieben Cousine. Ellen hat den ganzen Nachmittag Nähte aufgetrennt, die Fäden mit einem Häkchen aus dem Stoff gezogen, Pelzbesatz und Bänder gelöst. Morgen wird sie alles wieder neu zusammenheften. Zu meiner Abreise schrieben sie nichts.
Gresham ist unten am Schreibtisch, gebeugt über seine Schmerzen, die Alte bereits im Bett. Ellen sitzt auf der Fensterbank, mein braunes Kleid im Schoß, ein Stück Spitze in der Hand, ihr Hals ist zur Seite abgeknickt, ihr Mund steht offen, die Unterlippe hängt, Speichel läuft heraus und tropft auf die Dielen. Sie schnarcht nicht, ich sollte sie nachts im Sitzen schlafen lassen, dann hätte ich meine Ruhe.
Ich werde Gresham erinnern, er soll schreiben, ich will die Kinder.

Die Küche:
ist weiter mit Norfolk beschäftigt; er wird noch immer verhört. Sie haben einen Schotten festgenommen, der Briefe für unsere schottische Cousine bei sich trug. Mary Stuart behauptet natürlich, sie wisse von nichts. Nachrichten von ihr wurden nicht gefunden. Aber der Schotte hat gestanden: Die Papiere stammen von einem italienischen Bankier, der beim Papst ihre Scheidung betreibe, den Herzog von Alba um Truppen gebeten hat und der mit Norfolk in Verbindung steht. Einen aus Norfolks Gefolge hatten sie auch auf der Streckbank, der hat zu allem ja gesagt.
Das sollte reichen.
Und dabei war Norfolk immer so erfolgreich mit dem Heiraten. Bei der ersten Hochzeit war ich dabei, da regierte noch die liebe Cousine. Die Kleine Fitzalan stand Fingernägel in die Handflächen pressend am Altar, sie starb knapp ein Jahr später im Kindbett, und

das Howard-Vermögen wuchs um den Grafentitel von Arundel mit dazugehörigen Häusern und Ländereien. Dann kam Margaret Audley, fünf Jahre hielt sie durch, ehe das Howard-Vermögen um das der Audleys von Walden wuchs. Beim riesigen Dacre-Erbe, das dann kam, ging es schnell, ein paar Monate nur und er war der reichste Mann des Landes.

Wer schreibt, kniet und bittet für ihn, gibt Münzen, sammelt Briefe und Zeugen – ist bei den Howards noch jemand übrig? Seine Mutter? Die schrieb und kniete und bat schon für seinen Vater, dem hat der Onkel den Kopf abschlagen lassen. Bei IHR bringt Bitten wenig, die liebe Cousine war weicher.

9. September 1571, noch immer Bishopsgate

Habe Keyes' Kindern geschrieben, ihnen mein Beileid bekundet. Ich würde bald in der glücklichen Lage sein, ihnen ein Zuhause bieten zu können. Ein paar nette Worte über die Bedeutung von Familie in schweren Zeiten.

Die Alte bleibt wieder zum Zetern an meinem Treppenaufgang stehen. Sie glaubt nicht mehr an Gnade. Singt wieder sämtliche Stimmen des Kanons vom Monster im ersten Stock:

Nur wegen ihrer Herkunft hat er sie genommen, und sie spielt trauernde Liebe – und dann kommt der Refrain: in meinem ersten Stock. Als Strafe lässt Gott ihren Leib verfaulen – Refrain: in meinem ersten Stock. Sie ist mit dem Teufel im Bunde – in meinem ersten Stock. Der Gestank zieht in mein Schlafzimmer – und alle zusammen: aus meinem ersten Stock.

In einen Sack stecken und zum Fluss bringen, ist ihr Vorschlag.

Küchenneuigkeiten:
Der Bischof von Salisbury liegt mit Schwindsucht danieder.
Mehrere Schiffe hätten vorgestern in der Dämmerung goldgeschuppte Drachen über dem Kanal gesichtet.

Kein Regen. Gehe auf die Fensterbank, zählen. Wenn ich fünf Schlachter sehe, lässt SIE mich frei.

Die Alte irrt. Keyes hat mich nicht nur wegen meiner Herkunft genommen. Nein, er hatte sich getäuscht. Wie die meisten. Klein bedeutet Kind, hat Keyes gedacht. Ist ganz nah an mein Ohr mit seinem Mund, abends, in unserer Ecke beim Tor an der Themse. Hat sich vorher umgeblickt, wollte sicher sein, dass keiner zuhört. Hast du Haare da unten, hat er gefragt. Hab hinabgesehen, nicht dorthin, wo sein Zeigefinger hingedeutet hat, weiter hinab, auf die gewölbten Rücken der Steine, ihre Erhebungen glänzten im Dunkel. Hab nicht gewusst, was die richtige Antwort wäre. Die Steine waren uneben, das Holz meiner Schuhe fand keinen Halt, ich musste jeden Muskel anspannen, damit die Absätze nicht in die Spalten rutschten und feststeckten. Hab schließlich den Kopf bewegt, auf und ab und seitlich zugleich, sollte er sich was aussuchen. Ich mag es, wenn sie unten noch keine Haare haben, hat er geflüstert, da hab ich verstanden.
Zu dem Zeitpunkt hatte er mir bereits die Kette geschenkt, den Ring und zwei Gedichte, die er bei Wyatt abgeschrieben hat oder eher: hat abschreiben lassen. Lesen und Schreiben sind nicht nötig, um für Ordnung zu sorgen, Leute zu verhören, wenn schnelle Antworten benötigt werden, oder den Pöbel von den Burschen am Tor zusammenschlagen zu lassen. Eine Brosche hat er mir geschenkt, ein paar Handschuhe, mit den Handschuhen fing es an. Eigentlich damit, dass er mir hinterhersah, wenn ich am Ende des Zugs der

Ehrenmädchen an ihm vorbeilief. Das war nicht ungewöhnlich, alle starrten mich an, er aber machte auch Platz, wenn ich ihm allein in den Gängen begegnete, und verbeugte sich tief.
Ich hab das Kinn aufs Brustbein gepresst, den Rücken eingerollt, meine Schulterblätter runder gemacht, als sie eh schon sind. Er hätte sich vor mich auf den Boden knien müssen, um in mein Gesicht zu sehen, meine Reaktion abzuschätzen. Ob vielleicht ein wenig Über-meinen-Handrücken-Streichen angebracht wäre. Auf die Zungenspitze hab ich mir gebissen, etwas anderes schmerzte, habe die Zähne hineingedrückt, bis es salzig schmeckte.
Die Glocken läuten, neun Uhr, Sperrstunde, heute wird niemand mehr kommen.

10. September 1571, auf ewig Bishopsgate

Die Kinder kriege ich nicht. Cecil hat geschrieben. Kein Wort zu meiner Abreise. Kein Wort zu meinem Geld. Ellen ist mit dem Nähen fertig, weigert sich, weiterzupacken. Ist auch mit Treten und Kneifen nicht zu bewegen.

Lady Mary, hat Gresham gesagt, und: Ich müsse verstehen.
Mrs Keyes, hab ich ihn korrigiert.
Er ist verstummt, hat nicht begriffen.
Die richtige Anrede ist Mrs Keyes, hab ich gesagt.
Ob ich sicher wäre, hat Ellen gefragt, nachdem er gegangen ist. Vor einer Mrs Keyes werde sich niemand verbeugen. Und ich wäre letzte Woche schon Mrs Keyes gewesen, ebenso die Wochen, Monate, Jahre davor. Warum ich mit einem Mal darauf bestehe? Ohne die Antwort abzuwarten, sie weiß, dass sie keine bekommt, ist sie hinausgegangen. So, als verlasse sie eine Bühne. Ist wohl bei zu

vielen Hofaufführungen gewesen, Pointe und Abgang während des kurzen Moments der Stille, in dem sich alle nach IHR umsehen und sich orientieren.

Schwarz hab ich bekommen und sonst nichts. Ärmel, Brusttuch, Haube, Kleid, Strümpfe, Schuhe.
Keine Freiheit, keinen Haushalt, keine Kinder.

Ich war verheiratet, weil es egal ist, ob ich verheiratet war. Am Anfang hatten sie Angst. Nachdem es bekannt wurde, waren meine Wäscherinnen gefragte Frauen. Mit Münzen im Ausschnitt und in den Ärmeln. Blutet das? Regelmäßig? So viel wie eine normale Frau? Sagt Bescheid, mir als Erstem.
Niemand schreibt mir. Niemand will mich ins Ausland bringen und mit einer Armee zurückschicken. Niemand bietet seine Hand gegen meinen Namen. Ich bin die Unwahrscheinlichkeit. Ich weiß, wie sie mich ansahen.

Warum diese Unnachgiebigkeit, diese Bosheit? Warum mich nicht rauslassen?
Zwei Jahre war ich in Chequers, anderthalb bei Stiefgroßmama, und die siebzehn Monate bei den Greshams müssten eigentlich doppelt zählen. Das sollte doch genügen.
Ich würde verschwinden, in ein Haus in einem der neuen Stadtteile, sagen wir: Stepney. Mit Keyes' unstandesgemäßen, falschen Kindern und dem bisschen, was von Mutters Vermögen übrig ist.
Meine Schwestern waren gefährlich. J. – oder Kat, die sich heimlich Nadeln in die Lippen stieß, damit sie auch ohne Farbe röter wurden. Ohne Schminke, betonte Kat ständig und sah zu IHR hinüber. Kats Brüste, mit so wenig Brusttuch wie möglich bedeckt und, wenn sich nur die kleinste Gelegenheit bot, ohne. Kat, die stundenlang

in einem Winkel sitzen und zusehen konnte, wie sich ihre blonden Strähnen um ihren Finger wickelten. Kat, die ihre Tiere liebte und sonst nichts. Ihre Hündchen, Äffchen, Vögelchen, Kätzchen, die den Tränen nah war, jaulte irgendeines auf, weil man draufgetreten war. Wenn Kat lachte, Kopf im Nacken, Brüste vor, war ein Mann in der Nähe. Wer hätte sie für fähig gehalten, so gekonnt zu sterben? Ich nicht.

Ich werde IHR schreiben müssen. Mich klein machen. Die Erhebung größer, sie IHR entgegenrecken wie ein strafgewohntes Hinterteil. Tritt mich, meinetwegen, aber tritt mich hinaus aus Bishopsgate. Die Nase so tief, dass sie die Binsen berührt und ich die Flügel zukneifen muss, sie eng machen, damit das Ungeziefer nicht in die Löcher kriecht.

Meine liebe Cousine Elizabeth schreibe ich der nicht so lieben Cousine.
Und weiter?
Verzeiht mir, dass auch meine zweite Schwester es zu sterben verstand und Euch schlecht aussehen ließ. Ich gedenke nicht zu sterben. Weder am Gezeter der Alten noch an Ellens Schafsfrommheit, nicht an Greshams Nerven und nicht am Regen. Ich sitze hier. Die Witwe Keyes. Und erhebe Anspruch auf, wie habt Ihr es einmal ausgedrückt: den normalen Lauf der Dinge im Leben einer Frau? Ich gelobe, eine stille Witwe zu sein, arm und in Stepney.

Noch mal:
Liebe Cousine,
verzeiht, dass meine Großmutter Eure Mutter La Putain nannte. Es war nicht unserem Verhalten geschuldet, dass der Name in Europa so viel Anklang fand. Das ist fast vierzig Jahre her. Und dafür, dass sie

Eurer Mutter nicht den Vortritt ließ, ist die Großmutter, in den Landregen verbannt, allmählich verfault. Wir sind quitt. Hure ist keine Erbsünde; das solltet Ihr am besten wissen.

Und noch mal:
Majestät,
wenn Ihr Feindschaft wünscht, sucht Euch einen ebenbürtigen Gegner mit Gefolge, Vermögen und Armee. Mich zu quälen ist, wie einer Fliege die Beine und Flügel einzeln ausreißen.

Und diesmal nichts, für das man so lichterloh brennt wie das Papier, auf dem es steht.
Meine liebe Cousine, Eure Majestät,
ich kann mir nicht vorstellen, wie es mir unbedeutendem und niedrigem Wesen gelungen sein kann, die göttliche Größe Eurer Majestät zu verletzen, so dass Ihr Euch in all Eurer Barmherzigkeit dem Mitgefühl verschließen müsst. Mein schwacher Geist ist nicht fähig, das Ausmaß der Beleidigung zu erfassen – die Euch so rachsüchtig und bitter macht –, *und dennoch bitte ich Euch untertänigst um Gnade.* – So weit. Die Binsen pressen ein Muster in meinen Nasenrücken, Mutter hätte es nicht besser gekonnt. – *Ich flehe Euch an, erbarmt Euch meiner, der allerkleinsten Existenz, die es in Eurem Reich gibt.* – Ja, Eurem, ich will es wirklich nicht – *Wenn Ihr die Güte fändet, mir ein winziges Auskommen aus dem Erbe meiner Mutter* – das sowieso nur mir gehört – *zu gewähren, wird keine dankbarere Untertanin in Euren Ländern zu finden sein.*

11. September 1571, Bishopsgate

Der Hof ist in Essex, drei Tage, sagt Gresham, bis der Brief dort ankommt, er hat ebenfalls eine Nachricht geschickt. Über die Leiden seiner Frau an ihrem ersten Stock. Ich bin sicher, SIE wird nicht antworten. Cecil allenfalls, es tue ihm leid, Geduld, Geduld, Geduld.
Ich habe keine. Sechs Jahre, über zweitausend Tage, und jeder einzelne hat ein wenig gefressen, und jetzt ist nichts mehr übrig. Wenn Geduld belohnt würde. Wird sie aber nicht, sie macht es allen nur einfacher.
Habe Durst, Ellen ist noch immer unten mit dem Geschirr vom Frühstück.

Am besten hatte ich es bei Hawtreys in Chequers, auch wenn es mir dort schlechtging. Alles war noch so frisch. Die Angst. Das Entferntwerden. Von allem, was zählt. Die Fragen. Und ihr Staunen, ihr bodenloses Staunen: Keyes. Und ausgerechnet mich. Geheiratet. Und vollzogen. Ein Mann von seiner Statur. Vollzogen mit mir. Drei Mal. Zweimal im Liegen, einmal im Stehen. Genau genommen: Ich stand, er kniete hinter mir, der haarigen Enttäuschung. Im Liegen war beide Male er oben. Und ja, er hat sich ergossen, immer wieder diese Frage. Ja, er hat sich tatsächlich ergossen. Ja, ich habe die entsprechende Öffnung zwischen den Beinen. Weißlich war der Samen, ich weiß, wovon ich rede, egal, wie oft ihr fragt, es ist aus mir herausgeronnen, weißlich, als ich aufgestanden bin, beim ersten Mal mit Blut vermischt.
Drei Wochen haben sie mich verhört. Zwischendurch immer wieder zurück in den Westflügel des Towers gebracht, in ein kleines Zimmer mit zwei Wachen vor der Tür. Dort habe ich viel über Nacken nachgedacht. Über den genauen Widerstand von Haut, der

Muskelstränge darunter, dann kommen die Bänder, Knochen und wieder Muskeln, Sehnen, der Knorpel und zum Schluss noch mal Haut, aber auf die kommt es nicht mehr an. Habe Studien betrieben vor dem Spiegel. Mein Jochbein abgetastet, bin mit den Fingern die geraden Linien der Sehnen nachgefahren, die hervortreten, wenn ich die Muskeln des Unterkiefers anspanne. Und weiter in die Mitte, über die Kehle und hinab in die weiche Kuhle, wo die Rippen beginnen. Ist man jung, geht es schneller, heißt es. Der Kopf sitzt noch nicht so fest auf dem Rumpf, Muskeln, Sehnen, Bänder, alles teilt sich mit einem trockenen Hühnerknochengeräusch. Stillhalten, Stillhalten ist wichtig. Sonst geht das Metall nicht durch den schmalen Steg des Halses, sondern trifft auf die Schädelplatte, bleibt drin stecken, muss wieder raus usw. Zu tief, und es muss durch die ganze Strecke des Rückens, das Gewirr der Rippen, und die Arme kommen auch leicht in die Quere. Die Erhebung sollte das Blatt lenken, hab ich mir gesagt, zu tief wird es nicht werden. Habe meinen Hals umfasst. Die vorletzte Frau des gewichtigen Onkels hat sich den Block in den Tower kommen lassen, um in der Nacht zu üben. Die Axt ist versteckt, während man aufs Schafott steigt, unter einem Tuch, das Tuch ist zu sehen, die Tudorrose, die Axt wird erst hervorgeholt, wenn man die Augenbinde trägt und kniet.
Manchmal frage ich mich, ob es für J. einen Unterschied gemacht hätte, wenn wir dabei gewesen wären. Im Publikum gestanden hätten.

Aber dann bin ich morgens im Tower aufgewacht, und ein braunroter Fleck war auf dem Laken, meinem Nachthemd. Eine der Wachen ist es melden gegangen: Entwarnung, kein neuer Thronanspruch. Nachmittags haben sie mich aus dem Westflügel geholt und auf den verschissenen Karren gesetzt. Was passiert mit mir, hab ich die Wache gefragt. Hausarrest, hat er geantwortet. Wusste auch nicht, ob Chequers ein Gebäude oder ein Mensch war.

Zählen, mehr blieb mir nicht auf dem Karren. Fortgerissen, so fühlte es sich an, immer weiter weg ins Dunkle, dabei war es Nachmittag, ins endlos grüne Land. Ins Gewirr der Straßen, Pfade, immer weiter, der Mauern, Hecken, der Gehöfte und Zauntritte, der Wäldchen, Birken, Tannen, der Dörfer und Siedlungen. Unendlich viele und zwischen mir und allem, was zu mir gehört. Fort hinter Hügel und Senken, Flussläufe, Bachrinnsale, am Wegrand gehen Menschen, die nicht anhalten, wenn sie uns sehen, nur auf Zuruf zur Seite treten, um uns durchzulassen, und keiner verneigt sich. Fort, dorthin, wo niemand weiß, wer ich bin, wie ich behandelt werden muss. Ich darf den Weg nicht vergessen, hab ich gedacht, die Aneinanderreihung auguststaubiger Straßen gezählt, denn die muss ich zurück.

In Chequers war alles bereit. Ein gemachtes Bett, ein Tisch mit vier gleichen Stühlen und zusätzlich ein Lehnstuhl; Truhen, Regale, in denen Bücher standen, vielleicht wolle ich Freude an ihnen finden, wie Hawtrey sich ausdrückte. Geschirr, ein Tischchen mit einem Schälchen Marzipan, das ich nicht essen würde, Besteck, Decken, eine gepolsterte Bank, im Kamin war Holz geschichtet, draußen schrien Schwalben, Kissen, Teppiche, das Fenster ging zum Garten raus.

Hawtrey war höflich, rotgesichtig, ergeben, bestürzt und voller Hoffnung, alles richtig zu machen. Hab versucht zu weinen, solange er im Zimmer war, aber es kam nichts. Hab also hinabgesehen auf meinen Ring und geschwiegen, was Besseres fiel mir nicht ein. Hawtrey verbeugte sich und ging, zögerte auf dem Weg in den Flur, unsicher, ob er die Tür schließen sollte, um uns Privatheit zu gewähren, oder offen lassen, damit ich nicht glaubte, er sperre mich ein. Ich sei lediglich im Hausarrest, nicht im Gefängnis, betonte er. Er ließ sie schließlich halb offen stehen.

Ich saß auf dem Lehnstuhl, Ellen lief hin und her, leerte Beutel, räumte Truhen ein, stellte im Flur Fragen nach warmem Wasser, Holz und einer Wäscherin. Ließ sich den Weg zum Abtritt zeigen, packte aus und sortierte. Ich bin geschrumpft, mit jeder verstauten Kiste, jeder Schachtel, jedem Stoffstapel, den sie weglegte. Winzig auf dem riesigen Stuhl, viel Luft um mich herum und ein Fenster zum Garten und dahinter Weite, durchzogen mit auguststaubigen Straßen. Und erst dahinter das, wo ich hingehörte. Geborgen war. Gut eingefügt in etwas Größeres. Eine Nische besaß, in der ich mich eingerichtet hatte. Wo es warm war, weil sich alle zusammendrängten und in die gleiche Richtung sahen, und über das Gleiche lachten und jede Bewegung vorgemacht bekamen und sie abgucken konnten und heimlich übten, bis sie diese beherrschten. Und jeder wusste, was erwartet wurde.
Nichts bleibt von mir, hab ich gedacht. Ich nehme nicht mehr Raum ein als mein Körper. Mir sind keine Bücher gewidmet. Niemand malt mich. Meine Briefe werden nicht außer Landes gebracht, auf dem Festland gedruckt und heimlich in London verkauft. Ich habe keine Kinder, nur rotbraune Flecken im Nachthemd und die reibt die Waschfrau raus.
Ein Handwerker fertigt, und es bleiben Stühle oder Eisen oder Kamine oder Häuser oder was auch immer zurück. Jemand hat mich geschaffen, sagen die Dinge. Wir sind sein Abdruck in der Welt. Noch da, wenn sein Körper weg ist. Hier hat er sich festgehakt im Zeitablauf.

Sperrstunde, heute kommt niemand mehr. Geduld, Geduld, Geduld.

Mutter hat, als alles vorbei war, für J. gesammelt. Hat Briefe, Protokolle und Berichte zusammentragen, sie so lange abschreiben

lassen, so lange weggenommen und hinzugefügt, bis alles recht war. Hat Foxe die Unterlagen zukommen lassen, damit er J. in seine *Märtyrer* hineinschreibt.
Hertford hat Sorge getragen, dass Kats letzter Auftritt in Europa wochenlang zum Gespräch gehörte. Ihrer gemeinsamen Wahrscheinlichkeiten wegen, die bei seiner Mutter aufwachsen, neun und zehn Jahre alt müssten sie jetzt sein. Hat ein wenig dick aufgetragen, als er Kat den Ring küssen und ihm senden ließ, von mehr Worten begleitet, als man eine Siechende für fähig halten würde. Aber er hat das Seine getan.
Wer wird über mich schreiben? So lange, bis es recht ist?

12. September 1571, Bishopsgate

Ich werde schreiben. Alles aufreihen. Das Leben der Mary Grey. Wer immer will, kann sehen. Kann urteilen. Habe alles so oft in Gedanken geschrieben und hierhin und dorthin gewendet, dass kaum was übrig ist. Ich werde den Stapel nehmen und: *Ein Bericht über das Leben der Mary Grey, verfasst von der Witwe Keyes* auf das erste Blatt schreiben. Werde nicht innehalten, sondern die Feder links darunter wieder aufsetzen und
Eswareinmal? Nein, nicht noch einmal.

Es muss ja nicht gleich ein fertiger Bericht sein, am Stück heruntergeschrieben. Als wäre Erleben eine glatte Einheit und keine unübersichtliche Ansammlung von Augenblicken, die, egal, wie fest man sie zusammenpresst, nicht einfach ein Ganzes ergeben. Als gäbe es erkennbare Grenzen, die bestimmen, was dazugehört und was nicht. Ein Anfang und ein Ende. Eine Summe.
Also: nur Bröckchen. Notizen. Zusammengetragen und vorläufig.

Wann wurde aus der Wahrscheinlichkeit eine Unwahrscheinlichkeit? Wann hat es angefangen, wann wussten sie es?

Zeichen von Etwas

1. Die Ammen im Winter

»Es wird noch«, sagen die Trockenammen im ersten Winter und essen schrumpelige Äpfel und schaukeln in ihren Stühlen. Mit gefalteten Händen und geschlossenen Augen, die keinem Faden folgen müssen, der sich geschwind aus Stofffasern windet, von festen Fingern gezogen, denn es gibt keine Nähte zu trennen und keine Säume auszulassen.
»Wenn du groß bist«, sagen die Trockenammen.

2. Katherine auf der Bettkante

Aber dann sitzt Katherine auf der Bettkante, das Gesicht rot und hubbelig geweint, ihr Oberkörper schwankt vor und zurück, wenige Zentimeter nur, vor und zurück. Der Bettrahmen knirscht, das Stroh in der Matratze, wenn sich ihr Gewicht verlagert, wie irgendwas, das der Wind bewegt. Unablässig vor und zurück. Durchsichtige Tropfen hängen an ihrer Nase, ein Rotzbläschen füllt sich mit Luft, sobald Katherine ausatmet, dehnt sich aus und fällt wieder zusammen, wenn sie schluchzt. Bessy, ihre Amme, ist weg. Bessy hatte gemeint, eine Rundung zu erkennen, eine Krümmung des Brustkorbs, der Schulterflügel. Als würde alles nach innen gesogen, hatte Bessy gesagt, als wäre das Kind eine Raupe, die sich zur Hälfte eingerollt hat.
Katherine hört auf zu schwanken, die Blase dehnt sich und fällt nicht zusammen, bis sie den Rotz hochzieht. »Raupe«, sagt sie, ihre Mundwinkel werden auseinandergezogen, sie weint wieder, viel durchsichtiger Speichel um ihre Zähne, »siehst aus wie eine Raupe. Und wächst auch nicht.« Dann steht sie auf und geht die Hunde suchen.

3. Kobold

Der Graf von Dorset kehrt nach Bradgate zurück, es gibt kein Schwert mehr zu tragen, und er befürchtet, hinderlich zu sein. Er schimpft auf Edward Seymour, den Herrn Protektor, der für den blassen Cousin regiert und dem es nicht gefällt, sich gut mit dem Grafen zu stellen.
Er steht in der großen Halle und schreit: Das könne nicht von ihm sein. Seine Frau, diese Hure, habe es mit Kobolden getrieben. Er müsse achtgeben, nicht draufzutreten, es läuft und spricht und steckt im Säuglingskittel.
»Die Amme ist schuld«, wiederholt die Gräfin und kniet auf den Binsen, »die Milch war verdorben.«

4. Mädchen

Die Mädchen rennen, rennen, so schnell sie können, zu den Stiegen, den hinter Wandbehängen versteckten Türen und hinab in die Küche, wenn Mary Grey das Zimmer betritt oder in den Flur biegt. Einige schreien. Sie lassen Körbe mit Span und Scheiten neben den Kaminen stehen. Nach Honig riechende Lappen bleiben auf Tischen und Kommoden liegen, auf dem Boden Eimer mit Lauge und Scheuerlappen oder Eimer mit Sand für die Teppiche und Binsen. Erst ist es nur ein Mädchen, das rennt. Verwunschen sei das Kind, sagt es, ein Halbwesen, das den hochwohlgeborenen Säugling ins Dickicht geschleppt habe, um seinen Platz inmitten der Damastwäsche der gräflichen Wiege einzunehmen. Bald läuft auch die Schmale mit den blonden Zöpfen, und schließlich so viele, dass die Gräfin es bemerkt. Eine der Ammen entdeckt morgens Asche, in einem Kreis ums Kinderbett gestreut. Die Mädchen müssen sich in einer Reihe aufstellen und ihre Hände nach vorne strecken, mit den Innenflächen nach oben. Und Mary Grey muss neben der Hausdame stehen und reicht ihr nicht mal bis zum Knie und sieht zu Boden, während die Rute niedergeht und die Mädchen quietschen.

5. Stuhl und Leiste

Die Leiste, auf der gewissenhaft das Wachstum der Kinder festgehalten wird, zeigt neben dem Buchstaben M nur einen breiter werdenden Strich. Der Stuhl im Schulzimmer bleibt groß, einer der Tutoren setzt Mary Grey vor Beginn der Stunde drauf, runterrutschen kann sie allein.

6. Still

»Still«, sagt Ellen, während sie das Kleid schließt, das lange, in dem Mary Grey nicht laufen kann und getragen werden muss. »Still«, sagt Ellen, »kein Wort. Wenn Ihr etwas möchtet, dann quengelt Ihr und ich komme und Ihr sagt es in mein Ohr und nichts wird fehlen. Kein Wort, kein Schritt, liegt still in Eurem Körbchen, haltet die Hände artig verschränkt. Zuhören ist immer besser als reden, und wenn sie Euch Sachen sagen, dann lächelt Ihr, als würdet Ihr Euch freuen. Hört genau zu und lernt, und wenn es für Euch Zeit ist zu sprechen, könnt Ihr es in so wunderbaren Sätzen wie Eure Schwestern. Eure Schwester«, korrigiert Ellen sich und hat schon wieder den Finger an den Lippen. »Still«, wiederholt sie.

7. Falken

»Keine Falken«, sagt die Gräfin, von deren Lippen die Vögel mit behutsamen Schnäbeln kleingeschnittene Fleischstücke sammeln. Die Tiere könnten Jäger und Beute verwechseln und Mary Grey in ihren Klauen davontragen.

8. Besteigen

Der blasse Cousin empfängt und Mary Grey darf mit. Und stehen und gehen und sprechen, sie knickst und lächelt, wie Ellen es ihr beigebracht hat. Ein Mann deutet auf sie und sagt: »Das sicherlich letzte Mal, dass Henry Dorset seine Frau bestiegen hat.« Der Mann da-

neben lacht. Und niemand will ihr später verraten, was besteigen bedeutet.

13. September 1571, Bishopsgate

Noch kein Frühstück, warte. Seit die Kirchen sieben geläutet haben. Ellen hat jedes Pflichtgefühl verloren, oder es ist etwas geschehen. Etwas Großes.
War am Treppenabsatz. Unten hört sich alles normal an. Der Flur ist leer, die Alte still. Kein hastiges Hin-und-Her-Gerenne in der Halle, kein Geflüster, keine Neugierigen.

Müde. Doch keine neue Nachricht. Der Vater einer der Köchinnen ist erkrankt. Sehe nicht ein, was das mit Ellen zu tun hat, wieso sie sich hat aufhalten lassen, habe ihr das deutlich gesagt.
Was ich denn die ganze Nacht geschrieben hätte, wollte sie wissen. An Cecil, habe ich gesagt. Gebete wären sinnvoller, hat sie geantwortet. Ellen wird immer frecher. Werde meine Notizen in die Griechische Grammatik legen, da sieht sie nie hinein.

Küchennachrichten:
Pest, nichts als Pest. Die Straße weiter runter liegen zwei danieder, ebenso am Aldergate, keine fünfzig Yards von hier.

Die Alte singt wieder ihr August-Lied, dachte, wir hätten es hinter uns für dieses Jahr: Verenden werden wir, noch immer der Refrain. Bald laufen die schwarzen Ärzte durch die Straßen und lassen Warnungen an die Türen der Unglücklichen schlagen. Sie beendet den Vortrag mit: Was nützen einem Häuser auf dem Land –
Bisher waren es weniger Tote als letztes Jahr, war nicht warm ge-

nug, sagt Ellen. Erst wird es warm und dann gestorben, sagt sie, war beim Schwitzfieber genauso.

14. September 1571, Bishopsgate

Aus der Küche:
Doch keine Pest. Verdorbenes Fleisch war es die Straße weiter runter und am Aldergate irgendein Fieber.
Neues von Norfolk. Er schreibt IHR Briefe, Euer Ergebenster, Untertänigster, Allerkleinster, Cecil hat sie öffentlich verlesen lassen. Norfolk weiß, er ist fertig. Letzten Herbst, beim Aufstand der Grafen des Nordens, wie sie es unten in der Küche nennen, hat er es gerade noch geschafft. Als die Kirchenglocken rückwärts schlugen, Westmoreland und Northumberland ihre Anhänger sammelten, nach Durham marschierten und dort öffentlich die katholische Messe feierten, da hatte Norfolk bereits kalte Füße. Man möge nichts tun, was die Einheit und Stabilität des Reichs gefährde, schrieb er aus London an Westmoreland, seinen Schwager. In dessen Unterlagen die königlichen Beamten den Brief fanden, nachdem die heilige Armee, der Kreuzzug zum Stillstand gekommen war. So hatten sie es genannt, Westmoreland und Northumberland, sie marschierten nach Süden, um die Seelen der Gläubigen zu retten. Ebenso den eigenen Einfluss. Mary Stuart wollten sie befreien, York und die starken Truppen des Grafen Sussex meiden. Weiter nach London ziehen. Elizabeth gefangen setzen. Die Schottin auf den Thron, die Kirche unter den Papst, ein Engländer als königlicher Ehemann. Kein Spanier, kein Franzose, mit eigenem Reich und eigenen Interessen, nein, jemand aus ihren Reihen. Und wer wäre angemessener als Norfolk, der einzige noch lebende Herzog Englands? Die Gräfin von Westmoreland, seine Schwester, war nicht müde gewor-

den, dies zu betonen, in zahlreichen Briefen, die die Krone ebenfalls rasch fand, nachdem der Teil des Plans, York und die Truppen des Grafen von Sussex zu umgehen, misslang. Die Aufständischen verstreuten sich in alle Himmelsrichtungen, die auf dem Weg zur schottischen Grenze lagen. Eine persönliche Beteiligung konnten sie Norfolk nicht nachweisen. Nur Hirngespinste seiner Schwester, sagte er. Reichten immerhin für Hausarrest.

Der Hof ist nach wie vor in Essex, in Mark Hall. Gresham sagt: SIE sei nur auf Sommerreise, um den spanischen Botschafter nicht zu treffen.

Habe gestern nichts geschrieben. Wenn ich jetzt nicht weitermache, werde ich es nie tun. Werde von Zeit zu Zeit die Blätter in meinen Unterlagen finden, und da wird dann *Bericht* ganz oben auf der Seite stehen, und ich werde faules Stück denken. Und selbst schuld. Also.

Also: wie weiter? Muss ja nicht alles in einem Stück sein.

Also: Vater.

Was gibt es zu ihm zu sagen? Henry Grey, dritter Graf von Dorset und später Herzog von Suffolk, war ein Idiot. Ein furchtbarer Idiot. Und was noch? Er war nicht nur so dumm, dass niemand eine Gefahr in ihm sah, er war so dumm, dass er es dennoch schaffte, seinen Kopf zu verlieren.

Vater

1. Verwandtschaft

Seine Haare haben die falsche Farbe, Dorset-zweimal-Hochverrat-Braun statt Tudorrot. Seine Augen sind grau und nicht irgendwas, das mit Bernstein verglichen werden kann. Seine Haut ohne Sommer-

sprossen, der Teint dunkel, die Tränensäcke flach, trinkt er zu viel, so schwellen sie nicht an wie beim Onkel, sondern färben sich dunkellila. Daher drückt der Graf es beständig in Worten, Ausgaben, Haushaltungen und seinem Auftreten aus: Er ist nach dessen Sohn der nächste lebende männliche Verwandte des Königs und noch näher mit ihm verschwägert.

2. Temperament

Die Ehre des nächsten männlichen Verwandten ist aus zartem Material, ständig wird sie verletzt oder falsch behandelt, und der Graf ist schneller wütend als der Onkel bei untreuer Ehefrau. Und wütend heißt beim Grafen, dass es zwei Männer braucht, um seine Arme festzuhalten, und einen weiteren, der den Torso umschlingt, und manchmal brauchen sie auch noch zwei für die Beine, um den Grafen fortzuschaffen.

3. Metier

Gespräche als eine Form des Austauschs sind dem Grafen unbekannt, er erzählt gern Anekdoten. Ist weder gut darin, zum vereinbarten Zeitpunkt am vereinbarten Ort zu sein, noch darin, regelmäßig wiederkehrende Termine wahrzunehmen. Im Parlament sieht man ihn nur, wenn über den Glauben verhandelt wird. Doch der Graf kleidet sich nach der Mode, und seine Farben, sechs Streifen in Silber und Blau, kontrastieren angenehm mit dem Rotgold der Krone. Sein Metier ist das Repräsentieren.

4. Anzahl

Der Graf ist viele, selten unter tausend Mann. Er reist mit Gefolge, reitet in ihrer Mitte, alle sehen ihn an. Sie füllen die Halle in Bradgate, sitzen in den Höfen, wenn sie niederen Standes sind, silber-blau gekleidet an den Mauern entlang im Schatten. Man sieht den Grafen schon von weitem kommen und noch lange gehen.

5. Einsatz

Henry Grey ist kein Händler, er ist ein Spieler. Wie viel es zu investieren gilt, das Risiko eines Verlusts im Voraus abzuschätzen, ist nicht seins. Er mag Karten, Preiskämpfe, jeden, der bereit ist, gegen ihn zu setzen, egal, ob es ums morgige Wetter oder das Ende der jeweiligen Frau des gewichtigen Onkels geht.

6. Der große Protestant

Ein Anliegen hat der Graf, eine große Sache: Er ist Protestant. In seiner Jugend hat Lordkanzler Cromwell die Verfehlungen der Papisten auf sämtlichen Marktplätzen verkünden lassen, um die Scheidungsangelegenheit des gewichtigen Onkels zu fördern.
Kaufleute brachten damals allerhand Neues vom Kontinent mit, Elegantes, Erlesenes, für die neuen Familien. Die sich nicht auf dem Land in dickwandigen Festungen verkrochen, sondern voller Pracht durch London zogen. Vom König frisch erhoben, seine Sportsfreunde, Kampfgefährten, Tanzpartnerinnen mit exquisitem Geschmack und neuen Ansichten.
Wer wollte nicht dazugehören? Sich in Stoffe kleiden, glatt und weich, nach der spanischen, französischen, italienischen Mode geschnitten, Kaufleute bringen die Modelle auf kleinen Holzpuppen vom Kontinent mit, als Muster für die Schneider. Geschirr mit gelbem und grünem Dekor benutzen statt angelaufenes Zinn. Musikstücke hören, die nicht für den Gottesdienst, sondern zum Vergnügen geschrieben wurden. Gemälde betrachten, nicht für Kirchenwände bestimmt, die Menschen und keine Heiligen zeigen. Silber, Schmuck, schnellere Kutschenmodelle. Bücher.
Und vor allem: ein neuer Glaube.
Nicht mehr Teil des wimmernden Heeres von Kirchenuntertanen sein. Nicht mehr einen Gott anflehen, der nur Latein spricht und schlecht hört, nur die Angehörigen des Klerus sind laut genug, ihn zu erreichen.

Deren Lippen setzen sich gegen Spenden in Bewegung, die Qualen des Fegefeuers verkürzen kostet einen mittleren Landsitz.
Nein, auf den Einzelnen kommt es auf einmal an, sein Zwiegespräch mit Gott, seine höchstpersönlichen Überzeugungen.
»Keine Marter, keine Buße im Schmerz«, sagt der Graf. Feuer reinigt nicht, rußt nur. Keine Spitzen, die in weiche Flanken getrieben werden. Kein Sumpf der zornigen Seelen. Keine Fluten des Styx, an dessen Oberfläche die Jähzornigen treiben und unablässig um sich schlagen und wild treten. Seelen werden nicht gewogen, der heilige Michael spielt allenfalls Laute und: Nur der Glaube zählt. Die Rechtfertigung vor Gott erfolgt im Glauben und nicht im Fegefeuer, und wer glaubt, wird nicht gestraft, was immer er getan hat, denn nicht auf das Tun kommt es an, sondern auf den Glauben. Und so glaubt er und lässt den Gelehrten Geld zukommen, auf dass sie glauben und ihr Glaube aus seinem wächst und seiner mit ihrem.

7. Artig
Die ersten Jahre nach Mary Greys Geburt ist der Graf bei Hofe. Als der Onkel stirbt, wird er der erste Chief Constable von England ohne Oberbefehl über die Armee. Drei Tage lang, um die Trauer zu leiten. Viel Titel, wenig Fähigkeiten, sagen sie. Er schreitet dem Beerdigungszug voran, als Erster hinter dem schweren, schweren Sarg, der nun nicht mehr zählt. Sehr artig und hübsch macht er das, finden alle.
Mehr Verwendung gibt es nicht für ihn. Der Onkel hat ihn weder zu einem der sechzehn Männer bestimmt, die den Sohn beraten sollen, noch zu einem der zwölf, die die Berater beraten. Der Rat ist sich rasch einig, dass der ältere Seymour, der Onkel des zwölfjährigen Königs, sein Protektor sein solle. Und der Protektor ist sich rasch einig, dass auch er keine Verwendung für Henry Grey hat, und so kehrt der Graf nach Bradgate zurück.

15. September 1571, Bishopsgate

Noch ein Brief, hat Ellen beim Waschen gefragt und auf die Bögen auf dem Tisch gedeutet. Ich solle doch erst die Antwort auf den letzten abwarten. Ist Rosmarinasche und Bänder für die Zähne holen gegangen.

Ellen macht Besorgungen, habe sie nach Cheapside geschickt, spanische Orangen für einen Penny kaufen. Wir wissen beide, dass das nicht geht. Sie hat nicht protestiert, den Kopf gesenkt, damit ich nicht merke, wie sie vor Freude lächelt, hat ihren Fingern zugesehen, die eilig den Mantel zubinden, ich könnte es mir ja anders überlegen.
Sie wird nicht rechtzeitig zum Dinner zurück sein, ich glaube nicht, dass die Alte eines ihrer Mädchen rausrückt, werde mir selber auftun müssen.

Ellen ist zurück, ohne Orangen. Habe sie kommen sehen über den Hof, immer noch am Lächeln. Sehr aufrecht ist sie gegangen, mit langen Schritten, denen man ansieht, dass sie vorher schon Hunderte gemacht hat.
Gehen. Geradeaus gehen, schnell genug für einen leichten Luftzug auf der Haut, und weiter geradeaus, ohne die Richtung ändern zu müssen, weiter, ohne an eine Wand zu stoßen, einfach geradeaus. Nicht dass ich früher viel gegangen wäre.
In der Hofmitte ist Ellen langsamer geworden, hat den Kopf gehoben, nicht mehr gelächelt, die Hauswand abgesucht nach meinem Fenster. Geduckt habe ich mich, bin von der Bank gerutscht, habe hinter der Tür auf sie gewartet.
Ellen hat versucht, an mir vorbeizukommen, zu entwischen. Ich bin dicht hinter ihr geblieben, habe den Mantel zu fassen gekriegt. Sie

mag es nicht, wenn ich an ihrer Kleidung rieche, nachdem sie draußen war.
Ellen hat ihre Schritte beschleunigt, um mich loszuwerden, ist immer im Kreis gelaufen, als wäre ich ein Köter, der sich in ihren Saum verbissen hat. Ich lasse mich nicht abschütteln, hatte Glück, sie trägt bereits den Wollmantel, der nicht so leicht durch die Finger gleitet. Schließlich ist sie stehen geblieben, unvermittelt, bin von hinten gegen ihr Beine gerannt.
Hab die Nase in den Stoff gepresst.
Als Erstes: der Fluss, algig und ein wenig schal. Ruder, die braunes Wasser wegdrücken, im Gleichtakt, Lastkähne, Barken.
Dann, schärfer: Rauch und ausgebackenes Fett. Holzfeuer, über dem Fleisch röstet, ein Wirtshaus mit sich drehendem Ferkel.
Schließlich: Süßes, ich rieche Zucker, Äpfel, kandiert. Für dich, mein leichtes Mädchen, zum Knabbern, während ich deine Röcke hebe.
Zum Saum hin, unvermeidlich: Urin.
Ellens Finger ruckeln an den Mantelbändern, ziehen an den Knoten, da, sagt sie, als sie aufgehen, und hält den Stoff am langen Arm vor mich hin. Als ich danach greife, wirft sie ihn über die Stuhllehne.
Ich nehme ihn in beide Hände, presse mein Gesicht hinein, atme ein, so tief, dass die Korsettstangen eine feste Wand um meinen Brustkorb bilden. Sauge Luft durchs Gewebe, sauge in mich hinein, was immer draußen darin hängengeblieben ist. Die Wolle kratzt an der Oberlippe. Alle paar Züge mache ich eine Pause, atme wieder die Drinnenluft, reinige meine Nasenlöcher vom Draußen, damit die Gerüche stärker werden, fast wieder wie nie gerochen sind, wenn ich erneut eintauche.
Ellen nimmt ihre Haube ab. Normal ist das nicht, sagt sie und dreht sich weg und geht.
Der Korb fast leer, Rosinen hat sie mitgebracht.

Traurig.
Das kommt davon, sagt Ellen.
Nimmt mich aber in den Arm und schaukelt, bis es wieder geht.

Ich könnte Ellen zu Stiefgroßmama schicken, sie herausfinden lassen, ob eines ihrer Mädchen weiß, wie mein Brief aufgenommen wurde.

16. September 1571, Bishopsgate

Heute singe ich.
Die Alte steht am Treppenaufgang und souffliert den Text.
Mittags war die Wäscherin da, mit ihrer Rechnung. Ellen wühlte und suchte, entschuldigte sich, mit den Händen in Kästen, Truhen und Beuteln. Ich saß auf der Fensterbank, der Vorhang zugezogen. Und alle wussten, dass nichts zu finden war. Bis Gresham von Schmerzen und Ruhe sprach und der Wäscherin ihren Lohn gab.
Und nun singe ich für seine Frau. Wir beginnen mit ein Shilling, drei Penny:
Für Wäsche, fur Hemden und Unterröcke, singe ich, ein Shilling, drei Penny, da arbeiten andere lange für.
Die Alte stampft, ein wenig früh, noch vor der zweiten Strophe:
Wir füttern und wir kleiden es, singe ich.
Dramatische Pause.
Bezahlen die Wäscherin, das Mädchen und den Arzt.
Erneut Pause.
Unverschämtheit, es singt mir nach. Lange halte ich das A, halte es klar über ihr Stampfen hinweg.
Wir kommen zum zweiten Teil. Dem Trauergesang: Meinen Sohn habe ich gegeben.

Der in mir gewachsen ist – breve, langsam und getragen –, nahezu verblutet, als ich ihn gebar. Ich habe ihn gegeben, für die Krone, wie viel mehr kann man verlangen?
Sei artig, sagt Ellen.

Küchenneuigkeiten:
Der Papst selbst habe Norfolk Gift geschickt, ein Pulver. In ein Paar Handschuhe sollte er es streuen, in für SIE bestimmte Handschuhe, als Geschenk wollte er sie überreichen. Lächerlich. Viel zu offensichtlich.

Alles still draußen. Nicht einmal Betrunkene. Ellen schläft, die Nähnadel und einen meiner Unterröcke auf dem Schoß.
Werde weiterschreiben.

J.

1. Name
J. heißt eigentlich Jane.

2. Zauberwort
Und Jane ist lange ein Zauberwort. Mary Grey sagt es vor sich hin, wenn es dunkel ist und irgendetwas knarrt, wenn es gewittert, wenn die Gräfin messen kommt, flüstert sie: Jane, immer wieder leise, Jane, steh mir bei! Wie gut Jane ist, sagen alle, rein, fromm, geistreich, begabt, sittsam, sanft, fleißig, schnell, schlau, gelehrsam, gehorsam, weise, eine ganze Flut wohlwollender Adjektive.
Dass Jane ihre Schwester ist, wie Katherine, nur besser, versteht Mary Grey erst, als sie gekniffen wird.
Eine der Kinderfrauen flüstert beständig. Aus dem Norden kommt sie, hat fahle Haare und dunkle Augen. Sie flüstert heimlich, beim An-

ziehen, beim Baden, wenn sie Mary Grey durch die Gänge trägt. Flüstert so dicht am Ohr, dass ihre Lippen die Läppchen berühren, wenn sie nicht achtgibt, dann schlägt Mary Grey nach ihr. Die papistischen Heiligen flüstert die Frau, nennt ihre Namen, erst die der Männer, dann die der Frauen. Zählt Wundertaten auf, Heilungen, Bekehrungen, Marter, von der Jungfrau Maria flüstert sie, von den Engeln. Wenn sie allein sind, stellt sie Mary Grey auf einen Tisch, so dass sie Auge in Auge stehen.
»Los, wiederholen«, sagt die Frau, »die Erzengel.«
»Michael und Gabriel«, antwortet Mary Grey, und als die Frau sie weiter wortlos ansieht: »Uriel.« Und da die sich noch immer nicht rührt, schließlich: »Jane.«
Da kneift die Frau sie, ihre Schwester sei ein verzogenes Balg und in London und kein Engel, und Mary Grey sei eine Häretikerin, wie der Rest ihrer Familie. Die Frau dreht sich um und geht und lässt Mary Grey auf dem Tisch zurück, der ist sehr hoch, und es dauert, bis jemand ihr Rufen hört.

3. Mündel

Jane geht, als der Graf nach Bradgate zurückkehrt. Die Woge aus Ländereien und Titeln, die sich bei der Thronbesteigung des blassen Cousins auf die ihn Umstehenden ergoss, hatte den Grafen verfehlt. Der Einzige, der bereit scheint, ihm etwas zu geben, ist der jüngere Bruder des Protektors. Der ältere Seymour hat nach Ansicht des jüngeren nicht ausreichend Verwendung für den jüngeren Seymour gehabt, und so hat er sich nach anderen Unverwendeten umgesehen. Er heiratet die Witwe des gewichtigen Onkels, die nicht Regentin ihres Stiefsohns geworden ist.
Dem Grafen von Dorset bietet er erst 1500, dann 2000 Pfund für die Vormundschaft von Jane. Der Graf ist kein Händler, er ist ein Spieler, ohne Glück, mit Gefolge und Häusern und Rechnungen für beides. In

Bradgate gibt es ein großes Gerenne, Janes Sachen werden in Truhen und Beutel verpackt, die Gräfin zählt auf, wem Jane was sagen und wem sie lieb werden soll. Katherine schmollt, denn für sie will keiner zahlen, und Mary Grey ist drei Jahre alt und erinnert sich an nichts. Jedenfalls: Jane reitet irgendwann mit reichlich Gefolge nach London, um im Haushalt von Seymour dem Jüngeren zu leben. Bei dessen Ehefrau, der Königinwitwe, lebt zu der Zeit die nicht ganz so liebe Cousine, damals noch Elizabeth genannt. So hat jeder Ehegatte ein eigenes Mündel königlichen Blutes, um sich an ihm zu erfreuen.

Ich bin sicher, sie haben einander nur knapp angesehen und dann zum Krieg gerüstet. SIE war vierzehn, J. zwei Jahre jünger und eigentlich keine Gegnerin. Aber es stand unentschieden im Disput der gelehrten Herren, welche die gebildetste junge Dame des Landes sei. Ihre Lehrer nannten stets die jeweils andere ein Vorbild. Vater gab ein mittleres Vermögen aus, damit J. die gleiche Ausbildung zuteilwurde wie den Cousinen. Und hörte Mutter, Elizabeth habe ein blaues Kleid getragen, so bekam J. zwei blaue Kleider.
Ich bin sicher, der erste Angriff erfolgte, sobald sich die Gelegenheit bot. Beim Spazieren im Park von Chelsea, zwischen quadratischen Heckenstücken und dem Wasserspiel in Tudorrosenform, jedes Blütenblatt ein eigenes Becken.
Ich bin sicher, Elizabeth hat beim Gehen den Arm zur Seite gestreckt und ist mit der Handfläche durch die Buchsbaumhecke gefahren, um den sanften Widerstand von Blättern und Ästchen auf der Haut zu spüren, ehe sie sich beugten und ihren Fingern den Vortritt ließen. So wie SIE es heute Nachmittag gewiss irgendwo in Essex gemacht hat.
Ich bin sicher, sie haben beide ihre Schritte beschleunigt beim Reden, wer ist schneller, immer schneller um die weißmarmornen Blütenbecken. Die, die innen ging, war im Nachteil, sie musste

achtgeben, nicht über den Rand zu stolpern. Blatt für Blatt sind sie abgelaufen, außer Atem, Ellbogen ausgefahren, vielleicht ließ er sich ja aus Versehen in eine weiche Flanke bohren.
Sag, was liest du gerade auf Griechisch? – Was? Erst jetzt? In deinem Alter? – Seit wann lernst du Hebräisch? Als ich zehn war – Wie viele Stunden Latein?
Es kann nicht anders gewesen sein.
Aber irgendwann betrat die Königinwitwe etwas eilig ein Zimmer, das sie für leer gehalten hatte. Sie entdeckte erst den Irrtum, dann die Hand des jüngeren Seymours, die sich genau dort befand, wo Elizabeth seit kurzem tudorrotes krauses Haar wuchs. Die Hand wurde sofort von zwei hastig zusammengepressten Oberschenkeln verdeckt, von heller Haut mit bläulichen Adern. Die ebenfalls sogleich verschwanden, unter einem rasch heruntergezerrten Nachthemd. Der jüngere Seymour habe seine Finger unter dem Stoff hervorgezogen, berichtete J. Er hatte die Höflichkeit, sie an seiner Hose abzuwischen, ehe er versuchte, der Königinwitwe beruhigend die Hand auf den Arm zu legen. Vergebens. Es gab ein Geschrei, und Elizabeth wurde nach Hatfield geschickt.
Ich bin sicher, irgendein stummes Kissen hat J.s Lachen geschluckt, von ihren Händen fest aufs Gesicht gedrückt, während unten bereits das Gepäck verladen wurde. Gehüpft ist sie vielleicht, hat die Arme in die Luft gestreckt, sich um die eigene Achse gedreht und war nun die ranghöchste Dame des Haushalts nach der Königinwitwe.

4. Rückzug

Die Königinwitwe ist schwanger und zieht sich zur Niederkunft nach Chelsea zurück. Den Regeln für königliche Geburten folgend, obwohl es nur ein Kind und keine Wahrscheinlichkeit ist.

17. September 1571, Bishopsgate

Die Alte treibt es arg. Lauter als sonst, hat sich einige Stufen heraufgewagt, steht auf der Mitte der Treppe und intoniert *Keinen Penny*. Habe still gefrühstückt. Zwischen den Strophen *Schmarotzer*-Salven.

Sitze auf der Fensterbank, Ellen hat mir ein Buch gebracht, damit ich auf den Knien schreiben kann.

Totschlagen, schreit die Alte, und das wäre noch barmherzig.

Ellen sammelt das Geschirr ein, geht hinaus, schließt die Tür hinter sich. Ich höre sie im Flur, es wird still.

Nicht verdient, ruft die Alte unvermittelt und dehnt das Wort, als hätte Ellen es gesagt und sie würde es bloß wiederholen: Aus Versehen haben sie denen nicht die Köpfe abgeschlagen.

Ellen spricht leise, ich kann sie nicht verstehen.

Noch ein Kind? Die Alte lacht. Schönes Kind, hat mit *Jane die Königin* unterzeichnet, ohne mit der Wimper zu zucken, sagt mein Mann.

Ich sollte wieder runtergehen zum Essen. Als Strafe. Seit Januar war ich nicht mehr dort, musste die Alte niemandem den Vortritt lassen.

Seit SIE in der großen Halle gestanden, die neue Täfelung bewundert hat, in den Kassetten die geschnitzten Tudorrosen, die sich mit fetten, gekrönten Hennen abwechseln, Falken sollen sie darstellen. IHR Wappentier, das SIE auch auf niederländischen Wandteppichen entzückend fand, schlanker und in Silberfäden gewirkt. Seit SIE aus dem Hamburger Silber getrunken hat, war ich nicht mehr unten. Die fleckenlosen Rücken der gerade ausgepackten Bücher betrachtet hat. Im Dutzend haben Greshams die gekauft. Der Bibliothekar, der kam, um sie zu ordnen, hat Wachs in seine

Ohren gedrückt, damit er das Gejammer der Alten über die schwarzen niederländischen Flöhe, die bereits auf den schlanken Silberfalken sprangen, nicht hören musste.
Was hätte ich tun wollen, wenn sie mich runtergelassen hätten? Was hatte ich erwartet? Dass wir einander gegenüberstehen würden, einander ansehen, und dann? Als wenn mein Anblick SIE besänftigen, irgendeine warme Regung auslösen würde. Mich zusammenrollen dicht bei IHREN cremefarbenen Schuhen? Die Knöchel mit den Händen umfassen und winseln wie ein Köter?
Kindisch, hat Ellen gesagt, als ich mich am nächsten Tag an der Tür festhielt, und sie zog und zerrte, um mich zum Essen runterzubringen. Bis sie aufgab und Geschirr geholt, den Tisch hier oben gedeckt hat.

Monatelang hatte das Haus auf den Besuch zugehalten. In immer kürzeren Abständen wurden Kisten und Truhen und Säcke und Töpfe und Tonkrüge geliefert. Karren mit Brettern, mit Steinen und Fliesen, Stroh und Bottichen stauten sich im Innenhof, bildeten eine Schlange auf der Straße. Der Takt leise eilender Füße hat sich immer weiter erhöht, das helle Quietschen der Sägen, die Hammerschläge in der Halle, an machen Tagen so heftig, dass ich sie in den Zähnen spürte.
Die Farben im Hof unzählbar.
Dann kam Stille. Angespannt wartende Stille, und Ellen stand breitbeinig mit verschränkten Armen vor meiner Fensterbank. Ich-lass-dich-nicht-durch im Blick, der Vorhang hinter ihrem Rücken fest verschlossen. Gresham hat ihr den Zimmerschlüssel gegeben, sie hat ihn umgedreht, nachdem das Geschirr vom Frühstück rausgetragen war. Er hing an ihrem Gürtel, als sie meinen Blick bemerkte, schob sie ihn unter die Schürze.
SIE kam eine halbe Stunde zu spät. Die Musiker froren, hoben zum

Spielen an, als es hinter dem Tor laut wurde, doch das waren nur Betrunkene, die aufeinander einschlugen. Dann war es wieder still. SIE kam in einer Woge hart hallender Huftrommelwirbel und Langlebe-die-Königin- und Beiseite-Rufe, die sich in die Musik schoben und jedes andere Geräusch überdeckten.

Ich musste nichts sehen, ich wusste, was geschah. Ich war überall mit IHR. Auf Sommerreise, in London im Winter. Rot leuchtende Gastgebergesichter und Füße, die tasten müssen, um vor Aufregung nicht zu stolpern, während sie der Sänfte entgegengehen. Schwankend knien sie nieder, unter Dutzenden Höflingsaugen, die ihnen zusehen.

Sobald SIE die Sänfte verlassen hat, ist SIE nur Lächeln, nur Wohlwollen und behandschuht ausgestreckte Finger. Gastgeschenke werden überreicht, das Maß der Gnade in IHREM Gesicht abgeschätzt. Aber IHR Gesicht eignet sich nicht zum Schätzen. Und dann geht es – verzeiht Majestät, mein bescheidenes Heim – ins Haus hinein. Und Dutzende Höflingsblicke folgen ihnen, streifen gleichgültig die neuen Möbel, alle kichern, äußern Vermutungen, wie viel der Gastgeber in den Besuch investiert hat.

Ellen gab ihren Posten vor dem Fenster erst auf, als sie sich sicher war, dass im Innenhof nur noch Gemeine im aufgeworfenen Schnee froren. Unten saßen sie beim Essen, Ellen zog den Vorhang zurück. Banner lagen durchnässt auf dem Boden, Jungen hielten den Pferden Wassereimer unter die Nüstern oder sprangen vor Kälte auf der Stelle. In Dudley-Farben gekleidet, in Cecils Dunkelblau-Weiß, einige Neue darunter, die ich nicht kannte. Die sechs weißen Kreuze auf rotem Grund der Howards fehlten.

Die Musik setzte erst wieder ein, als sie unten zum Essen Platz nahmen. Worte verstehen konnte ich nicht, nur Fetzen, Dorothy Staffords Lachen drang durch die Dielen, sehr hoch am Anfang, dann kollerte es immer tiefer. Lang-lebe-die-Königin-Rufe und das

Gemurmel all der anderen, die mir seit dem Arrest weder geschrieben noch sich nach mir erkundigt haben. Kat Ashley. Mary Howard. Ellen hat sich geweigert, meine Trippen zu holen oder Schuhe, hab meine bloßen Fersen in die Dielen gehauen, weich waren die Fersen, hart und splittrig das Holz. Hab gestampft, so schnell, als wollte ich rennen, auf der Stelle, bis ich Seitenstechen bekam. Seid artig, das hört man unten nicht, hat Ellen gesagt. Auf die Fensterbank bin ich geklettert und runtergesprungen, auf den Stuhl und runtergesprungen und schließlich vom Stuhl auf den Tisch, da hat Ellen mich aufgefangen und festgehalten und erst wieder runtergesetzt, als ich versprach, still zu sein.

Als die Pferde bereitgemacht, die Sänfte zur Eingangstür getragen wurde, zog Ellen den Vorhang wieder zu. Es ging weiter, zu Greshams großer Liebe. Nicht weit von hier gelegen, ich habe sie gesehen, als man mich hertrug. Hellgrau ist sie mit zierlichen Arkaden zur Straße hin, im ersten Stock Geschäfte. Dort handeln sie mit Möglichkeiten, sagt Gresham. Hat das Gebäude erbauen lassen, die Börse gegründet, darf sie seit IHREM Besuch Royal Exchange nennen. Tut das auch unmäßig.

18. September 1571, Bishopsgate

Windig heute.

Die Möwen stehen über den Dächern in der Luft, als hätte sie jemand dort aufgehängt. Kommen nicht vorwärts, Böen drücken sie seitlich weg. Ihre Körper reglos, manchmal schlagen sie mit den Flügeln, korrigieren mit knappen Bewegungen ihre Position. Sie warten. Seelenruhig. Wissen, der Wind wird nachlassen und sie werden bald wieder nach Belieben in der Luftströmung auf und ab reiten.

Der Himmel ist so gleichmäßig grauweiß, als hätte jemand ein Tuch über die Dächer des Innenhofs gelegt. Hoffe, es wird regnen. Ein wenig nur.
Mein Brief müsste angekommen sein. Die Frage ist, wie rasch er IHR vorgelegt wird.

Fensterbank.
Hatte Ellen gesagt, sie soll mich umziehen, ich will runter zum Essen.
Warum ausgerechnet jetzt, hat sie gefragt. Es sei nicht mal sicher, dass Keyes beerdigt ist, sie gehe davon aus, aber sicher sei es nicht. Hat von Anstand und zwei Wochen gesprochen, zugegeben, dass sie es war, die mir im Frühjahr zugesetzt hat, ich solle aufhören zu trotzen. Greshams Frau nicht die Freude machen, dass sie sich vor niemandem verbeugen muss, wenn ich oben bleibe.
Und noch mal: Warum ich ausgerechnet jetzt wieder runterwolle? Kindisch, sagt sie.
Ich hab die Bürste genommen.
Mit zusammengepressten Lippen hat Ellen danach an den Bändern rumgefingert, dabei waren die bereits nach Farbe und Länge sortiert, und ist noch immer nicht das Kleid holen gegangen. Los, hab ich gesagt, sie hat sich nicht gerührt, ihren Wangenknochen abgetastet und nachgesehen, ob die Finger rotblutig sind. Ein wenig sind sie es, sie hält die Hand so, dass ich es sehe, wischt sie sorgsam am Taschentuch ab. Zugegeben, die Bürste hat sie unglücklich getroffen, hab nicht erwartet, dass sie sich nach vorne beugen würde. Die Borsten haben die Haut unter ihrem linken Auge aufgeritzt. Im Frühjahr habe ich ihr bereits gesagt, sie solle das Wort kindisch aus ihrem Vokabular streichen.
Irgendwann ist sie das Kleid holen gegangen. Wenn ich zu spät komme, müssen alle wieder aufstehen und warten, bis ich sitze.

Geschähe Ellen recht. Aber sie kam gleich wieder zurück, erleichtert: Greshams dinierten auswärts.
Ohne angehaltenen Atem, aufeinandergepresste Backenzähne, verdrehte Augen und Kniffe in den Handrücken ihres Mannes, ohne den Widerwillen in jedem Millimeter Kopfsenken, ohne ihr In-der-Hüfte-Einknicken und Knie-Beugen, wenn ich an ihr vorbeigehe, macht es keine Freude, unten zu essen.
Ob ich mich immer noch umziehen wolle, hat Ellen gefragt. Süffisant. Ich hab wieder nach der Bürste gegriffen, da ist sie gegangen.

Küchenneuigkeiten:
Keine. Ellen ist noch immer schweigsam. Werde nicht fragen.
Egal. Weiter:

J.

5. Trauer
Die Königinwitwe gebiert nur ein Mädchen. Hat gerade noch genug Zeit, den jüngeren Seymour zu beschuldigen, er habe sie vergiftet, um Elizabeth zu ehelichen. Und die Anschuldigungen wieder zurückzunehmen und ihm alles zu vererben, ehe sie im Kindbett stirbt. Sehr hübsch hat Jane die Trauer geleitet, sagen alle, so stolz und ohne vor Freude zu lächeln, als sie vor den anderen in die Kirche schritt.

6. Einsicht
Einen kurzen überwältigten Moment lang kommt der jüngere Seymour zu der Einsicht, dass es ohne Königinwitwe keines königlichen Haushalts mit Hofstaat mehr bedarf, und schickt Jane nach Bradgate zurück. Bei ihrer Ankunft füllt das Blau-Weiß ihrer Gefolgsleute die Senke vor dem Torhaus, als sollten sie an einer Hofaufführung teilnehmen und einen See darstellen. Mary Grey hat erwartet, Jane wäre wie

Katherine, mit Näschen und blond. Aber die Haare, die unter der Haube hervorsehen, sind beinahe tudorrot, mancher hätte sie braun genannt, jedoch mit unbestreitbarem Kupfer-Stich. Sie hat Vaters schmale, längliche Nase, die Spitze leicht nach unten gebogen, und braune Augen, durchaus mit Bernstein vergleichbar. Sie trägt blaue Seide und verfolgt mit den Augen jeden Millimeter Verbeugung von Katherine und Mary Grey.

7. Mode

Aus der Hauptstadt bringt Jane die Mode mit, einen religiösen Eifer zu pflegen. Ein geplagtes Gewissen, durchwachte Nächte über dem neuen Katechismus. Sie liest die Niederländer, nicht oben im Schulzimmer bei Mary Grey und Katherine, sie hat einen eigenen Raum im Erdgeschoss für sich allein.

8. Briefe

Briefe schreibt sie. Sitzt unten und übt, für die herausragende Rolle, die ihr zugedacht sei, dessen ist sie gewiss. Lässt sich Bogen um Bogen Papier bringen, streicht nicht aus, sondern beginnt von neuem bei jedem unbedachten Wort, jeder verschmierten Linie, jedem ungelenken Haken, verrutschten Punkt. Schreibt für die gelehrten Herren, für die Ewigkeit. Amen.

Nach jeder Zeile benutzt sie die Sandbüchse, wartet, bis die Tinte matt wird, hält das Blatt schräg, gibt acht, dass es nicht knickt, bläst sanft den restlichen Sand herunter. Der knirscht unter den Sohlen, wenn Mary Grey sich dem Schreibtisch nähert, das tut sie selten, denn Jane ruft nach den Bediensteten, sobald sie ihrer gewahr wird, ruft: Entfernt sie, bitte.

19. September 1571, Bishopsgate

Gresham war da. Er war sehr bewegt, es ging um Vermögen, hat Worttürmchen nebeneinandergeschichtet, atemlos:

Ich solle nicht damit rechnen – er habe angenommen, irrtümlich – sei eines Besseren belehrt worden – den Gesetzen entsprechend – wie es der Krone gefällt – Euer Stiefvater, Mr Stokes – Eure Schwester Katherine – die spanische Krise, die wohl bevorsteht – die Rebellion der Grafen im Norden letzten Herbst – im vorigen Sommer Unwetter im ganzen Land, Mückenschwärme, Aufräumarbeiten, Kosten.

Die Habe Eures Vaters – Eure Mutter bemühte sich zu Lebzeiten – aber nur weil Königin Mary – das bedeute ja nichts für das Vermögen und die rechtlichen Verhältnisse.

Ich müsse verstehen – Norfolk und Eure schottische Verwandte – für das Wort Cousine sei SIE gerade nicht sehr empfänglich.

Und der Hof sei auch noch unterwegs, nach wie vor in Essex. Im Oktober, wenn SIE nach Westminster zurückkehre, dann vielleicht, könne man erneut versuchen, zu erfragen, welche Auffassung bestehe.

Seine Arme sind rechts und links herabgefallen, er hat tief eingeatmet, die Augen aufgerissen, als würde er es vorziehen, möglichst wenig zu erkennen: Ihr solltet nicht damit rechnen, über genügend Mittel zu verfügen, um einen eigenen Hausstand unterhalten zu können, sagt er schließlich. Und als wäre ein Damm gebrochen, macht er weiter: Ihr solltet vielmehr überlegen, wer bereit sein könnte, Euch aufzunehmen. Ich werde dann schreiben – Ihr solltet schreiben – und Euer neuer Gastgeber könnte schreiben, alle gemeinsam, und dann werden wir sehen.

Er ist erleichtert. Will sich verbeugen, hält inne und sicherheitshalber: Das bedeute nicht, dass irgendwas entschieden sei – dass er

irgendwelche Neuigkeiten über meinen künftigen Verbleib habe – rein vorsorglich – man müsse überlegen – Taktik – Strategie – allgemeine Zufriedenheit.
Und geht.
Wer bereit ist, mich aufzunehmen? Niemand.
Ich habe nichts. Ich bin nicht mehr als dieser Raum, als Ellen und ein paar Truhen mit Hemden, Ärmeln, Unterröcken und Brusttüchern, zigmal umgearbeitet, von der französischen Mode, die die liebe Cousine trug, zur spanischen, die SIE bevorzugt. Die Löffel gehören mir, eine mittelmäßige Anzahl an Büchern. Das Essgeschirr, ein Teller und zwei Becher aus Zinn, ein silbernes Schälchen. Ellen hat es bei unserem Auszug an Stiefgroßmamas mitzählenden Augen vorbei in eine Wäschetruhe gelegt. Kamm, Bürste, Spiegel sind von Mutter. Von den unzähligen Dingen, die wir hatten, sind ausgerechnet Kamm und Bürste übrig. Das Federbett ist ebenfalls aus der Zeit bei Stiefgroßmama, Ernte einer ihrer Bettelbriefe an den Rat, jemand hat sein altes Bett geschickt. Sie hat protestiert, als ich es mitgenommen habe, nicht ich, sondern ihr Haushalt habe es zur Unterstützung erhalten.

20. September 1571, Bishopsgate

Heute lange im Bett. Nach dem Frühstück traurig. Ellen räumt das Geschirr zusammen, seit der Haarbürste ist sie einsilbig. Weigert sich, den Arm um mich zu legen und mich zu schaukeln, bis es wieder geht.
Hatten danach Streit wegen der Schuhe. Sehe nicht ein, mich jeden Tag schminken und frisieren zu lassen, vorbereitet zu sein für nichts. Der Waffenstillstand ist beendet, es steht dreizehn zu null.

Die Dinge vermisse ich gar nicht. Die Kleider, Bücher und Ringe, Ketten, Broschen, Täschchen und Beutel und Ponys und Sänften und Lehrer und Tischchen und Sessel und Decken und Kissen, Häuser und Wälder und Seen und Gärten mit Pavillons. Nein, ich vermisse das Gefühl, dass uns all das zusteht. Ich vermisse die sich verneigenden Honoratioren in jedem Dorf, wenn wir als Kinder reisten. Menschen, die entlang der Straßen standen, weil wir vorbeizogen, die Körbe hochhielten, Geschenke, um für den Fall eines Falles Gewogenheit einzutauschen. Die Schutz suchten in unserem Namen. Viel dürften sie nicht zurückerhalten haben, Vater war nicht bekannt für bezahlte Rechnungen – wir waren sicher, all das steht uns zu. Wir haben ein Recht darauf, war eine unumstößliche Tatsache. Kein Gesetz, die halten nur so lange wie ihre Macher, sondern eine Tatsache, wie Tod und Geburt. Regen. Die Kälte im Winter. Da und nicht da. Es ist so, und nicht ein Mal drüber nachgedacht. Dem Einfluss anderer Menschen entzogen.

Fensterbank, hab nicht mal Lust, Farben zu zählen.
Der Hof ist noch immer auf Sommerreise, in Lees, sagt Gresham.

Küchenneuigkeiten:
Die Krone werde Anklage gegen Norfolk erheben, heißt es in den Straßen. Seinen Vater hat noch der Onkel geköpft, hat Norfolk nicht bei seiner Mutter, sondern bei Foxe und seinen Märtyrern aufwachsen lassen, wollte einen guten Protestanten aus ihm machen. Norfolk kam erst an den Hof, als aus der lieben Cousine Mary I. wurde, dunkelhaarig war er und Howard-arrogant. Einen Monat ist es her, dass SIE auf IHRER Sommerreise in Audley End war und den Grafen von Surrey, Norfolks Sohn, besucht hat. Sieben muss der jetzt sein.

Ellen schnarcht.

9. Noch mehr Briefe

Dann beschließt der jüngere Seymour, dass er selbst genug sei, um einen königlichen Haushalt zu begründen, und erbittet Janes Rückkehr.
Der Graf schreibt: nein, mit Verweis auf die Gräfin und notwendigen weiblichen Einfluss.
Die Gräfin schreibt: vielleicht.
Jane schreibt: ehrerbietigster Dank für die ausgezeichnete Erziehung in Eurem Haushalt.
Der jüngere Seymour schreibt: noch mal zweitausend, und sein Unterhändler würde in Bradgate vorsprechen mit weiteren Einzelheiten.

10. Braut I

Der Unterhändler heißt Harrington, er kommt an einem Donnerstag, bringt seinen eigenen Wein mit und bleibt einige Tage. Mary Grey sitzt morgens über der Buchstabentafel und sucht diejenigen zusammen, die zu dem Bild mit der Katze gehören. Katherine lernt Latein, die Hände des Tutors ineinander verknäuelt und weißgepresst. Laudamus, laudatis, laudant, sagt er. Erneut. Mary Grey schließt den Mund, um es nicht selber aufzuzählen, als Jane hereinkommt. Sie hüpft, viel Zahnfleisch ist zu sehen, wenn sie lacht. Sie sieht den sich verbeugenden Tutor nicht an, sondern kniet neben Katherine auf dem Boden, steckt ihre Lippen in das Blondhaar. Mary Grey wünscht, es sei laudo, laudas, laudat, was sie flüstert, damit endlich ein anderes Wort kommt. Jane zieht den Kopf zurück, um Katherines Gesicht sehen zu können, die hellblauen Augen, die noch leer auf die Tischplatte starren. Janes Zahnfleisch ist hellrosa, die Zähne sehr weiß, sie wartet, dass Katherine aufschaut.
Wirklich wahr, sagt Jane.
Katherine mustert die lange Dorset-Nase, beugt sich vor, ihr Gesicht nah an Janes Nacken, sie fragt etwas, leise.

Schscht, Janes Finger legt sich auf ihre Lippen, kein Zahnfleisch mehr. Sie sieht zum Tutor hinüber, zu Mary Grey, der Katzenkarte. Komm, sagt Jane und nimmt Katherines Hand und zieht sie hoch und aus dem Zimmer, ihr Rock stößt den kleinen Tisch um. Der Tutor hebt ihn wieder auf.
Und? Die Katze? Welche Buchstaben?
Zweitausend und er wolle dafür sorgen, dass Jane den blassen Cousin heirate, lauten die weiteren Einzelheiten des jüngeren Seymours, und es gibt ein Gerenne, und Janes Sachen werden in Truhen und Beutel gepackt.

11. Eile
Drei Monate später, im Januar '49, als sie in Bradgate unvermittelt wieder vor dem Tor steht, ist Janes Gefolge kleiner, und alles improvisierter. Der jüngere Seymour ist auf Drängen des Rates verhaftet worden, Hochverrat lautet die Anklage. Seine Güter wurden eingezogen, und umgehend ist eine Horde in den Haushalt eingefallen und hat alles davongetragen, was sich tragen ließ, und Jane war gezwungen, eilig aufzubrechen.

21. September 1571, nirgendwo

Ein Brief, von einer von Keyes' Töchtern, die Antwort auf meinen. Danke, sie hätten alles, was sie benötigten, auch ein Zuhause. Falls mich meine Wege irgendwann bei ihnen vorbeiführen sollten, würden sie sich freuen etc. etc. Kein Beileid, keine Anteilnahme ob meines Verlusts. Lady Mary nennt sie mich, Lady Mary Grey.

Dinner. Saß, bereit zu essen. Ellen hat das Senftöpfchen auf den Tisch gestellt, die Serviette über meine Schulter gelegt, ist hinter mir stehen geblieben. Ich hab Senf genommen, da hat sie sich geräuspert.

Wir verstehen uns nicht gut in letzter Zeit, hat sie gesagt.

Der Senf ist vom Finger gerutscht, ein kreisrunder gelber Fleck auf der Tischplatte, Ellen hat gestöhnt, den Lappen genommen und es weggewischt.

Vielleicht wäre es besser, wenn Ihr Euch ein anderes Mädchen sucht, hat sie gesagt und weiter am Holz herumgerieben. Ich hatte noch Senfreste auf dem kleinen Finger, hab sie am Tellerrand abgestreift, den Finger mit der Serviette getrocknet. Unentwegt gefühlt, dass Ellen mich ansieht, ihre Hand noch immer auf die Tischplatte gestützt, dort, wo der Fleck war. Dass sie meine Stirn mustert, meine Wangen, den Nasenrücken. Auf dem Teller vor mir ist die Haxe ausgekühlt, der Fettrand weißlich geworden. Hab mich nicht getraut zu essen, die Hand auszustrecken, was ihr denn einfällt, zu sagen. Alles ist wackelig, aus millimeterdünnen hellen Scheiben gebaut, bewege ich mich, bricht es. Und Ellen schweigt. Und sieht mich an, und lange machen wir nichts anderes. Dann hat sie sich mit der Hand vom Tisch abgestoßen und ist hinausgegangen. Nicht in der Ecke stehen geblieben, um abzuwarten, ob ich beim Essen irgendwas benötige, sie ist rausgegangen und hat die Tür hinter sich geschlossen, leise und sorgfältig.

Was fällt ihr ein?

Ihre Eltern haben noch auf dem Feld gearbeitet, mir zu dienen ist der Höhepunkt ihres Lebens. Ein Stückchen Acker, mehr besaßen sie nicht, hatten es von irgendeinem Kloster gepachtet. Nichts als eine Hütte, ein paar Schweine und Hühner. Als der neue Glaube kam und der Onkel die Klöster auflöste, Grund und Boden an die Krone ging, hatten sie nicht einmal das. Sind durchs Land gekrochen auf der Suche nach Arbeit, haben die Körner aufgelesen, die

beim Verladen der Ernte auf die Straße fielen. Ganz eckig war Ellen, als ich klein war, mager, hat in der Küche angefangen, ist irgendwie bis zu mir heraufbefördert worden. Wie lange haben wir sie gefüttert, gekleidet, warm gehalten? Ein Theater, nur wegen der Haarbürste. Ihre Aufgabe ist es, mir zu dienen, so wie es scheinbar meine ist, in irgendeiner Kammer zu verrotten. Würde gerne ihre Sachen zusammenklauben, die ganzen Schürzen und Hemden und Kram und Dreck und ihr hinterherwerfen. Ich werde kein neues Mädchen finden. Und Gresham wird nicht einfach eins rausrücken, eine Menge Lärm müsste ich machen, schreien und toben, bis ich wund und ausgelaugt bin. Und das neue Mädchen wüsste gar nicht, wie ich behandelt werden muss.
Werde freundlich zu Ellen sein müssen. Mutter hätte sie auspeitschen lassen.

Wieder besser. Ellen hat nichts mehr gesagt. Hat den ganzen Nachmittag Wäsche zusammengelegt. Gebügelt. War auf der Fensterbank, hab so getan, als lese ich im Katechismus. Ellen täuscht das nicht, aber sie mag es, wenn ich still bin. Langeweile ist ein sanftes Tuch. Nur dass nach kurzer Zeit irgendwas straff wird, sehr straff, zwischen Becken und Kehle, wie Bänder, aufgespannte Bänder, vom Unterleib durch den Oberkörper bis hoch zum Hals.

22. September 1571,
Tag des Sängerwettstreits von Bishopsgate

Sammelt euch vor den offenen Torflügeln! Presst eure Ohren an die Wände, reiht euch auf an den Treppenaufgängen! Es ist wieder so weit, heute findet er statt, der große Sängerwettstreit von Bishopsgate.

Gör hat mich die Alte genannt und: ihre Mörderin. An der Pest werde sie verenden, denn meinetwegen säße sie in London fest. Wegen dem Scheißgör. Sie soll ihr gottverdammtes Maul halten, Erbsen zählen, wie es sich für eine Krämerstochter gehört. Und so ging es eine Weile hin und her.
Ich mach ihr gern das Kind. Sie sät, was sie erntet. Ich könnte am Daumen lutschen wie Dorothy Stafford, Mistress of the Robes, verneigt euch, ihr Ehrendamen, verneigt euch! Nachts und heimlich in der königlichen Bettkammer am Fußende, sonst kann ich nicht einschlafen, die Kinder tun es doch auch. Wie viele Kopflose braucht es, damit man lutschen darf? Viel mehr als ich kann Dorothy Stafford nicht haben. Väterlicherseits: die Herzöge von Buckingham, Großvater und Urgroßvater, macht zwei. Mütterlicherseits: die Gräfin von Salesbury, ihre Großmutter – macht drei. Wenn man die Familie der ersten Frau ihres Mannes hinzunimmt, werden es reichlich: die Boleyns – macht fünf.
Ich habe J. und Vater: zwei. Großvater, Urgroßvater, Großonkel. Unentschieden, würde ich sagen, es sei denn, man zählt Kat mit, dann dürfte ich erst recht. Aber sie ist Mistress of the Robes und Vertraute und jede Nacht in der Bettkammer, und ich bin hier, und Ellen sieht mich mit ihren Chequers-Augen an, ein wenig von der Seite, ein wenig aus dem Augenwinkel, prüfend, einordnend. Fragt sich, welche Ideen ich gerade in meinem Hirngarten züchte.

Der Finger schmeckt salzig, metallisch. Ich hab den Nagel mit der Zunge befühlt, eine gute Position zum Lutschen gesucht, ihn weiter hineingeschoben. Salzig, metallisch, als wäre Blut daran. Ellen hat die Chequers-Augen verdreht und ist nach unten gegangen. Sie sollte froh sein, dass ich nur am Daumen lutsche.
Ich könnte mich nackt ausziehen, nur die Haube aufbehalten, Strähnen darunter hervorziehen, an den Haaren reißen, in die Asch-

eimer pissen, mich damit einschmieren. Ich könnte so runtergehen, zum Dinner, und niemand könnte mir was anhaben. Sie müsste stehen bleiben, die Alte, und hinab müsste sie, auf ihre Meinen-Sohn-habe-ich-gegeben-Knie, hinab vor meinen eingeschmierten Backen, meinen Schenkeln, Brüsten, ja, ich habe einen Bauchnabel, wie jeder geborene Mensch. Ich sollte furzen, während ich an ihr vorbeigehe, verneigen muss sie sich vor meinem Leib, egal, wie klein er ist, egal, in welchem Zustand, mein Leib mit seinen rötlich krausen Haaren genügt bei einer Kaufmannstochter.
Aber ich muss vorsichtig sein. Ellen. Bin auf die Fensterbank gegangen und hab den Katechismus in der Hand gehalten, als sie wiederkam.

Küche:
Es ist offiziell: Die Krone erhebt Anklage, Norfolk wird der Prozess gemacht. Robert Dudley hat gewonnen. Könnte man meinen. Aber die Zeiten, in denen Roberts Anhänger blaue und Norfolks gelbe Schleifen trugen, sind vorbei. Als ein zufälliges Zusammentreffen in den Gängen, Höfen oder Kammern von Westminster ausreichte, dass im Dienstzimmer der Palastwache Becher umfielen, Stühle umgerissen wurden, so hastig griffen sie nach der nächstgelegenen Waffe. Laut hallten ihre Stiefel in den Gängen, durch die sie rannten, das Schlimmste zu verhindern. Ich war dabei, auf dem Tennisplatz, als Norfolk und Robert sich beinahe vor IHR geschlagen hätten.
Dennoch: Das war IHR achtunddreißigster Geburtstag vorletzte Woche, viele Kinder werden das nicht mehr, und hätte sie Robert heiraten und aus Robert Dudley, Sohn und Enkel eines Hochverräters, IHN machen wollen, sie hätte es bereits getan. Ich wette, er setzt auch auf Mary Stuart.

23. September 1571, Bishopsgate

Warte. Wollte weiterarbeiten, habe kein Papier mehr und Ellen ist schon wieder unten. Zwei Stunden vor dem Dinner.

Wo sie gewesen ist, hab ich gefragt, als sie zurückkam. In der Küche. Was sie dort getrieben habe? Auch sie habe das Recht, sich ab und an nett zu unterhalten. Mit wem? Mrs Wotton, die Köchin, die Greshams vor einigen Wochen eingestellt hätten. Ellen hat begonnen, einen Stapel Hemden zusammenzulegen, mir einfach den Rücken zugedreht. Hatte nichts zur Hand, was sich vernünftig nach ihr werfen ließ, nur die Schreibfeder. Die war viel zu leicht, hat sich in der Luft aufgerichtet, ihre Flugbahn verlassen, ist still auf die Dielen geglitten. Ellen hat es nicht einmal bemerkt. Sie kann sich mit mir unterhalten, hab ich schließlich gesagt.
Still war es, Ellen schwieg, nur der dünne Stoff der Hemden flatterte in der Luft, wenn sie ein neues nahm und es ausschlug, ehe sie es faltete.
Mrs Wotton habe erzählt, fing sie schließlich an. Sie soll mich mit Dienstbotentratsch verschonen und mir Papier bringen, hab ich geantwortet.

Wie lange ungefähr? Vom Januar '49 bis zum Sommer '51? Anderthalb Jahre blieb J. in Bradgate. Schlief mit Kat und mir in einem Bett. Wurde morgens als Erste gewaschen, frisiert, angekleidet. Setzte sich vor uns an den Tisch, bekam vor uns aufgetan und stand als Erste wieder auf. Hatte eigene Mädchen, eigene Lehrer, ein eigenes Schulzimmer. Mir wäre lieber, ich hätte sie gemocht. Meine Schwester, die Märtyrerin. Die Flut wohlwollender Adjektive.
Sie mochte mich nicht berühren. Hob die Hände, wenn sie mich kommen sah, ihre aus den Spitzenblüten der Ärmelsäume heraus-

wachsenden, behandschuhten Hände. Hielt sie hoch, außerhalb meiner Reichweite, am Anfang hatte ich einmal nach ihren Fingern gegriffen. In den Gängen gab sie acht, mich nicht zu streifen, blieb stehen, wenn ich mich verbeugte und der Platz, um an mir vorbeizugehen, zu eng war. Kat musste nachts zwischen uns liegen. Irgendwann hatte sie sich an mich gewöhnt. Mit mir geredet. Kat und mir vorgelesen, meist Religiöses. Reck dich, auf die Zehnspitzen, dann kannst du das Bild sehen, ohne dem Buch zu nahe zu kommen! Karten haben wir gespielt. Warte, bis sie ihre Hand zurückgezogen hat, ihr Blatt neu sortiert, greif erst dann nach dem Stapel, um ebenfalls eine zu nehmen. Pass auf! Unentwegt: Pass auf! Anstrengend war es, mit ihr zusammen zu sein. Meist hab ich mich versteckt, wenn sie nach mir schickte.

Tiere

1. Spaniel

»Der Hund konnte nichts dafür«, sagt Katherine erneut, und Jane dreht sich um und schlägt die Tür der Schlafkammer hinter sich zu. Sie trauern. Jane um den jüngeren Seymour und: die ausgezeichnete Erziehung in Eurem Haushalt. Des Hochverrats haben sie ihn angeklagt, jeder weiß, was das bedeutet, nach dem Frühstück war ein Bote aus London eingetroffen. Katherine trauert noch immer um den Hund, SEINEN *Lieblingshund, betont sie, einen Spaniel mit schwachem Urteilsvermögen.*

In der Nacht, in der man ihn verhaftete, war der jüngere Seymour ein wenig stürmisch in die königliche Kammer getreten. Fest entschlossen, seinen Neffen zu überzeugen, dass es mit dreizehn Jahren an der Zeit war, ein Mann zu werden. Und sich wie ein solcher aus dem erstickenden Einfluss seines anderen Onkels zu befreien, um selbständig und nach eigenem Willen zu herrschen. Seine Hilfe bei diesem Prozess

wollte der jüngere Seymour anbieten, seinen Beistand, guten Rat, seine Anleitung und Führung. Er werde gut für ihn sorgen.
Der Spaniel missverstand das stürmische Eintreten als Angriff, kläffte und verbiss sich, als das nichts half, fest in die Wade von Thomas Seymour. Nach vergeblichen Tritten und Hin- und Hergeschleudere war die Muskete, die der jüngere Seymour durch einen Zufall geladen mit sich führte, wie er zu Protokoll gab, losgegangen und hatte für Ruhe gesorgt. Blut lief auf die königliche Bettwäsche, das verwundete Tier versuchte, unter ein Tischchen zu kriechen, schmierte einen breiten rötlichen Streifen auf die grün lasierten Fliesen. Der König weinte. Wachen eilten herbei. Sie erlagen demselben Missverständnis wie der Hund und verhafteten den jüngeren Seymour.

Und wie ging es weiter?
Eine Weile blieb es ruhig. Oder unruhig. Denn Vater kam immer wieder nach Bradgate zurück, er war in Ungnade. Sein Gefolge ein wenig kleiner. Er wollte sich nicht zu viel bei Hofe sehen lassen, damit niemand auf Gedanken kam. 1549 musste er die ersten Aufstände niederschlagen. J. hat nachts im Bett die brennenden Häuser aufgezählt, vergewaltigten Mädchen, erschlagenen Burschen, zertrümmerten Möbel, gewilderten Rehe, bei denen fing Kat an zu heulen.

2. Bären
Eine Überraschung kündigt der Graf an, neben ihm in der Mitte der großen Halle steht etwas Unförmiges, größer als er selbst, bedeckt mit silber-blauem Tuch, unter dem er sich zu schaffen macht, bis es knirscht, Metall auf Metall schleift. Der Stoff beginnt sich zu bewegen, hin und her, es brummt darunter, der Graf greift zu und zieht ihn zur Seite. Mary Grey hört den Applaus, vor ihr stehen sie zu dicht, die klatschenden Hände halten einen Moment unschlüssig inne, werden erneut laut. Sie drängt sich zwischen Röcken hindurch, ist so mit dem

Hindurch beschäftigt, dass sie das Monstrum erst sieht, als sie direkt vor ihm steht.
Ein Bär. Braun und groß und nicht normal, krank, denkt Mary Grey, auf eine seltsame, verdrehte, beängstigende Weise krank. Seine Zähne sind gelblich, sehr rosa hängt seitlich die Zunge aus dem Maul, wippt bei jeder Bewegung mit. Denn er schwankt hin und her, mit einer immer gleichen Drehung, stoppt unvermittelt, ruckt, dreht sich zurück. Mary Grey wendet sich um, die Leute klatschen noch immer, folgen ihr mit den Blicken, während sie hastig sucht, tastet, nach einem Spalt zwischen den Gewändern, um durchzuschlüpfen, weg will sie, nur weg.
»Seit mindestens einem halben Jahrtausend, du Dummchen«, sagt Jane später, »sind Bären in England ausgerottet. In deinem Alter wusste ich das.«
In Paris war er gebaut, in der vorangegangenen Woche in einer riesigen Kiste geliefert worden, Mary Grey hat sie vor dem Tor stehen sehen.
Im nächsten Jahr, als der Graf ihn nach London verfrachten will – ein wenig Eindruck lässt sich mit ihm auch dort schinden – und die Männer ihn aus der Kammer neben der Küche holen, haben die Motten ihn nacktgefressen. Nur ein rostbläschenbesetztes Eisengestänge ist übrig, mit wunderlich prallen Pranken an den Enden, aus denen in einer spitzen Reihe die nach wie vor schwarz glänzenden Klauen ragen. Seine Zunge ist zusammengeschrumpelt und rotbräunlich verfärbt, die Augen unverändert braungläsern. Sein mächtiger Bauch ist ein Messingtank, grünlich angelaufen, in den kochendes Wasser gefüllt wird, auf dass es den Mechanismus antreibt. Der hohl scheppert, als die Stangenarme gegen ihn stoßen, Mary Grey tritt zu mit aller Kraft.

3. Schafe

Von Schafen träumt Mary Grey. Geht über eine Wiese, in kleinen Grüppchen weiden sie, springen zur Seite, fliehen, sobald Mary Grey ihnen zu nahe kommt, auf flinken Beinen, die Wolle wippt bei jedem

Schritt. Die Schafe bleiben wieder stehen, werden mehr, rotten sich zusammen. Unvermittelt drehen sie sich alle nach ihr um, und Mary Grey sieht die Zähne. Große gelbe Pferdezähne, gebogen ragen sie aus den schmalen Mäulern, dick wie Finger. Meist steht Ellen schon neben dem Bett, wenn sie aufwacht. Und Katherine stößt ihr den Ellbogen in die Seite und sagt, Mary Grey solle still sein, sie könne so nicht schlafen.

Schafe fressen Menschen, hat der Graf beim Dinner unten an der großen Tafel gesagt, hat den Satz mehrfach wiederholt, Schafe fressen Menschen.

Ellen behält Katherine im Auge, die sich wieder umgedreht hat, redet leise auf Mary Grey ein: Es gibt keine menschenfressenden Schafe, das sagt man nur so. Weil die neuen Grundbesitzer Wolle auf dem Kontinent verkaufen wollen, ist viel Land eingezäunt worden, sehr viel Land, auf dem die Schafe weiden. Vor dem gewichtigen Onkel und dem neuen Glauben hat das Land der Kirche gehört, Pächter haben darauf gelebt, ein paar Tiere gezogen. Die haben jetzt keine Felder mehr, keine Arbeit, ein einziger Schäfer reicht für tausend Schafe. Es gibt Gesetze dagegen, die werden nicht richtig angewandt. Die Hungernden reißen verzweifelt die Zäune ein, trampeln nieder, klettern über Mauern, nehmen die Weiden unter den Pflug, nehmen die neuen Parks unter den Pflug, die Gartenanlagen, Schafe fressen Menschen, schreien sie.

Mary Grey weiß nicht, was Unter-den-Pflug-Nehmen bedeutet, etwas Schreckliches, dessen ist sie gewiss, schläft aber wieder ein.

24. September 1571, Bishopsgate

SIE ist in Hunsdon House, gestern angekommen.

Die Zettel passen nicht mehr ins Griechischbuch. Werde sie ins Journal legen, das Journal wegschließen. Habe die kleine Metallkiste ausgeräumt, viel war nicht drin, ein paar Briefe, die meisten von Cecil. Geduld, Geduld, Geduld. Ellen hat sie aufgehoben, ordentlich in den Bücherschrank gelegt. Wofür ich die Kiste denn brauche, gefragt, als ich sie um den Schlüssel bat. Geht sie nichts an, hab ich geantwortet, nicht aufgehört, bis sie ihn mir gegeben hat. Werde ihn am Körper tragen müssen. Am besten auf der Erhebung, da ist er vor ihren Händen sicher.

Gresham kam, nachfragen, ob mir jemand eingefallen sei, der mich aufnehmen könnte. Brachte eine Nachricht von Stiefgroßmama. Ich dachte, es wäre ihr Beileid, ein wenig spät, aber immerhin. Ob sich die Schale angefunden hätte, die sie seit meiner Abreise vermisse, schrieb sie. Ich hätte versprochen zu suchen.
Ob die Herzoginwitwe von Suffolk keine Lösung wäre, fragte Gresham vorsichtig, als er mir den Brief gab. Schließlich hätte ich schon einmal bei ihr gewohnt.
Hab den Kopf geschüttelt. War damals schon schwer genug, sie dazu zu bewegen, mich zu nehmen.
Wie stellst du dir das vor? Stiefgroßmama blieb auf der Schwelle stehen, als sie mich sah. Ich saß auf dem Karren, mit dem Hawtreys Sekretär mich nach London gebracht hatte. Erst hatte sie sich geweigert, uns zu empfangen, zur Tür zu kommen. Der Sekretär musste mitsamt dem königlichen Siegel auf der Anweisung, meinen Arrest von Chequers zu ihr zu verlegen, eine Weile im Haus verschwinden.
Ich stelle mir gar nichts vor, habe ich geantwortet.
Und jetzt schon gar nicht, Stiefgroßmama deutete auf ihr sternenbesticktes Brusttuch: Ich bin auf dem Weg nach Westminster.
Er habe Anweisung, die Gefangene in ihre Verantwortung zu übergeben, wiederholte Hawtreys Sekretär beständig, und so musste sie mich nehmen.

Wo sind deine Sachen? Deine Mädchen? Diener?
Ich hab auf Ellen gezeigt und auf die Truhen.
Ob er Geld für sie habe, hat sie den Sekretär gefragt. Sie können mir die da, und dann hat sie auf mich gezeigt, doch nicht einfach so schicken, ohne Mittel, um sie zu versorgen. Er müsse Geld für sie haben. Sie habe nicht einmal genügend Möbel für sich.
Überraschenderweise war das keine Lüge. Im Erdgeschoss, im Flur und im Empfangszimmer standen welche, in ihrem Schlafzimmer gewiss, in den anderen Räumen nichts als Dielen, leere Wände, Fensterbänke, unbenutzte Feuerstellen und Wollmäuse in den Ecken.
Sie könne keine Gefangene versorgen, schrieb sie an den Rat, an jedes einzelne Mitglied, an IHREN Stab, an die Staatskasse, den Lordkanzler, den Lordsiegelbewahrer, den Stallmeister, an jeden. Sie habe selbst kaum genug für ein ihrem Stand angemessenes Leben, und man möge mich entfernen oder Teppiche schicken, Tischchen, eine Fußbank, Kissen, Löffel und die eine oder andere schöne Decke. Und außerdem: Münzen.
Sie selbst zog umgehend aus. In die Räume, die ihr die Krone bei Hofe zur Verfügung stellte. Dort klagte sie, sie müsse heizen, ohne auch nur einen einzigen Tag in den letzten Monaten zu Hause gewesen zu sein. Ein ganzes Zimmer, vierundzwanzig Stunden Wärme für fast nichts.

Ellen schläft endlich. Also:

Spiele

1. Das Wer-ist-schnell-genug-beiseite-Spiel

Es werden benötigt:
1 seinen Einfluss auf den dreizehnjährigen König überschätzender jüngerer Onkel desselben
1 Graf von Dorset
8 Mitglieder des Rates für die Verhöre
1 Trumpf

Des Weiteren:
– der Aufruf, Truppen in den jeweiligen Ländereien zu mobilisieren
– Geld
– Laute Prahlerei unter Aufzählung der Pläne

Ziel des Spiels ist: schnell genug beiseite zu sein, damit die Axt nur den schmalen Nacken des jüngeren Seymour spaltet. Um zu gewinnen, muss der Graf die Verhöre so lange in der Schwebe halten, bis er mit dem Protektor fast alleine ist und seinen Trumpf spielen kann.

Am Anfang ist alles etwas peinlich: Der Graf ist beim jüngeren Seymour zu Besuch und sitzt beim Frühstück, als dieser verhaftet wird. Der Graf muss beteuern, er habe nichts von dessen Plänen, sich des Königs zu bemächtigen, gewusst. Getäuscht worden sei er, regelrecht verführt, der jüngere Seymour habe ihn mit dem Versprechen geblendet, die Tochter des Grafen zu verheiraten. Mit dem König, zugegebenermaßen. Aber welcher Vater wolle nicht das Beste für sein Kind? Und Geldgeschenke von einem Freund anzunehmen sei kein Verbrechen. Und was heiße schon Freund, man habe sich ab und zu in London gesehen und Karten gespielt.

Arglos sei er gewesen. Habe nichts Böses vermutet hinter dem Gerede vom Männer-Mobilisieren in den eigenen Ländereien. Mobilisieren ist glücklicherweise keins der Talente des Grafen, und so kann er glaubhaft darauf verweisen, dass in seinem Gebiet nicht ein Mann die Rüstung angelegt hat. Im Auftrag der Krone, habe er beim Anblick der Listen mit Zahlen und Musketen und Arkebusen gedacht. Seit langer, langer Zeit habe er weder Sudeley Castle noch einen anderen Landsitz des jüngeren Seymour besucht, könne also gar nicht gesehen haben, wie Waffen dorthin geliefert wurden. Drei Monate seien für ihn eine lange Zeit.
In der Münzerei von Bristol sei er nie gewesen. Über vorgeschriebene Silberanteile wisse er genauso wenig wie über das Münzrecht. Den in Bristol zuständigen Kronbeamten kenne er nicht. Und es sei für ihn neu, er erfahre erst jetzt, dass dieser vom jüngeren Seymour erpresst worden war, zur Herstellung von Falschgeld gezwungen. Überrascht sei er und natürlich für keinen Coup zu haben. Für Hochverrat auch nicht, man sei schließlich einer der nächsten Verwandten des Königs. Und interessiere sich sowieso nur für den Glauben.
Und wenn dies den Herrn Protektor nicht überzeuge, so habe er ein Angebot zu machen. Einen Sohn habe dieser schließlich, den Grafen von Hertford. Und er, er habe einen Trumpf. Eine Wahrscheinlichkeit. Und wenn man dies beides ehelich miteinander verbinden könnte ... Und sich das Parlament wieder daran erinnere, dass es die beiden Cousinen für illegitim erklärt hatte ... Und der Cousin nach wie vor blasser würde und der Protektor weiter regieren wolle ... Aber das werde natürlich nichts, wenn die Güter des einen Schwiegervaters wegen Hochverrats eingezogen würden. Und sein Kopf fehlen würde. Anstandshalber könne man mit der Bekanntgabe der Verlobung auch warten.

Ellen ist aufgewacht. Was ich denn da schreibe? Sie soll mir eine neue Kerze bringen, hab ich geantwortet. Hat sich über meine Papiere gebeugt, den Stumpen in den Ständer geschoben. Als ob sie lesen könnte. Ist zurück ins Bett und stellt sich schlafend. Ich kenne dein Geschnarche, meine Liebe, mich täuschst du nicht. Egal, sie wird auch am Kratzen vom Kiel auf Papier nicht erhören können, worum es geht.

2. Das Märtyrer-Spiel

Es werden benötigt:
2 Spieler; einer für die sonstigen Rollen, weil Jane immer Anne Askew spielt

Des Weiteren:
1 Exemplar der Examinations *von Anne Askew*
1 Augenzeugenbericht ihrer Hinrichtung, beides Geschenke der Königinwitwe
1 Stuhl aus dem grünen Zimmer, ohne Polster, mit gerade aufragender, schlichter Lehne
1 Korb mit Lumpen
1 kleiner Lederbeutel zum Um-den-Hals-Hängen
2 Stricke

Das Spiel beginnt in der Zimmermitte, dort steht Jane und trägt laut die Examinations *vor. Kingston und Rich, die das Verhör leiten, ihre Fragen, die Aufforderungen, zu gestehen, liest sie in derselben Tonlage, die die Kindermädchen benutzten, wenn in Märchen Ungeheuer vorkommen. Den Körper zieht sie dabei zusammen, als hätten Kingston und Rich ebenfalls eine Erhebung im Nacken. Anne Askews Antworten trägt Jane mit durchgedrücktem Rücken und aufrecht bescheidener Stimme vor. Später, als sie den Text auswendig kennt und nichts mehr halten muss, hebt sie ab der Stelle, an der Anne Askew sich auf die Streckbank legt, ihre Arme über den Kopf, kreuzt die Handgelenke, strahlend trotz der Schmerzen.*

Vor dem Augenzeugenbericht muss der Stuhl in die Zimmermitte gerückt werden, Janes Stimme wird leiser, Anne kann weder gehen noch stehen, schildert sie. Zählt jedes ausgerenkte Gelenk auf, jeden gebrochenen Knochen, jedes gerissene Band. Jane Askew setzt sich auf den Stuhl und legt ihre Ellbogen auf die Armlehnen. Wo Mary Grey, denn Katherine tollt mit den Hunden, sie mit den beiden Stricken festbindet, ohne Jane zu berühren. Während der Stuhl zum Richtplatz getragen wird, schwankt Janes Oberkörper von rechts nach links nach rechts. Ihre Stimme flüstert, wenn sie am papistischen Pöbel in den Straßen vorbeikommt. Das ist Mary Greys nächster Einsatz, denn Katherine tollt mit den Hunden. Mit beiden Händen greift sie in den Lumpenkorb und wirft Stoffreste nach der Delinquentin. Nicht ins Gesicht, das stört beim Lesen, aber Schultern, Brust und Beine darf sie treffen, und das tut sie auch. Mit Freude. Außerdem darf sie den Lederbeutel mit dem Schießpulver um Annes Hals hängen, ohne Jane zu berühren. Den Beutel haben die Reformierten besorgt, damit es schneller geht. Am Ende, wenn das Holz des Scheiterhaufens bereits entzündet ist, macht Jane Askew immer längere Pausen zwischen den Sätzen. Und dann kommen gar keine Sätze mehr, und Jane schließt die Augen und faltet die Hände zum Gebet.

25. September 1571, Bishopsgate

Kat. Hab von ihr geträumt, sie saß neben mir. Zwölf oder dreizehn war sie, in dem Alter, in dem sie sich jeden Abend argwöhnisch im Spiegel beobachtet hat. Jeden Abend, bevor wir die Kerzen löschten, unsicher, was sie da vor sich hatte. Hat den Kopf ins Profil gedreht und wieder nach vorne, ihre Mundwinkel ausprobiert, millimeterweise gelächelt, die Oberlippe hochgezogen, mehr Zähne, weniger Zähne. Hat die Grübchen, die sich in ihre Wangen schoben, mit den Fingern nachgezeichnet, ihre Haare mit einer Hand am Hinterkopf zusammengerafft, ihren Nacken betrachtet, rechts, links, wenn sie fertig war, streckte sie sich im Spiegel die Zunge raus. Sei still, hat sie gesagt, wenn ich währenddessen versuchte, mit ihr zu reden, sei still.

Irgendwann hat sie aufgehört und angefangen zu leuchten, glücklich, unendlich erleichtert darüber, schön zu sein. Wenn Kat glücklich war, war sie großzügig. Lag neben mir im Bett auf dem Rücken, die Finger in irgendeinem Tierfell, und redete Unsinn. Wer sie angesehen, wen sie belauscht oder was ihre Hündchen am Morgen mit Aylmer, dem Tutor, angestellt hatten. Belangloser Kram, das wusste ich damals schon, vollkommen belangloser Kram, und traute mich dennoch nicht, mich zu rühren oder sie anzusehen, hatte Angst, sie würde aufhören.

Im Traum saß sie neben mir. In einer Sänfte, Dorset-Silber-Blau, ich weiß nicht, wohin wir auf dem Weg sind, das ist nicht beunruhigend, ich weiß es oft nicht. Kat leuchtet. Sehr aufrecht sitzt sie, die Sänfte schwankt, ist vorne höher als hinten, es geht aufwärts, irgendeinen Hügel hinauf. Ich pralle gegen das Polster der Seitenwand, öffne den Mund, gebe einen langgezogenen Ton von mir, die Schläge modulieren ihn jedes Mal, wenn ich von einer Seite auf die andre geworfen werde, bis ich lachen muss, mich an Kats Arm festhalte, um nicht von der Bank zu rutschen.

Kat rührt sich nicht, lächelt, Lippen geschlossen, Zähne verborgen, die Mundwinkel wie festgesteckt. Ihr Hals ist lang, ihr Bauch eingezogen, Brustkorb nach vorn gereckt. Ihr Kinn erhoben. Da erst merke ich, dass die Vorhänge offen sind, eine enge Reihe Bärtiger steht auf beiden Seiten am Straßenrand und verbeugt sich tief.

Kat dreht den Kopf nicht, wie es von ihr erwartet wird, neigt ihn nicht zum Grüßen nach rechts und links. Ist starr, als fürchte sie, mit einer Regung, einem angespannten Muskel, falsch hochgezogenen Grübchen das Kunstwerk in ihrem Gesicht zu zerstören. Die Sänfte neigt sich weiter nach hinten, der Weg wird steiler, es geht höher, Kat leuchtet, und ich greife nach ihrem Arm. Wir kippen noch ein Stück, bis wir beinahe liegen, auf dem Rücken, es geht einen schroffen Hang hinauf.
Wir werden uns überschlagen, hab ich gedacht und bin aufgewacht.

Ellen ist unten bei ihrer Köchin, werde weiterarbeiten.

3. Das Spionin-Spiel

Es werden benötigt:
1 neugierige Schwester
1 neidische Schwester
1 sehr kleine Schwester
1 Truhe, die günstigerweise in Mutters privatem Wohnzimmer steht

Spielvorbereitungen:
Nachmittags, wenn Mutter zur Jagd reitet und ihre Damen unten im Sitzzimmer einander zuflüstern, was Vater an Neuigkeiten aus London mitgebracht hat, muss die Truhe geleert werden. Leise müssen die Schwestern die Stoffe herausnehmen, vereinzelt Motten abschütteln, den Stapel in ihre Kammer bringen und auf dem Betthimmel verstecken, indem sie sie flach auf die Bretter legen. Katherines Hunde umkreisen sie und kläffen, bis Jane droht, die Tiere in die Küchenöfen zu stecken, drei sind es, für jeden Hund ein Ofen.
»Jedes Wort«, sagt Jane zu Mary Grey, »merk dir jedes Wort.«
Nach dem Abendessen wird die kleine Schwester erst zum Abtritt,

»nun mach endlich«, sagt Jane, »sonst musst du später und dann geht es nicht«, und dann zur Truhe begleitet. Sarg, denkt die kleine Schwester, als sich der Deckel über ihr senkt, und ob Jane ihn abschließen wird. Und sie dann vergessen. Wie viel Luft ist in so einer Truhe? Irgendwas fliegt gegen ihre Stirn, streift ihre Wange. Sie haben eine Motte übersehen, Mary Grey kann die Luft fühlen, die die Flügel beim Schlagen verdrängen, presst ihre Lippen aufeinander, zieht sie nach innen, will nicht, dass das Insekt sie berührt. Versucht die Arme nach vorne zu kriegen, stößt gegen den Deckel, als sie versucht, sich aufzurichten. Jane, will sie rufen, und dann hört sie die Gräfin.

Ziel des Spiels ist: die Zahl der Kniffe und Tritte und ausgerissenen Haare so gering wie möglich zu halten. Die kleine Schwester muss versuchen, möglichst viel zu verstehen, und wenn sie schon nicht versteht, wovon die Rede ist, sich wenigstens die gehörten Worte merken, so dass Jane mit den Antworten zufrieden ist.

Das Spiel beginnt, wenn Jane den Truhendeckel wieder öffnet und beide auf Zehenspitzen, die Tür zur Schlafkammer fest im Blick, aus Mutters Wohnzimmer schleichen und in ihr Bett, wo Katherine wartet.
»Also«, sagt Jane. Und als Mary Grey schweigt, gibt es schon den ersten Tritt.
»Haben sie was zu Seymour gesagt?«
»Ist das der Protektor?«
Sogar Katherine verdreht die Augen, ja, natürlich.
»Vater hat Angst vor ihm.«
»Klar. Und sonst?«
»Weiß nicht.«
Dafür gibt es den ersten Kniff, in den Handrücken. Jane nimmt immer nur eine schmale Falte zwischen die Finger, presst ihre Nägel tief hinein und verdreht die Haut, damit es mehr weh tut.

Jane wartet.
»Es brennt. Cornwall brennt, der Norden brennt, hat Vater gesagt.«
Die Schwestern scheinen nicht interessiert.
»Wie weit ist Cornwall entfernt? Kann das Feuer zu uns kommen«, fragt Mary Grey. Ein schwerer Fehler, ein Regelverstoß, der doppelt mit Hautfalte-Verdrehen und Haare-Ausreißen geahndet wird. Die Spionin ist für die Antworten, nicht für die Fragen zuständig.
»Brennt heißt, dass da die Aufstände sind, über die alle reden.«
Katherine lässt sich aufs Bett fallen. »Das bringt doch nichts«, sagt sie zu Jane.
»Sie hätten die Teppiche hängen lassen sollen, hat Mutter gesagt. Die Kerzen nicht wegnehmen dürfen. Die bunten Fenster in den Kirchen«, sagt Mary Grey eilig.
»Verstehe ich nicht. Was soll das bedeuten«, Katherine gähnt, streckt die Arme über den Kopf.
»Das bedeutet, dass unsere Mutter eine schlechtere Protestantin ist, als sie sein sollte«, antwortet Jane. »Haben sie noch über irgendwas Wichtiges gesprochen?«
Schwer zu sagen, was wichtig ist, wenn man nichts versteht, glücklicherweise sagt Mary Grey das nicht laut, denn Jane fragt erneut, präziser:
»Bin ich verlobt mit Seymours Sohn? Oder nicht mehr?«
Mary Grey ist erleichtert, die Antwort kennt sie, davon war die Rede.
»So verlobt wie letztes Mal« – Katherine kichert –, »Königliche Hoheit«, sagt sie und verneigt sich und lacht weiter, bis Jane nach ihr tritt.
»Vater hat gesagt, es sei gut, dass nichts bekanntgegeben wurde. Abwarten, hat er gesagt.«
Jane nickt. »Die Seymours gehen unter. Und weiter?«
Bloß nicht wieder weiß nicht sagen.
»War von jemand anderem die Rede? Einem anderen Ehemann?«

»Dudley«, sagt die kleinste Schwester, der Name war oft gefallen, »John Dudley.«
»Der Alte oder sein Sohn?«
»Er weigert sich, artig zu sein, dem Protektor zu gehorchen und mit den Truppen in den Norden zu ziehen.«
»Das ist der Alte. Der ist verheiratet«, sagt Jane.
»Er ist der neue Mann, hat Vater gesagt. Vielleicht heißt das, du sollst ihn trotzdem heiraten?«
Jane schüttelt den Kopf, tritt aber nicht, und Katherine rutscht vom Bett und muss sich auf die Binsen hocken vor Lachen.
»Der Onkel hatte auch viele Frauen«, wendet Mary Grey ein.
»Das ist was anderes«, sagt Jane, »und sonst nichts?«
»Von einem Admiral haben sie gesprochen.«
»Das ist auch Dudley«, sagt Jane und kneift wieder.

26. September 1571, Bishopsgate

Kerzen. Das Lied des Tages heißt: Kerzen. Wir haben keine mehr. Die letzte hab ich gestern Nacht vergessen zu löschen. Der Dochtrest ist herabgefallen, auf die Tischplatte, dort liegt er noch immer, inmitten einer verkohlten Aura. Wir hätten verbrennen können, sagt Ellen, im Schlaf verbrennen. Sie war unten, neue holen.
Am Montag erst ein Dutzend, und heute noch mal so viele, singt die Alte am Treppenaufgang.
Drei Stümpfe aus hubbelig gelbem Rindertalg hat Ellen in der Hand gehalten, als sie zurückkam. Die Köchin hat sie ihr gegeben, heimlich, Wachskerzen rückt die Alte nicht raus.
Drei Tage, zwölf Stück, welcher anständige Mensch benötigt so viele, singt sie.
Was ich in der Nacht da oben treibe, will sie wissen.

Es ist zu kalt, um ein Fenster zu öffnen, zu lüften, den Gestank des brennenden Talgs abzumildern. Richtplatzgeruch – hing über den Scheiterhaufen zu Zeiten der lieben Cousine. Der Rauch füllt das Zimmer, kriecht in die Nasenlöcher, bis es sich anfühlt, als hätte er die Innenwände mit einer dünnen Fettschicht überzogen. Schlüpft in den Mund, wenn man ihn öffnet, um mehr Luft zu kriegen, bildet einen Belag auf der Zunge, den der Speichel nicht abwäscht.
Das geht nicht.
Ellen hat die Schultern gehoben, als wüsste sie nicht weiter. Vielleicht könne ich ja früher schlafen gehen. Von jetzt an stehe mir eine Wochenration von vierzehn Stück zu. Wenn ich weitere Kerzen wolle, müsse ich bezahlen.
Schuhe, hab ich gesagt. Erst hat Ellen sich nicht gerührt, als hätte sie nicht verstanden. Sonst besteht sie immer drauf. Das cremefarbene Paar hat sie schließlich geholt, hab stillgehalten, während sie sie anzog, und jetzt sitze ich hier. Und sollte runtergehen. Zu Gresham. Lärm machen. Bin müde. Die Treppe hinab, an der Alten vorbei – sie wird aufhören müssen zu pöbeln, während sie sich verbeugt oder verneigt. Oder? Ist eine Weile her, seit wir einander begegnet sind.
Werde warten, bis sie wieder in ihren Räumen verschwunden ist.

Hinter seinem Schreibtisch hat er gehockt, Gresham, zusammengekauert. Sein Oberkörper nach vorne gebeugt, Ellbogen aufgestützt, viel Stuhllehne war zu sehen. Hat nicht mal angedeutet, er wolle sich erheben und verneigen, als ich reinkam.
Wollte mich erklären, hab die krumpligen Talgstumpen hochgehalten, doch er war schneller. Er habe Schmerzen, könne nicht sprechen, sein Arzt sei auf dem Weg. Ich möge bitte und in Gottes Namen sein Zimmer verlassen, er brauche Ruhe.
Ich brauche Licht, hab ich geantwortet.

Seine Rückenschmerzen beeinträchtigten auch die Ohren, er hat den Kopf sinken lassen, die Stirn auf seine Handflächen gelegt. Schmerzen ließen ihn nicht richtig hören, wie ein Rauschen seien sie, das alles schlucke. Nicht nur, was von draußen in ihn hineinströme würde mitgerissen, verlöre jegliche Bedeutung, nein, auch Anteilnahme, Geduld und Barmherzigkeit verschwänden im Rauschen.
Wusste nicht, was ich sagen sollte.
Er hat aufgeblickt, seine Pupillen noch trüber als sonst. Er sehe schon, sagte er, ich verstünde ihn nicht. Dann hat er gelacht und den Daumen gehoben. Erstens: Ich sei ihm egal. Zeigefinger, zweitens: Seine Frau sei ihm egal. Mittelfinger, drittens: Kerzen seien ihm egal. Ringfinger – hier brach er ab, denn der Arzt wurde reingeführt.
Niemand war da, um mich wieder hinaufzugeleiten. Kam an der Halle vorbei, ein paar Mädchen putzten die Wandleuchter, standen auf Schemeln, rieben das Messing mit Tüchern ab. Die Kerzen lagen zu einem ordentlichen Stapel geschichtet auf einem der länglichen Tische an der Wand zwischen ihnen. Fünf Mädchen waren es, sie bemerkten mich erst, als ich an den ersten beiden vorbei war. Eine verlor beinahe das Gleichgewicht, hat ihre Arme ausgebreitet, der Schemel ist von einer Seite auf die andere gekippelt. Sie sahen einander an, bis die erste langsam die Knie beugte. Sie sind alle runter, als sie sich wieder aufrichteten, hatte ich bereits vier Kerzen in der Hand.
Wenn die Alte die Kerzen wiederhaben will, soll sie sie holen kommen. Morgen werde ich Ellen schicken, sie sollte groß genug sein, um an die Wandleuchter ranzureichen. Wenn die Alte mir keine gewährt, hol ich sie mir eben jeden Tag aus ihrer Halle.

Diebin, flötet die Alte am Treppenaufgang, sie werde Wachen aufstellen, sei gezwungen, in ihrer eigenen Halle, den Sitzzimmern und Gängen Wachen aufzustellen.

Ich könnte aufhören zu essen. Mich an den Tisch setzen, Ellen auftun lassen und zusehen, wie das Fleisch aufhört zu dampfen. Die Soße eine stumpfe Haut bekommt. Werde schweigen, wenn Ellen fragt, ob das Fleisch nicht in Ordnung sei, es habe gut gerochen, als sie es hochtrug.
Irgendwann wird Ellen aufgeben, alles wieder aufs Tablett stellen und nach unten tragen. Ein wenig Ale könnte ich von Zeit zu Zeit trinken, kleine Schlucke, wenn Ellen nicht hinsieht. Wann wird es schwer? Der erste Tag geht noch, denke ich, der zweite wohl auch, und dann wird einem schwindelig, und der Magen ist ganz klein und fest zusammengezogen und zerrt an der Bauchdecke wie ein Hündchen, das mit der Schnauze hin und her ruckt, um ein Stück herauszureißen. Vielleicht wird es besser, wenn man sich daran gewöhnt hat. So leicht verhungert man nicht, sagt Ellen, das dauert. Sie wird es wissen, ihre Eltern haben auf den Feldern gearbeitet. Die Haare gehen einem aus, sagt Ellen, der leere Bauch schwillt an. Kat muss außer sich gewesen sein. Ob sie eine Locke um ihren Finger gewickelt hat und plötzlich die Strähne in der Hand hielt? Ich bin ungerecht. Ich kann sie mir nicht vorstellen, so viel Selbstbeherrschung. Willen. Mit zerstörtem Teint und riesigen Augen und schlaffen Brüsten, zerbrechlichen Fingern, zerbrechlichen Schultern, schmalem Nacken, als würde sie sich vorbereiten. Mit einem Streich wär es vorbei.
Wohin würde mich das bringen, nicht zu essen? Die Alte würde Fleisch sparen, Ellen wäre außer sich und würde auf meinen Nerven eilig hin und her rennen und Anweisungen für Süppchen geben.
SIE lässt sich nicht erpressen. Sterben will ich nicht. Hätte niemanden für die große Schlussszene, Ellen und Gresham bestenfalls, und wen kümmert deren Zeugnis. Kein herzeigbarer Witwer, dem ich Ringe schicken könnte, keine Wahrscheinlichkeiten, die es im Nachhinein noch richten können.

Ich war noch bei Stiefgroßmama, sie überbrachte damals die Nachricht.
Deine Schwester! Sie hat einfach die Tür zu meiner Kammer aufgestoßen, niemand hatte sie gemeldet, Ellen war unterwegs, die vorangegangenen Wochen war Stiefgroßmama bei Hofe gewesen: Deine Schwester kann es nicht lassen.
Von Hertford? Der ist doch in Sion unter Hausarrest?
Erneut schwanger, dachte ich, trotz des Briefs, in dem es hieß, sie sei nahezu siech, dachte ich, Kat sei erneut schwanger. Der Rest ein Schauspiel, Übertreibungen, die nächste Taktik, um ihren Willen durchzusetzen, nicht ernst zu nehmen. Sie isst nicht – gut, machen wir wenig draus, sie hat schon immer auf ihre Taille geachtet. Weint Tag und Nacht – das behaupten sie immer, würde ich auch tun, wenn mich jemand fragte. Zu schwach zum Aufstehen – faul wie eh und je, dachte ich.
Was ist mit ihr, hab ich gefragt, und Stiefgroßmama hat erzählt, von Kats großem Auftritt. Von letzten Worten. An SIE, die Söhne, Hertford, das gesamte europäische Festland. Kein Brief für mich.
Als sie klein war, hatte Kat ein breites Band, rosafarben war es, von einem Ärmel abgerissen. Sie hat es in die Hand genommen, ist die Gänge runtergelaufen, ihre Hunde hinter ihr her, haben nach dem Band geschnappt, und Kat hat gequietscht, und am Ende, wenn sie wenden musste, sind alle an ihr hochgesprungen, bis sie sich frei gemacht hat und weitergelaufen ist. Da war sie glücklich.

27. September 1571, Bishopsgate

Ich könnte Stiefgroßmama drohen, vor ihre Tür zu ziehen, mit Ellen, den Truhen, dem Federbett und allem. In den Regen, Matsch, Pferdekot, dem Nachttopfinhalt, dem, was beim Kochen übrig bleibt

und was die ziehenden Händler hinterlassen. Und jedem, der vorbeigeht, aus meinem Bericht vorlesen, so lange, bis sie mich reinlässt.
Ich brauche Geld. Muss jemanden finden, der sich für mich einsetzt.

Robert, John Dudleys Sohn, könnte ich schreiben, betteln, dass er sich bei IHR für mich verwendet. Zwischen zwei Komplimenten mein Erbe erwähnt. SIE ist nicht mehr ganz so albern mit ihm wie am Anfang, heißt es. Spielt aber immer noch gerne Willst-du-mich-oder-meine-Krone und Wenn-ich-könnte mit ihm. Schwager sollte ich ihn wohl nicht nennen.
Die Sommerreise des Hofs ist zu Ende, SIE ist auf dem Rückweg aus Essex. Können nicht weit von der Straße entfernt sein, auf der Robert Dudley, zehn Jahre ist es her, die Pferde halten ließ.
Der Farn, sagte er.
Ja, es waren außergewöhnlich hohe, breitblättrige und langfiedrige Pflanzen, im August 1561 hat es beinahe so viel geregnet wie in diesem Jahr. Von Feen sprach er, von Sagen, Aberglaube, er war nicht sicher, ob walisisch oder schottisch, und von unglücklicher Liebe. Damals lebte seine Frau Amy Rosbart noch und mit ihr die Hoffnung, SIE würde ihn heiraten und krönen, wenn Amy endlich starb. Robert Dudley hat auf mich gezeigt, beweisen werde er es gesagt und nach den Zügeln meines Ponys gegriffen. Feen könnten unter diesen Blättern aufrecht stehen, sagte er. Kobolde, eine ganze Stadt gäbe es dort, und er zeigte auf einen hellen Flecken Sonnenlicht, der in einer Lichtung auf den Blättern lag. Ich musste absitzen – er hat mein Pony gehalten – und mich unter ein besonders großes, grünfiedriges Blatt stellen. Regenreste sind auf meine Haube und die Erhebung getropft, als ich gegen die Pflanze stieß. Meine Schuhe sind in den Boden eingesunken, Nässe drang durch die Seide

und den ganzen Tag klebten Blätter an ihnen. Robert hat vor mir gekniet und mich gebeten, ich möge ihm einen Liebestrank von meinem Volk bringen, er werde mich reich entlohnen. Er wisse nicht, wie er die Dame, der sein Herz gehöre, sonst erweichen solle.
Da reichte es IHR, SIE trieb ihr Pferd an, vorwärts, und alles kam in Bewegung, Reiter, Sänften, Läufer, Packpferde und Karren. Mein Pony stand auf der anderen Seite der Straße, und dazwischen strömten und riefen sie. Ich musste warten, bis eins der Pferde im tiefen Geläuf hängenblieb und stürzte. Das Pony war unruhig und scheute, und niemand da, um es beim Aufsitzen zu halten. Nur noch Fußvolk um mich herum, als ich endlich oben saß, waren alle anderen weiter. Der Weg war eng, die Hecken, Büsche und Bäume wucherten dicht am Straßenrand und streckten ihre Äste und Zweige nach mir aus. In Bradgate blieben die Pflanzen klein, Eichen wuchsen langsam, der Hang gegenüber des Hauses wurde regelmäßig kurzgesenst. Das Fußvolk weigerte sich, stehen zu bleiben, mich durchzulassen, habe den ganzen Nachmittag hinten beim Gepäck festgehangen. Schwager, hab ich Robert von da an genannt, laut und immer, wenn jemand dabeistand.

Lieber Robert,
Du bist fein raus. Wie alle, die sich an eine Wahrscheinlichkeit klammern, auf dass die Wahrscheinlichkeit mit ihnen aufsteige, immer höher, bis niemand mehr an ihre Nacken rankommt. Stürzt die Wahrscheinlichkeit ab, habt Ihr Klammerer gute Chancen, wenn Ihr rasch loslasst. Ein wenig Tower, ein, zwei Güter dahin, und schon könnt Ihr Euch eine neue suchen und klammern.
Es ist mir eine Freude, von fern zu bewundern, wie erfolgreich Dein zweiter Versuch war. Als Wahrscheinlichkeit, auch als klitzekleine, ist das nicht so leicht. Du selbst bist, Dein Körper ist die Bedrohung. Mag er auch sabbern und wirr reden, eitern, verwesen, pockennarbig und

verwachsen sein, krank oder gesund. Mag er schwören, sooft er will, er wolle keine Wahrscheinlichkeit sein, der Körper bleibt gefährlich. Kann nicht mehr ungeboren sein.
Ich bedrohe niemanden. Ich will einen eigenen Haushalt. Über die Themse gerudert werden, durch die Straßen getragen, ein wenig aufs Land fahren. Sag IHR, *ich gelobe, niemals zu gebären, mein Unterleib gehört* IHR. *Sag* IHR, *wenn* SIE *mich nicht freilässt, siehst Du* IHRE *Falten. Und falls Du die Güte fändest, mir von da oben etwas herabzureichen, ein paar Münzen, denn vergiss nicht, Dein Vater schuldet mir meinen Vater und eine Schwester und Du mir die andere. Gut, die eine Schwester war sehr eitel und die andere dumm und ein wenig selbst schuld, und für Vater gilt gleich alles zusammen – dennoch: Sagen wir zehn Kronen für jede und für Vater zwei. Außerdem wäre da noch Bradgate, und Bradgate mochte ich, das macht hundert. Hundertzweiundzwanzig Kronen insgesamt, in Münzen bitte, nicht in Schuldscheinen.*

Und noch mal:
Lieber Robert,
bitte verzeih, dass ich Dich mit meinen unwürdigen Nöten belästige, doch ich bin verzweifelt und weiß niemanden sonst, der die Weisheit und die Fähigkeit hätte, mein Anliegen zu fördern. Die Jahre des Hausarrests haben meinen Körper und Geist geschwächt, ich bin arm und ohne Freunde. Daher bin ich so verwegen, Dich anzuflehen, meine Bitte um Freilassung und ein bescheidenes Einkommen vorzutragen. Ich kann Dir nichts anderes dafür versprechen als meine immerwährende Dankbarkeit und das reine Gewissen ei

Was solls. Der eitle Arsch wird das nie und nimmer lesen. Irgendein Sekretär wird sich das Siegel ansehen, und ein anderer wird entscheiden: nicht vorlegen. Vielleicht ein, zwei Zeilen Bedauern diktieren.

Eigentlich kann ich schreiben, was ich will. Ich habe Zaubertinte. Sie wird unsichtbar; wie in der Geschichte von den grausigen Mönchen, die J. uns zum Einschlafen erzählte. Ich setze die Feder auf, ziehe Linien, Grenzen, Buchstaben, sehr schwarz auf dem bleichen Papier, bis der Brief gesiegelt dem Boten übergeben ist. Sobald der Empfänger ihn in den Händen hält und auseinanderfaltet, ist da nicht mehr als ein leerer Bogen und Grey, in rotes Siegelwachs gedrückt. Wozu also die Mühe? Das Nase-in-die-Binsen-Pressen. Der erste Brief tut es. Hab ihn gefaltet und gesiegelt. Abrakadabra.

28. September 1571, Bishopsgate

Hätte den Brief nicht schreiben sollen. Wenn sie ihn doch lesen – geistig zerrüttet vom Arrest, werden sie denken. Halb irre. Hab nicht einmal richtig unterschrieben. Aber gesiegelt, sie werden wissen, von wem er stammt, Ellen hat ihn vorhin mit runtergenommen.

Sie soll ihn zurückholen, hab ich zu Ellen gesagt. Das ginge nicht. Wer der Bote war? Das wisse sie nicht, sie habe ihn Greshams Sekretär übergeben. Das grenzt an Verrat! So verfahre sie immer mit meinen Briefen, der Sekretär werde einen Boten beauftragen. Warum sie das nicht selber getan habe? Ob ich Geld dafür hätte, von dem sie nicht wisse, hat sie geantwortet, schon wieder auf dem Weg nach draußen.

Gresham sendet Kerzen, Bienenwachs, fünf Stück, ich könne so viele haben, wie ich wolle, schreibt er, er bitte lediglich um Ruhe. Von der Alten kein Ton. Bin sicher, sie schmollt in ihrem Bett. Wiederholt dabei wahrscheinlich ständig das Wort malade.

Erneut Aufregung. Ein Mädchen hat geklopft. Nicht wegen des Briefs, nicht, um Besuch anzukündigen, keine weiteren Kerzen, kein Auftrag der Alten. Eine Nachricht für Ellen brachte es. Von der Köchin. Ob sie mit in die Kirche kommen wolle. Nein, hab ich gesagt, Ellen hat geschwiegen. Das Mädchen ist stehen geblieben, hat sich nicht verbeugt, ist nicht gegangen, blieb einfach stehen und sah Ellen an, als warte sie auf eine Antwort. Von ihr, nicht von mir, und Ellen schwieg und schickte es nicht weg. Wenn es ihr so wichtig ist, habe ich schließlich gesagt. Ellen hat genickt.

Alles Bereitlegen macht nichts wett. Papier, Tinte, Feder, in einem Halbkreis vor mir auf den Tisch, daneben der Katechismus, falls ich lesen wolle, sehr optimistisch von Ellen. Ein Becher, bis zum Rand mit Ale gefüllt. Wenn ich an den Tisch stoße, schwappt es über, läuft auf dem Holz zu einem Ring zusammen. Der Krug steht in Reichweite, ein Tellerchen mit Marzipanbrocken, von der Köchin, als Trost, weil ich nicht mitkönne, ließ sie mir ausrichten. Ich werde es nicht anrühren. Die Schnittkanten sind weißlich und hart, frisch gewiss nicht, die Reste von gestern, was Greshams Alte übrig ließ.
Werde weiterarbeiten. Wo war ich? Ach ja.
Bezeichnenderweise war es das Spiel, an dem Vater nicht selbst beteiligt war, das ihm zum Aufstieg verhalf. Fünf Mal sprach er in Ely House vor, John Dudleys Londoner Residenz. Jedes Mal bedauerte der Sekretär zutiefst, dass er ihn nicht antreffe, und bat, zu entschuldigen. Also gab Vater acht, sich zu den gleichen Zeiten wie Dudley bei Hofe aufzuhalten und blieb in Sichtweite.
Als das nichts half, trafen sie einander überraschend häufig auf der Straße. Dudley sprach dann von seinem Magen, der schmerze, von wässrigem Stuhlgang und erfolglosen Kuren, ließ sich einen Arzt empfehlen und vergaß jedes Mal, die Tafel zu erwähnen. Den Fasan, den sein Koch präpariert und in den weißen Federbalg

eines Schwans gesteckt hatte. Das fasanengefiederte Schwanenfleisch, das in einem Nest aus gerösteten Zwiebeln daneben stand. Die unzufriedenen Lords und Ratsmitglieder, die um die Tafel saßen und die Einkünfte des Protektors aufzählten. Seine Bauten. Jedes hochmütige Wort seiner Frau. Über die Aufstände sprachen sie, statt sofort hart durchzugreifen, habe der Protektor Anzeichen von Sympathie für die Proteste gegen die Privatisierung und Einzäunung großer Landflächen erkennen lassen. Für die Revolten gegen die Einführung des neuen Gebetbuchs sei er sogar mitverantwortlich. Überhaupt der Glaube. Von den meisten Geladenen hieß es, sie hingen im Stillen den Papisten an.
Aber zunächst hielt Dudley es mit all seinen Vorgängern und hatte keine Verwendung für Vater.

Höhe

100 Fuß
Alles ist gut. Der Rat wird still, sobald Protektor Seymour das Wort ergreift. Der König ist ein artiges Kind, der Neid auf den Ausbau von Seymour House und Wolfs Hall hat genau das richtige Maß. Die Aufstände im Norden haben die Truppen unter Dudleys Kommando niedergeschlagen, und der zögerliche Herbert hat mit Verstärkung die rechte Ordnung in Cornwall und Devon wiederhergestellt. Sicher, die Lords ziehen die Augenbrauen hoch, wenn von den Ursachen der Aufstände die Rede ist. Dudley und einige andere grollen über die schnurgeraden braunen Furchen, die ihre neuen, nach italienischem Vorbild angelegten Parks durchziehen. Aber im Rat herrscht Einigkeit, dass die alten Gesetze gegen Privatisierung und Einfriedung härter angewendet werden sollen. Eine Kommission wird dies überwachen, die großflächigen Landverkäufe der letzten Jahre überprüfen, sie ist bereits eingesetzt.

91 Fuß

Dudley ist zurück in London, bei Hofe, seine Armee noch auf dem Marsch. Einen Helden nennen ihn einige, das steigt ihm wohl zu Kopf. Unbedeutend ist der Posten, und Sekretär Fisher hat ihn verdient mit langjähriger Treue in Diensten des Protektors. Dudleys Sohn, den dieser dafür vorgeschlagen hatte, kriegt das nächste freie Amt. Was sind schon einige Monate für einen jungen Mann. Soll John Dudley böse Blicke werfen, sich bei Arundel, diesem halbpapistischen Idioten, beklagen, den Protektor schert das nicht. Er reist nach Hampshire, zum Jagen.

85 Fuß

Reichlich Wild in Hampshire, das Wetter sonnig, der König hat sich von der Erkältung erholt, schreibt sein Erzieher.
Der kaiserliche Botschafter berichtet in einem abgefangenen Brief nach Hause von einer Verschwörung. Was weiß der schon. Der König würde niemals dulden, dass ein anderer anstelle seines Onkels in seinem Namen regiert. Ein anderer als sein eigen Fleisch und Blut.

79 Fuß

Geld will Dudley, für seine Truppen, schwerbewaffnete deutsche Söldner die meisten von ihnen. Ohne Sold. Schwerbewaffnete Deutsche bleibt dann übrig – sie haben ihren Marsch beendet, heim aus East Anglia, so lautete der Befehl. Heim war kein guter Einfall, jetzt liegen sie in Londons Vororten, haben dort ihr Lager aufgeschlagen, den Sieg noch in den Knochen und keine Münzen. Und niemand, dem sie verpflichtet wären außer Dudley, dem siegreichen John Dudley. Eine Erklärung, eine Weisung ist rasch verfasst, der Protektor ungnädig, aber zufrieden, er legt sie in eine Schublade, gut verwahrt, zur Sicherheit, für den unwahrscheinlichen Fall eines Falles. Der kluge Mann ist vorbereitet: An alle Truppen, im Namen des Königs. Sie mögen sich zu ihren Komman-

dostationen begeben, sei es an die schottische Grenze oder woandershin. London und seine Vororte sind zu meiden oder umgehend zu verlassen.

76 Fuß

Geld, Geld, Geld, wenn Dudley seine Truppen entlohnt, werden sie ihm erst recht folgen, da kann er lange warten. Sicher, Bewaffnete, die sich mobilisieren ließen, schnell und vor Ort, bereit, für Protektor und König zu kämpfen, das waren allenfalls fünfhundert Mann. Königliche Haushaltstruppen, Wachen, Gefolge. Mit denen werden seine Deutschen schon fertig, denkt Dudley vielleicht. Doch der Protektor wird an William Herbert, den Grafen von Pembroke, schreiben, den zögerlichen Herbert, er möge seine Armee jetzt endlich einmal führen, und zwar in Richtung London, der König brauche ihn.
Der Protektor lässt eine zweite Erklärung verfassen, der weise Mann ist doppelt vorbereitet, im Namen des Königs wird sie ausgefertigt: Jeder loyale Untertan soll bewaffnet nach Hampton Court kommen, um den heiligen Leib des Königs zu verteidigen.
Zur anderen Erklärung in die Schublade legt er sie, vielleicht kommt John Dudley wieder zu Verstand.

64 Fuß

Soll Dudley eben sein Geld kriegen, die Ratsmitglieder drängen, die Vororte klagen über Schlägereien, belästigte Mädchen, gestohlenes Vieh. Des lieben Friedens willen, damit der Dudley endlich Ruhe gibt. Irgendwann müssen die Truppen schließlich bezahlt werden, der Protektor unterschreibt, die Angelegenheit ist erledigt.

61 Fuß

Sie stehen beieinander, Ratsmitglieder, Lords, in Gängen und Fensternischen, berichten die Sekretäre, werden stumm, wenn man sich ihnen nähert.

59 Fuß

Seinen Untergang habe er bezahlt, klagt der Protektor, John Dudley werde die Truppen gegen ihn und den König führen. Die Stadt voller ungewohnter Farben, durch die Straßen drängt sich Gefolge, frisch eingekleidet mit neuen Livreen. Dudley, Arundel, Southampton, Parr of Northampton. Und alle bewaffnet, ebenso wie ihre Herren.

55 Fuß

Elf, zählen die Sekretäre, die Berater des Protektors, mehr als Finger an den Händen, elf der zwölf Testamentsvollstrecker des verstorbenen König Henry befinden sich mit einem Mal in London. So viele waren es zuletzt bei der Krönung. Und keiner spricht vor und bittet um Audienz.

50 Fuß

Mehrere Treffen hätten stattgefunden, in Dudleys Haus in Holborne. Ratsmitglieder, konservative Lords, alle hätten sie dort gespeist, beraten. Wie den Protektor stürzen? Prinzessin Mary, die ältere Schwester des Königs und liebe Cousine der Verfasserin, wollten sie zur Regentin machen, heißt es. Das Land wieder den Papisten überlassen, vom richtigen Weg abbringen, den der König unter Mühen eingeschlagen hat. Der Herrgott wird das nicht zulassen, der Herrgott hat einen Plan. Zu dem auch gehört, dass die Verschwörer den Tower unter ihre Kontrolle bringen, eilig ausgesandte Reiter bestätigen dies.

40 Fuß

Die Schublade, am nächsten Morgen wird sie geöffnet, der Protektor lässt die Erklärung veröffentlichen, die zweite: Alle Mann zu den Waffen! König verteidigen!
William Herbert antwortet nicht, der Bote müsste London längst erreicht haben, die Worte: Ich eile, lassen sich rasch hinschmieren, was

braucht der Idiot so lange. Ein förmlicher Befehl wird angefertigt, sofort nach Hampton Court, Beine machen wird er ihm, alles andere ist Hochverrat. Agenten schickt der Protektor in die Stadt, herausfinden, was nachts geschieht. Die Wachen bei Hofe werden verstärkt. Der König überträgt eifrig Platon aus dem Griechischen.

31 Fuß

Die Agenten kehren zurück, melden Truppenbewegungen in Londons Straßen. Für Feierlichkeiten, Tänze, Theateraufführungen, zum Vergnügen wurde Hampton Court gebaut, nicht, um gehalten zu werden gegen einen Angriff, gegen eine Übermacht. Hampton Court ist keine Feste, die nächste wäre der Tower, den halten die Verschwörer besetzt. Und so reiten sie nach Windsor Castle, am späten Abend. Sie sehen den eigenen Atem, der eilig geweckte König, der Protektor und die Leibgarde. Die Bürger eilen zu den Waffen, dem König zu helfen, berichten die Informanten. Erneuter Brief an Herbert – wer hat die Schnecke zum Kommandierenden gemacht? –, er möge sofort, mit sämtlichen Truppen usw. Der Protektor schickt seinen zwölfjährigen Sohn, den Grafen von Hertford, um Unterstützung für den Vater zu erbitten, Pembroke zu erweichen.

28 Fuß

In Gefahr sei der König, lassen die Verschwörer am Morgen verkünden, bedroht von seinem Onkel, der sich seiner bemächtigt, ihn entführt hat. Ihn gefangen hält für seine eigenen Zwecke, gierigen Ziele, denn er raffe das Vermögen des Reiches zusammen und stopfe es in seine Taschen, stecke es in seine Bauten, die Kleider seiner Frau.

Und so geht es ein, zwei Tage dahin, Erklärung gegen Erklärung, dass Wer-ist-der-Verschwörer-Spiel.

In Windsor gebe es keine Gärten, in denen er sich vergnügen könne, keine Galerien, nur meterdicke Mauern und leere Flure, seine Nase laufe wieder und sei verstopft, wenn er einschlafen wolle, der König ist ungehalten. Er kommt langsam ins launische Alter.

20 Fuß

Der Rat solle anstelle des minderjährigen Königs regieren, so habe es dessen Vater Henry in seinem Testament bestimmt, erklären die Verschwörer. Rechtsbrecherisch habe der Protektor die Macht an sich gebracht, Edward Seymour solle sie zurückgeben, mehr verlangten sie nicht.

14 Fuß

Der König stellt Fragen. Warum man ihn nach Windsor gebracht hat. Wer die anderen sind. Ob es Gegner seien und wenn ja, warum? Der Junge hat erneut eine seiner leidigen Erkältungen, die Haut unter seiner Nase ist bereits rot gerieben, an seinem Ärmel trocknen weiße Schlieren.

10 Fuß

Eine Nachricht vom Grafen von Pembroke. Er wird nicht kommen. Liegt bei Andover mit seinen Truppen und gedenkt, dortzubleiben. Wie von den Verschwörern befohlen.
London stellt sich hinter die Verschwörer, sie haben einen neuen Rat gebildet. Den Rücktritt des Protektors, mehr wollen sie nicht, alles andere bleibt, wie es ist.

Aufschlag

Ein Brief. Dieses Mal schreibt der Protektor selbst, bekennt seine Sünden, sie werden im ganzen Reich verlesen, vor Rathäusern, auf Märkten, in Kirchen.
Sofort eilten die Lords nach Windsor, nahmen ihn mit und brachten ihn über Holborne in den Tower, *notiert der König in seiner Chro-*

nik. Und wenige Monate später: Dem Grafen von Somerset ist der Kopf abgeschnitten worden auf dem Tower Hill zwischen acht und neun Uhr am Morgen.

29. September 1571, Bishopsgate

Ellen ist sehr bemüht, mit schlechtem Gewissen wegen der Kirche gestern. So leicht kommt sie mir nicht davon: Krämpfe, ein stechender Schmerz hinter dem rechten Auge, ich kann nicht mal aufstehen. Sie brüht Kamillenblüten auf, will mir einen Umschlag machen für die Stirn. Soll sie es versuchen, viel Vergnügen.
Hätte Robert den Brief nicht schicken dürfen.

Ellen schmollt, ist runter in die Küche mit ihren Schüsseln, Kräutern, kamillegetränkten Tüchern, nassen Ärmeln und zerkratzten Handgelenken.
Hab mir durchgelesen, was ich gestern schrieb.
Motten zum Licht, heißt es. Die braunsilbrigen Flügeldreiecke auf dem Wandteppich – an manchen Stellen sitzen sie so dicht, als wären sie aufgestickt – sagen etwas anderes. Ganz selten fällt mal eine aus der Kerzenflamme auf den Tisch. Motten denken nicht: ich nicht. Motten denken nicht: Ich hab zugesehen, beobachtet, die Unzähligen vor mir. Ich habe Erkenntnisse gewonnen, ich werde nicht fehlen. Nicht zu eitel sein oder in falsche Sicherheit gewiegt, nicht voreilig, ich weiß, wie es richtig geht. Die Zeichen, bei den anderen habe ich sie rechtzeitig erkannt, ich kann sie lesen, wie keiner vor mir, entziffere jedes Kompliment, jede Geste, Ernennung, Höflichkeit. Alles ist gut, denken sie, kurz bevor es geschieht, und verstehen nicht, dass Alles-ist-gut-Denken das entscheidende Zeichen war.

Weich ist Gnade, gewiss, und warm. Erst im Magen, eine Perle, die sanft schimmert und wächst, faustgroß wird, sich weiter ausdehnt, anschwillt zu einem Ball. Der aufbricht und Wärme in alle Glieder strömen lässt. Die Blicke der anderen Höflinge sind plötzlich Streicheleinheiten, im Nacken, auf dem Rücken, der Erhebung sogar. Freude beginnt zu vibrieren, im ganzen Raum, alle schwingen gleich, als wären sie ein Ganzes im Gleichklang. Und das ist absurd. Denn das Gegenteil ist geschehen. Du wurdest ausgezeichnet, hervorgehoben, bist nicht gleich den anderen Höflingen. Bist angelächelt, berührt, mit ein wenig Stoff, einem Rat, einem Schmuckstück, einer Unterschrift, der Frage, ob sich dein Durchfall gebessert hat, bedacht worden. Bist etwas Besonderes. Nicht ein Teil von vielen, sondern besser als die anderen Teile.
Und wie muss es sich erst anfühlen, warme Perlen in die Mägen anderer Menschen einpflanzen zu können. Zentralgestirn zu sein. Glück zu gewähren oder nicht, wie es einem beliebt, nützlich erscheint. Jeden Tag zu sehen, wie alle danach lechzen und deine Füße waschen und lechzen und den Toilettenstuhl leeren und lechzen und stotternd Bericht erstatten über ihre Aufträge und lechzen. Um Unterstützung in rechtlichen Angelegenheiten bitten, deine Unterschrift, dein in Wachs gedrücktes Siegel. Und lechzen.

Neuigkeiten:
Die Alte hat nach einem Arzt schicken lassen. Einwandfrei sei das Fleisch gewesen, dafür legt die Küche diverse Körperteile ins Feuer. Alle anderen, die am gestrigen Dinner teilgenommen hätten, seien schließlich wohlauf.

30. September 1571, Bishopsgate

Müde. Noch keine Reaktion auf den Brief an Robert. Ist noch zu früh. Hab wach gelegen letzte Nacht. Über IHRE Falten habe ich geschrieben. Wenn er ihn liest. Und IHR zeigt. Sie werden mich holen kommen. Mich rechts und links am Arm nehmen, die Füße, mit denen ich nach ihnen trete, winzig, die Zehen sehr weich ohne Schuhe, sie werden mich hochheben und lachen und auf geht es in den Tower. Ins Fleet, in eines der gewöhnlichen Gefängnisse, kann SIE mich nicht stecken. Falten sind auch kein Hochverrat. Aber im Tower vergessen, das geht.

Nach dem Frühstück Gresham. Ob mir jemand eingefallen sei, der mich aufnehmen usw. Hab ihm den Katechismus gegeben, er möge ihn seiner Frau ins Maul schieben. Da ist er gegangen.
SIE ist bei Cecil in Theobalds. Danach geht es zurück nach London; Ende der Sommerreise. Das ergibt für dieses Jahr: Wer ist oben, wer ist unten? Es klopft.

Stiefgroßmama war da. Scheinbar darf ich Besuch empfangen. Ein Mädchen kam, verschüchtert und ungeübt, und meldete die Herzogin von Sussex. Ich fragte mich, seit wann es eine Herzogswürde von Sussex gibt. Ob es das jetzt endlich ist. Die Nachricht. Äußerst standesgemäß überbracht, das alleine schon ein Zeichen. Ein großartiges. Hab Herzrasen bekommen, als wär ich wieder auf dem Weg zu Keyes und der dunklen Ecke unten an der Themse. Und dann trat Stiefgroßmama ins Zimmer.
Suffolk, rief Ellen dem Mädchen hinterher, ehe sie sich verneigte.
Ich sehe ja nicht schlecht aus, sagte Stiefgroßmama, hätte zugenommen, sie selber sei beständig in Eile und komme kaum zum Essen. Wann ich entlassen werde?

Ich hätte gehofft, dass sie das wüsste, habe ich geantwortet.
Stiefgroßmama hat den Kopf geschüttelt.
Hat SIE nach mir gefragt?
Wer? Die Königin? Stiefgroßmama lacht, nein. Ob ich Ansprüche angemeldet hätte, wollte sie wissen, wegen des Erbes meiner Mutter. Es sei zu beachten, dass sie die Schulden meines Großvaters geerbt und bezahlt hätte, so gut sie dazu in der Lage war. Diese Schulden seien durch die Eheschließung mit Großvaters erster Frau entstanden und die sei schließlich meine Großmutter. Es sei doch eigentlich die Aufgabe einer Tochter, also meiner Mutter, für den Vater einzustehen. Somit hätte Mutter zahlen müssen und nicht sie, das müsse, wenn Mutters Erbe an mich ginge, Beachtung finden.
Mutters Vermögen steht allein mir zu, habe ich geantwortet. Soll sie selbst herausfinden, dass ich nichts kriege.
Ob ich Kontakt zu Hertford und Kats Kindern hätte, wollte sie wissen. Oder mit Stokes? Ob die Ansprüche angemeldet hätten?
Weiß ich nicht.
War ja auch nur dein Stiefvater und auch nicht für lange.
Ich bin kürzlich Witwe geworden, hab ich schließlich gesagt.
Das sehe ich, ihre Augen fuhren über mein Brusttuch, Kragen, Haube, und wieder zurück, die Ärmel hinab, bei den Fingern hielten sie inne, auf Höhe des Rings. Ob das geschickt sei?
Ich dachte, es wäre angemessener, Ellen hat einen Schritt auf uns zu gemacht, ihr Kopf gesenkt.
Derart hinzuweisen auf die Ursache ihrer Ungnade? Stiefgroßmama hat nicht einmal den Kopf in Ellens Richtung gewandt, weiter den Ring betrachtet.
Ellen hat sich verbeugt, tiefer diesmal, wollte sich rückwärts zurückziehen, aber es gab nicht viel Rückwärts, nach zwei Schritten stieß sie gegen das Regal.
Ist mir unbegreiflich, Stiefgroßmama hat mich angesehen und den

Kopf geschüttelt. Warum darauf beharren? Keyes sei schlauer gewesen.
Dann sei er eben nicht verheiratet, das sei ihm auch recht, hat er gesagt, als er verhaftet wurde.
Sie haben ihn trotzdem ins Fleet gesteckt, habe ich geantwortet.
Und wieder entlassen, Stiefgroßmama hat den Zeigefinger in die Luft gereckt.
Ohne meinen ist sein Leib ungefährlich.
Dennoch, ich würde – Stiefgroßmama hat den Satz nicht beendet, stattdessen gesagt, sie werde das nie verstehen. Ob ich die Schale gefunden hätte.
Die Schale steht in dem Regal und vor dem Regal stand Ellen und verneigte sich nur so tief, als Stiefgroßmama ging, dass das Fach mit dem Geschirr von ihren Schultern verdeckt blieb.

Zwei Dinge sind bemerkenswert:
1. Ich darf Besuch empfangen. In Chequers durfte ich das nicht, so viel ist sicher, Hawtrey entschuldigte sich täglich dafür. Solange ich bei Stiefgroßmama war, hab ich nicht darüber nachgedacht. Es kam auch niemand. Ist das also eine neue Regelung und ein Anzeichen? Oder ist die Änderung alt und besagt nichts mehr? Oder ist es allen egal, so dass es gar keine Regelung mehr gibt, außer: ich bin eingesperrt?
2. Stiefgroßmama – und damit der mittelgut unterrichtete Hofklatsch – geht davon aus, dass sich an meiner Situation grundsätzlich etwas ändern wird.
Ich hätte den Brief an Robert nicht schreiben sollen.
Es klopft schon wieder.

Ein Mädchen, ein anderes als vorhin, mit einem in Tüchern gewickelten Klumpen im Arm. Schinken. Mit Schwarte, von der weißlich

Fett tropft, einem Knochen in der Mitte und allem, was dazugehört. Von Ellens Köchin, ihr Vater besitzt ein Wirtshaus. Werde ich nicht essen, hab ich gesagt. Ellen hat darauf bestanden, ihn anzunehmen, zu behalten. Alles andere wäre unhöflich, behauptet sie. Hat ihn wieder in die Tücher gewickelt, nun liegt er im Regal.

Besuche

1. Beaulieu

Okt/Nov 1549

Während Henry Grey lärmreich den Protestanten anhängt, bearbeitet die Gräfin still die andere Seite. Im Oktober, die Blätter sind gelb-braun gefleckt, wenn die Sonne auf sie scheint, das Gefolge ist silber-blau, der Zug hinter ihnen lang, reist Frances Grey zur lieben Cousine. Begleitet von ihren Töchtern, allen dreien, die liebe Cousine misst auch nur viereinhalb Fuß. Sie sitzt nordöstlich von London hinter den rötlichen Backsteinmauern von Schloss Beaulieu auf einem schmalen Lehnstuhl. Erhebt sich, als sie hereingeführt werden, streckt die Arme aus, geht ein, zwei Schritte auf die Besucher zu. Zieht die Gräfin gleich wieder hoch, sobald diese bei ihr angelangt ist und vor ihr kniet. »Fett ist sie geworden«, sagt die Gräfin später, als sie mit den Töchtern alleine ist. »Schwester«, sagt die liebe Cousine, der Haushalt vermerkt es flüsternd. Mary Grey versteht kein Wort, Jane und Katherine knien noch immer, also bleibt auch sie unten. Würde sich lieber in Ruhe mit ihrem Kleid beschäftigen. Eng ist es und hart, das Korsett gleicht einem Harnisch, einer festen Klammer, als solle es sie geradebiegen, aufrichten, zurechtdrücken. Stemmt sich gegen ihren Brustkorb beim Verbeugen, wird einen rotgequetschten Streifen von Achselhöhle zu Achselhöhle hinterlassen, aber: Die Ärmel glitzern. Wie sie soeben festgestellt hat, im Vorzimmer, als sie warten mussten, bis die liebe Cousine bereit war, sie zu empfangen. Durch die hochgelegenen Fens-

ter ist Oktobersonne gefallen, Mary Grey hat die Arme gehoben, den Druck der Korsettkante in den Achseln lindern wollen, sie in die staubigen Strahlen gestreckt. Das feingestickte Rautenmuster leuchtete auf, bis eben im Dämmerlicht noch grau und matt, glitzerte der Silberfaden plötzlich. Sie hat die Arme gedreht, zugesehen, wie kleine Lichtblitze auf der Täfelung, den Bänken und Dielen um sie herumglitten. Die Kügelchen an den Schneidepunkten der Rauten gleichen Funken, winzige Granatäpfel sind es eigentlich, in Erinnerung an Katharina von Aragon, die Mutter der lieben Cousine, zu deren Wappen sie gehörten. Noch ehe die Gräfin Setz dich! und Halt still! sagen konnte, wurden sie hereingerufen.

Mary Grey vermutet, dass auch die Stickerei auf dem Brusttuch leuchtet, aber im Empfangszimmer sind die Fenster verhängt, das Feuer brennt weit entfernt an der Stirnseite, und zwischen der Stelle, an der Mary Grey kniet, und den Kerzen spielt die Gräfin mit der lieben Cousine Weißt-du-noch.

Weißt du noch, als dein Vater – als der dicke Kardinal – als der Hund den Tutor. Unser Versteck zwischen Vorhang und Fenster? Gesucht haben sie uns, stundenlang. Zählen einander die Namen auf, die sie sich für La Putain ausgedacht hatten. Summen vor, was von den spanischen Liedern übrig ist, die die Mutter der lieben Cousine für sie gesungen hat. Halten einander an den Händen dabei.

Die ersten Herrschaftsjahre ihres Bruders Edward hat die liebe Cousine gekämpft: mit Menstruationsbeschwerden und gegen den Protektor. Die liebe Cousine ist Papistin, ihr Haushalt hört weiter die Messe, als gäbe es kein neues Gebetbuch, das jedes Wort, jedes Ritual genau festschreibt. Keinen reformierten Gottesdienst, kein Parlamentsgesetz, das alles für verbindlich erklärt, keine neuen Bischöfe, die es Gottes Willen nennen. Sie werde sich keinen Gesetzen unterwerfen, die irgendjemand im Namen eines Kindes abgefasst habe, ließ sie dem Rat ausrichten. Bis zur Volljährigkeit ihres Bruders sollten die Dinge so bleiben, wie ihr Vater sie hinterlassen habe. Der Rat hatte im Gegenzug einige unbedeutende Mitglieder ihres Haushalts verhaften lassen.

Die liebe Cousine lacht, sagt erneut »Schwester« zur Gräfin, hält noch immer deren Hände. Ihre Aussichten sind so gut wie seit Jahren nicht mehr. Auch wenn sie jüngst einige irritierende Nachrichten aus der Hauptstadt erhalten hat, John Dudley und seine konservative Allianz haben sich ihres Einvernehmens versichert, ehe sie den Protektor stürzten. Bei dessen Verhaftung sei sie nahezu euphorisch gewesen, berichtet ihr Haushalt. Den alten Glauben, die alte Kirche, die Klöster, der Papst, Seelenheil, Fegefeuer und Abbitte, alles werde wieder gut, habe Mary Tudor gesagt. Oblaten würden wieder in den Leib Christi verwandelt, Wein zu Blut, unser täglich Wunder gib uns heute – auf Latein.

Die Gräfin bringt in den kommenden Tagen das Kunststück fertig, mehrmals täglich, noch ehe die Glocken läuten und der Haushalt zur Messe aufbricht, mit ihren drei Töchtern aus dem Blickfeld der lieben Cousine zu verschwinden. Diese tut dafür später so, als habe sie ihr Fehlen während des Gottesdienstes übersehen. Die Gräfin nickt den Töchtern zu, und mit gesenktem Blick, einer leichten Verbeugung, die für niemanden bestimmt ist, verlassen sie die Halle durch die jeweils nächstgelegene Tür. Am ersten Tag nickt die Gräfin, und Mary Grey versteht nicht. Glaubt Wohlgefallen ob ihrer Haltung und der vorschriftsmäßig vor dem Bauch gefalteten Finger zu erhalten. Bleibt stehen und streckt sich noch ein wenig, zieht den Bauch ein und die Schultern so gut es geht nach hinten, erst als die Gräfin ärgerlich winkt, begreift sie.

Die Gräfin zieht sich in ihr Apartment zurück, die Töchter gehen in die Kammer, die sie teilen. Jane verhängt sogleich – »ihr könntet mir ruhig helfen« – das Fenster mit einem blauen Tuch. Zum Schutz vor dem papistischen Treiben, den Gesprächsfetzen, der zur nahe gelege-

nen Kapelle ziehenden Damen und Herren. Vor dem Stimmenchor, der brummt, wenn später jemand die Tür der Kirche öffnet. Jane kniet, »betet«, befiehlt sie und deutet auf die Binsen vor dem Bett. Liest im bläulichen Viereck einfallenden Lichts aus dem neuen Katechismus, liest laut und getragen, als spiele sie das Märtyrerspiel. Katherine bleibt einfach auf dem Bett liegen. Mary Grey bedauert, dass sie Jane nicht mit Lumpen bewerfen darf, sitzt still und versucht zu ergründen, was Frauenleiden bedeutet.

Bis die Gräfin hört, dass Jane sich brüstet, da verbietet sie die Predigten oder zumindest, das Sich-damit-Brüsten. Nun macht es keinen Sinn mehr, und während der Messe liegen alle drei auf dem Bett und lutschen an den Zuckerfiguren, die sie beim Dinner haben mitgehen lassen, oder spielen Wer-ist-die-Hässlichere, zumindest die beiden Älteren tun das, oder Wer-macht-den-lautesten-Furz.

Der ganze Besuch ist so schon peinlich genug. Die liebe Cousine wird jeden Tag verzweifelter, und keine Erinnerung, kein fetter Kardinal, kein Hund und kein Tutor dieser Welt kann etwas dagegen ausrichten. Denn in der Hauptstadt geschieht nichts, außer, dass die guten Anzeichen weniger werden, die Allianz der Konservativen brüchiger erscheint. Jeden Tag wird die liebe Cousine runder, kugelt sich ein auf ihrem schmalen Lehnstuhl, schwankt mit dem Oberkörper vor und zurück und vor und zurück.

Die Sonne scheint, nicht eine graue Wolke am Himmel, es ist so gar nicht November, Dunstreste hängen noch über den Wiesen, dunkel staken die nackten Bäume hervor, als die liebe Cousine begreift, dass ihre Sache verloren ist. Sie sitzt beim Dinner, neben ihr die Gräfin, deren Hand über ihre Schultern streicht, während die liebe Cousine liest: Die katholischen Lords seien verhaftet, Dudley plane, ihre frei gewordenen Sitze im Rat mit eigenen Gefolgsmännern zu besetzen. Protestanten, ausschließlich. Ihm persönlich verpflichtet und sonst niemandem, keinem Gläubiger, keinem Förderer, keinem Leib Christi.

Die liebe Cousine zieht sich zurück, und die Gräfin wäre ihr sicher gefolgt, hätte nicht noch ein Bote die Halle betreten. Es freue ihn sehr, zu berichten, dass er in den Rat berufen werde, schreibt Henry Grey.

1. Oktober 1571, Bishopsgate

Ellen – hab es erst bemerkt, als sie dabei war, den Rock über dem Reif zuzubinden, Hellblau wollte sie mir anziehen, Hellblau und gelbe Schleifen. Weiße Ärmel hat sie bereitgelegt. Ich hätte doch gehört, was die Herzoginwitwe gestern gesagt hat: auf meine Schande hinweisen. Sie solle das Schwarze holen, die passenden Schuhe, hab ich zu Ellen gesagt. Es sei in der Wäsche. Es sei mir einerlei, ob es sauber ist, sie solle es holen. Hat mich einfach so stehenlassen. Mit dem Reifrockgestell um die Hüften, es wippte bei jeder Bewegung. Bin ein wenig gehüpft, hab den Rock federn lassen, bin gegen das Bänkchen gestoßen, das Schälchen mit den Nadeln ist runtergefallen. Geschieht Ellen recht. Hat gedauert, bis ich den Verschluss aufbekommen habe. Jetzt liegt es vor dem Bett am Boden, sieht aus wie die Reste eines Tierbaus. Bin noch immer im Morgenmantel. In Hemd und Morgenmantel und Strümpfen.

Und wenn es gar keine Regelung mehr gibt? Der Rat vergessen hat, dass ich hier bin, unter Hausarrest stehe? Witwe, keine Kinder, kein Erbe, haben sie geschrieben, zu meinem Verbleib nichts. Gresham sendet Boten. Täglich. Man möge mich entfernen, seine arme Frau. Vergessen haben können sie mich nicht.
Und wenn sie lachen? Ein Scherz? Und ich längst frei bin und keiner schreibt, weil William Cecil vorliest, jeden Tag? *Verehrter Lord Burleigh, mein lieber Freund, ich sehe mich gezwungen, Sie erneut zu*

belästigen, in der Angelegenheit der Lady Mary – und alle prusten, und Cecil stößt den Finger in die Luft bei jeder steifen Wendung. Oder es ist gleichgültig? Und sie sparen Papier, Tinte, Zeit, das wird sich schon von allein sortieren.

Ich müsse es ja wissen, hat Ellen gesagt. Ich müsse es ja wissen. Ob ich eingesperrt bleiben wolle?
Sieht mich wieder mit Chequers-Augen an. Sehr ernst und genau, und ein wenig von der Seite. Hat mir aber wieder das Schwarze angezogen.

Ich könnte aufstehen und hinausgehen. In den Flur, die Treppe hinab, durch die Halle in den Innenhof. Durchs Tor auf die Straße und einfach weiter? Es regnet. Ich bräuchte einen Mantel. Trippen. Ellen. Sie wird nicht mitkommen. Mich festhalten, Gresham rufen, ihn um den Zimmerschlüssel bitten, Nur zu Eurem Besten, nur zu Eurem Besten, und abschließen. Geduld, wird sie sagen. Geduld, Geduld, Geduld. Und: Ihr habt nicht mal einen Farthing, nicht mal einen Farthing.
Es ist still im Flur, Ellen ist unten. Bei ihrer Köchin. Tratschen. Hat vorhin den Schuhkrieg gewonnen, die Blauen hat sie mir angezogen. Wird sehen, was sie davon hat.

War draußen. Im Flur. Hab Ellens Wollmantel gefunden, ihn über die Schultern gehängt, hätte nie gedacht, dass es so schwierig ist, zwei Bänder miteinander zu verknoten, vorne am Hals, wo man nicht richtig sehen kann. Der Mantel war zu lang, ist über die Dielen geschleift, hab ihn als Schleppe hinter mir hergezogen, bis er unter die Tür geriet, hängenblieb. Musste zerren, beide Hände tief in den Stoff gegraben, um ihn wieder frei zu kriegen. Das Holz hat Fäden gezogen, lange Maschen, Ellen wird schimpfen.

Hab ihn hochgehoben, den Stoff unter den Ellbogen geklemmt, der Flur war unverändert. Bin zur Treppe, der Mantel fest an mich gepresst, niemand war zu sehen. Die erste Stufe runter – Schritte. Eilige Schritte unten in der Halle. Noch eine Stufe und noch eine, die Bohlen knarren. Die Schritte kamen näher, bitte nicht Ellen, hab ich gedacht, mich an die Wand gedrückt. Ein Mädchen. Mit Haube und Schürze, und ich kenne es nicht, muss neu sein. Es wird langsamer, blickt zu mir hinauf, bleibt stehen. Verbeugt sich nicht, bewegt sich nicht, seine Hände hängen herab. Wir haben einander angeblickt, gleich wird es schreien, hab ich gedacht. Das Mädchen sah aus, als hätte es Angst, starrte auf den gerafften Wollstoff vor meinem Bauch. Hat sich umgewandt, zur Halle, als suche es nach Hilfe. Ich bin die Stufen wieder hinaufgegangen, langsam, damit es sich nicht erschreckt, rückwärts, eine Stufe nach der anderen, bis zum Absatz. Als ich oben stand, hat es sich verbeugt, unten im Flur, den Kopf geneigt, hab mich umgedreht und bin ins Zimmer zurück.
Jetzt sitze ich hier. Und kriege den Mantel nicht auf. Der Knoten sitzt am Hals, unter meinem Kinn, ich kann ihn nicht sehen. Nur abtasten, hab versucht, die Fingernägel in den Stoffklumpen zu schieben, um ihn zu lockern. Hab an den Bandenden gezogen, seitdem fühlt er sich an wie ein fester Stein. Werde auf Ellen warten müssen, sie ist noch immer in der Küche. Werde sagen, mir war kalt. Falls das Mädchen nichts erzählt hat. Aber dann wäre Ellen schon längst wieder oben. Ich wollte nur nachsehen, wo sie bleibt, könnte ich behaupten.
Könnte versuchen, nachts rauszugehen, wenn niemand mehr herumläuft. Durch die Halle, in den Innenhof, zum Tor und weiter.

Ellen schweigt. Ist wütend wegen des Mantels, schimpft aber nicht. Versucht mit einem Häkchen, die Fäden wieder in den Stoff zu ziehen.

Küchenneuigkeit:
Etwas eintönig: Immer noch der Besuch der Herzogin von Suffolk. Greshams Alte hat das Mädchen zu sich gerufen, sich jede Einzelheit berichten lassen: Kleidung, Gesichtsausdruck, Miene, Laune, unzufrieden? Missbilligend? Als wenn sie Unmut äußern wollte? Verachtung gar? Laute Worte, vielleicht noch zu hören, im Flur auf den Treppen nach unten, die Zimmertür sei ja wohl offen gewesen, irgendwas müsse es ja auch im Weggehen gehört haben, dummes Ding.

Besuche

2. Hampton Court – Edward, der fahle Cousin

Dicht steht der Hof und wartet, Mary Grey sehr weit hinten, nah an der Wand. »Der König wird die Halle durch die Tür an der Stirnseite betreten und sie der Länge nach durchschreiten«, sagt die Gräfin, »euer Vater wird hinter ihm gehen, fast direkt hinter ihm.« Das Wichtigste sei, gesehen zu werden, das werde man nur vorne, in der ersten Reihe, sie greift ihre beiden älteren Töchter fest am Nacken und stößt sie vor sich her. »Verzeiht bitte«, sagt sie und öffnet mit den zappelnden Mädchen einen Spalt zwischen den Rücken. Die Lücke schließt sich hinter ihr gleich wieder, Mary Grey ist zu langsam, ungeschickt, Beine rücken von allen Seiten heran, Hüften und Hinterteile, eine Schamkapsel streift ihre Wange.
Sie hört die Fanfare, die Stimme des Herolds, die Edward VI., König von Gottes Gnaden, ankündigt, sieht nichts als zwei stramme Schenkel in roten Seidenstrümpfen vor sich, die oben in einer mit Rosshaar prall gestopften Pluderhose enden. Rechts neben ihr taubenblauer Damast mit Marderpelz gesäumt, links gelbe Seide mit einem silbernen Muster aus den sich ständig wiederholenden Buchstaben ET bestickt. Dass ihr fahler Cousin näher kommt, merkt sie erst, als sie die Kleider

hört, das trockene Geräusch aneinanderreibender Stoffbahnen. Ihre Träger beugen die Knie, senken die Oberkörper nach vorn, eine Welle an Verbeugungen, die langsam durch den Raum läuft, sich fortsetzt. Edward immer auf der Höhe des Wellentals, während er das Spalier abschreitet. Die Röcke rechts und links bauschen sich, Mary Grey sieht zu Boden, hockt sich hin, und da ist er auch schon vorbei. Die Umstehenden beginnen, ihn zu bewundern, während sie sich aufrichten: Er gleiche seinem Vater, ebenso seiner Mutter. Sei bedeutend reifer als in seinem Alter üblich. Seine außergewöhnliche Klugheit an der Anmut zu erkennen, mit der er das Zepter hält. Die Vernunft des Philosophen an der bedachten Art, mit der er die Füße voreinandersetzt. Die edle Geburt zeige sich in den Waden, der wahrhafte Glaube in der Neigung des Kopfes, göttlicher Wille und Weisheit in seinem Blick.

Edward sitzt sehr aufrecht, die Augen geradeaus, die Lippen verschwunden, weggepresst. Schmal sieht er aus für einen, den außer Gott nur Sport und Turniere interessieren. Von dem es heißt, er sei seit zwei Jahren weder im Tennis besiegt worden noch beim Fechten. Und ernst sieht er aus, findet Mary Grey, wie einer, der immer das nächste Spiel bestimmt. Der nie der Hund sein will. Der vor einem stehen bleibt und lange überlegt, ehe er entscheidet, ob man mitmachen darf.

Vier Mal habe ich Edward gesehen. Ein schmaler Junge, dem sie zu oft gesagt hatten, er sei der neue Jesaja. Gottes erwähltes Instrument zur Einführung des wahren Glaubens. Sein Körper, der nach dem Baden in den Knien einknickt, wie Vater berichtete, sich zusammenzieht, zittert, mit Gänsehaut bedeckt, dieser weiße Körper sei alles, was die Fraktionen, die höfischen Schlachtreihen davon abhielte, wieder übereinander herzufallen. Jeden Tag Friede und wahrer Glaube, solange er nur weiterlebte, das war seine Aufgabe: weiterleben. Wenn er das Wort an sie richte, dann nur, um sich nach dem Fortschritt ihrer religiösen Unterweisung zu erkundigen, sagte J. An ihr sei zu loben, dass man sie nur sehe und nicht höre, habe er einmal gesagt. Sittsamkeit, Bescheidenheit und Einfalt seien die herausragenden weiblichen Tugenden. Er schrieb an einer Chronik: *Die Herrschaftsjahre des Königs Edward von England*. Damit die Gelehrten nach seinem Tod wüssten, was wichtig sei, erzählte J. Überlegte, ob sie auch eine beginnen sollte. Vater hat ein Journal für sie anfertigen lassen, der Deckel war daumendick, unser Wappen in der Mitte größer als meine Faust. Eine Weile saß sie jeden Tag reglos über den leeren Seiten, ihre Oberlippe fest zwischen die Zahnreihen geklemmt. Setzte einige Male beinahe die Feder auf, legte sie wieder zur Seite, könnte sich keinen neuen Bogen bringen lassen, immer wieder neu anfangen, wenn sie fehlte. Kehrte schließlich zu ihren Briefen zurück. Eine eigene Chronik wäre auch kaum mit den herausragenden weiblichen Tugenden vereinbar gewesen. Das Buch gelangte nach unten in die große Halle, und Mutter verzeichnete mit sicherer Hand die Ausgänge und Einkünfte der abendlichen Kartenspiele darin.

2. Oktober 1571, Bishopsgate

Ellen schläft, es ist noch dunkel. Bin aufgewacht, weiß nicht, wovon, der Wind hat die Fenster in den Rahmen hin- und hergestoßen, doch das war es nicht. Ein Teil fehlt, ein kleines Stückchen Erinnerung, ein winziger Klumpen, wenn ich versuche zu ertasten, was es sein könnte, nichts. Alles glatt, kein Bruch, keine Lücke.
Irgendein Tier ist aus dem Regal gesprungen, als ich aufgestanden bin, hab es aufkommen hören, nachgesehen, nichts gefunden. Bin unruhig. Möchte laufen, und sei es nur auf und ab. Wie der Hamster, den Kat befreien wollte. Er gehörte einer der Wachen, sein Holzkäfig stand, wenn die Sonne schien, auf dem Rasen vor

dem Torhaus. Hat sich mit den Nüssen, die wir ihm brachten, die Backen vollgestopft, bis sie sich fast zu seinen Flanken wölbten, sandfarben war er. Irgendwann hat Kat die beiden Pflöcke rechts und links neben der Klappe aus dem Rahmen gezogen, sie geöffnet. Der Hamster geriet in Panik, ist weiter die Käfigwände abgelaufen, mit der Nase am Boden die Kante der geöffneten Seite entlang, und verstand nicht. Streckte nicht mal den Kopf ins Freie. Biss in Kats Zeigefinger, als sie ihn greifen wollte. Sie musste den Käfig umdrehen und ihn auch noch schütteln, um die Pfoten von den Gitterstäben zu lösen, bis das Tier endlich auf die Erde plumpste.

Es wird hell draußen, allmählich nur, als wäre es mühsam und anstrengend. Keine Spur vom Sonnenaufgang, keine orangegefärbten Wolkenränder, nicht mal ein bisschen diffuses Rot. Das Grau wird nur blasser, weniger aschig. Die Farben kriechen hervor, die Wolken scheinen höher, langsam hebt sich der Rauch des Schornsteins gegenüber davor ab. Weiße Kreise drehend, gerade aufsteigend, der Wind ist abgeflaut.

Der Brief dürfte angekommen sein. Auf dem Pult irgendeines Sekretärs liegen, mit noch wohlversteckter Schrift, das Siegel ungebrochen. Könnte eine Nachricht hinterherschicken. Um Verzeihung bitten. Das Fleisch sei verdorben gewesen, Fieber, Delirium, ich nicht bei Sinnen, als ich den ersten verfasste. Mrs Gresham ließe mir Speisen auftragen, könnte ich schreiben, die sie nicht einmal ihren Dienstboten, ja, nicht einmal ihren Hunden – aus gutem Grund gäbe es keine Bettler vor dem Tor.

Ellen wacht auf.

Fensterbank.

Keinen Ton von der Alten, seit Tagen kein Konzert, nicht einmal ein kurzes Liedchen am Aufgang.

Dennoch kein Moment Ruhe unten. Wenige Sekunden allenfalls, dann läuft das nächste Paar Füße durch die Halle, an der Treppe vorbei. Ich käme nie ungesehen in den Hof, wenn ich rauswollte, nicht in einem Lauf, müsste mich verstecken, in Nischen, hinter Schränken, nein.
Nachts vielleicht. Die Treppe runter, durch die Tür, zum Tor und weiter. Das Tor wird abgeschlossen sein. Wachen werden davorsitzen. Meist schlafend. In Bradgate zumindest.
Und wohin?
Und: Ich müsste nachts ausgehfertig sein. Am besten wäre, Ellen zieht mich gar nicht aus. Schwierig zu bewerkstelligen, ohne dass sie argwöhnisch wird. Mir Sturheit vorwirft und einfach sitzt und wartet, bis ich aufgebe. Sonst müsste ich mich selbst ankleiden. Ohne Kerzen. Und leise.
Wenn ich rauswollte.
Werde trotzdem achtgeben, wo Ellen Röcke und Schuhe verstaut.

Besuche

3. London oder Roger Asham in Bradgate

Im August 1550 kommt der berühmte Lehrer, der Schulmeister Roger Asham nach Bradgate, um nach Jane zu sehen. Mary Grey erinnert sich an nichts davon. Sie ist an dem Nachmittag zu Hause, der Graf, die Gräfin sind Jagen, Katherine ist mit den Hunden im Park, und Jane gibt den Bediensteten die Anweisung, dass ihre jüngste Schwester die Schlafkammer nicht verlassen soll. Also verbringt Mary Grey den Tag im Bett, spielt mit den Buchstabentafeln, stapelt sie zu Türmen auf der Decke, und wenn keine mehr übrig sind, reißt sie die Decke hoch und das Alphabet fliegt durchs Zimmer, Ellen und die Ammen sammeln es wieder auf. Es ist auch möglich, dass das ein anderer Nachmittag war, jedenfalls: Anwesend ist sie nicht bei dem

Gespräch. Trotzdem bleibt festzuhalten: Was Jane Roger Asham erzählt, zumindest das, was er Jahre später in seinem Werk Der Schulmeister *schreibt, entspricht nicht den Gegebenheiten.*

»Bei der Königinwitwe in London« lautet der Titel des Stücks, das die Gräfin und Jane regelmäßig aufführen:

»In London habe ich –«

»Wir sind nicht in London.«

»Leider«, Jane dreht sich um und will hinaus.

»Hiergeblieben«, die Gräfin erhebt sich, und Mary Grey greift nach Katherines Arm. Doch Katherine macht einen Schritt zur Seite, hält den Kopf gesenkt und lächelt, das darf niemand sehen, die Damen werden stumm.

»Solange du in meinem Haushalt –«

»Mein Gedächtnis ist überragend, liebe Mutter«, Jane verschränkt die Arme, »noch nie gesehen, es gleicht einem Wunder, schreiben sie auf dem Kontinent. Ich werde mich an jetzt erinnern, in einigen Jahren, das solltet Ihr vielleicht bedenken.« Sie dreht sich nicht um, geht nicht hinaus, die Treppe hoch und in ihr Sitzzimmer, sie bleibt und wartet.

»Sofort!« Leise und fest, die Gräfin rührt sich nicht, steht vor ihrem Stuhl, ihre Arme hängen ruhig herab, es dauert einen Moment, dann färben Janes Wangen, Nase, Lider sich rötlich, auch das Weiß ihrer Pupillen.

»Ihr seid gemein«, Jane wischt ärgerlich Tränen ab, setzt die Schuhe so fest auf, wie sie kann, eins, zwei, drei, vier, fünf, sechs, sieben sehr deutlich hörbare Schritte bis zum Clavichord. Der Schemel kippt nach hinten, als sie sich auf ihn fallen lässt, kurz sieht es aus, als würde er umfallen. Katherine legt erwartungsvoll eine Handfläche vor den Mund, Janes Arme fahren durch die Luft, suchen nach Halt, laut setzen die Holzbeine wieder auf den Fliesen auf.

Ob das in London auch üblich gewesen sei, fragt die Gräfin.

Roger Ashams Buch *Der Schulmeister* steht noch immer im Regal, ich habe es von Stiefgroßmama zu Weihnachten bekommen. Genau genommen erst einige Wochen später, die Bindung war bereits aufgebrochen, es öffnete sich an der Stelle, wo er über die grausame Gräfin, den weisen Tutor Aylmer und die arme J. schreibt.
J. wusste – vielleicht in London gelernt, vielleicht angeboren: Entscheidend ist nicht, was geschieht, sondern wie du es darbietest. Erst dir selbst in allen möglichen Varianten, bis eine recht ist und du sie glaubst. Dann dem engsten Kreis, Mutter und Vater, Kat, den Damen. Sie suchte nach dem richtigen Tonfall, der passenden Mundwinkelstellung, dem geeigneten Kleid. Danach folgte die Aufführung in der großen Halle vor nickenden Untergebenen, ärmeren Verwandten und den ersten Freunden. Jedes Mal feiner geschliffen, die Worte, Mimik, Gesten, gehärtet, bis alles fest genug war, um eine stabile Kette zu bilden zwischen Mündern und Ohren. Die sich immer weiter fortsetzt, länger wird, neue Abzweigungen hervorbringt, sich verästelt. Hineinreicht in Briefe und hinaus ins Land zu den wichtigeren Freunden, weiter, immer dichter, immer fester, ohne zu reißen, abzubrechen, bis an den Hof. Und dort in immer größere Kammern, in die Berichte der Botschafter an ihre jeweiligen Hauptstädte, immer weiter, bis in die Werkstätten der Drucker und hinein in die Pressen. Wo sie, zu Metallbuchstaben erstarrt, aufs Papier gebannt, Wahrheiten werden.
Ich bin sicher, J. hat im August 1550 ihr Kleid mit Bedacht gewählt. Ebenso das Buch, das sie bei seiner Ankunft in den Händen halten würde, hat Ausschau gehalten, Roger Asham hatte sich angekündigt. Er war Elizabeths Tutor gewesen in der Zeit in London, bei der Königinwitwe, ihn galt es zu beeindrucken. Wer-ist-die-Klügste-im-ganzen-Land. Auch wenn er den königlichen Haushalt gerade verlassen hatte, sich auf dem Weg zu einem neuen Posten befand, J. war sicher gut vorbereitet.

Mit Stößen, Kniffen, Schlägen, schreibt der Schulmeister, werde Jane, die nur still studieren wolle, ihren Wissenshunger stillen, von ihren Eltern zu Handarbeit, zum Musizieren und anderen Frivolitäten gezwungen. Gequält, bis sie gehorche, deren Natur so sittsam und fleißig sei. Geschlagen, gekniffen, getreten. Friede finde sie nur bei ihrem Lehrer, bei Platon und im Glauben.
Und in den Druckerpressen. Amen.

4. Im Norden
Im Februar 1551, nach den Weihnachtsfeierlichkeiten, reist Henry Grey in den Norden. Zum Lord Warden of the Northern Marches hat der Rat ihn ernannt, ihm die Verantwortung für die Sicherung der schottischen Grenze übertragen. Viel Posten, wenig Ehr, flüstern sie in den Gängen. Kaum ist der Herzog dort angelangt, setzt ein eiliger Briefwechsel ein, Boten brechen im Stundentakt auf. Hätte der Rat sich mit ihm über die benötigte Truppenstärke und deren Verpflegung geeinigt oder Gefallen an seiner Taktik des reinen Abwartens gefunden, er wäre sicher länger auf seinem Posten geblieben. So aber wird es ein kurzer Besuch, denn Henry Grey kehrt umgehend nach London zurück und legt alles nieder. In den Gängen halten sie gespannt den Atem an. Doch nichts geschieht. Weder sinkt der Graf in John Dudleys Gunst noch wird er aus dem Rat ausgeschlossen. Kein Posten, keine Ehr, heißt es in den Gängen.

3. Oktober 1571, Bishopsgate

Unruhige Nacht. Rascheln und Knistern bei der Tür. Später Scharren, als rüttle jemand unablässig, aber nicht sehr fest an etwas Hölzernem. Der Bock ist im Balken, sagt Ellen. Aber da ist kein Balken. Nur das Regal.

Noch immer keine Reaktion auf den Brief an Robert. Müsste mittlerweile angekommen sein. Vielleicht öffnen sie ihn gar nicht.

Mein Zeigefinger schmerzt, mein Daumenballen, die Handwurzel. Eine feine Linie zieht an der Innenseite des Handgelenks entlang, weiter hoch Richtung Ellbogen verliert sich der Schmerz irgendwo im Unterarm. Kein Wunder, sagt Ellen, ich sollte mehr lesen, weniger schreiben. Vielleicht etwas Handarbeit. Oder ruhen, Kräfte sammeln, für das, was komme. Was kommt denn, habe ich gefragt. Das wisse nur Gott – wenn Ellen keine Antwort weiß, wird sie religiös.
Es klopft.
Mrs Wotton schickt Pudding.

Die Alte nach wie vor sehr ruhig. Mache mir Sorgen. Ellen soll fragen, was sie treibt. Will schon den ganzen Nachmittag runter, sich für den Pudding bedanken.

Im Bett, sagt die Küche, ein kalter, feuchter Lappen auf der Brust, das Herz holpere, klagt sie.

Besuche

5. Suffolk Place: bei der Herzoginwitwe von Suffolk – Herbst 1551
Henry Grey, der in wenigen Wochen ausgestreckt auf den kalten Steinplatten der Westminster Abbey liegen und vom Grafen von Dorset zum Herzog von Suffolk werden wird, verneigt sich. Tief, im Empfangszimmer seiner Schwiegermutter, Catherine Brandon, der Herzoginwitwe von Suffolk.
»Erneut, mein Beileid, Madam«, sagt er, »so unvermittelt. Gleich beide Söhne, nachdem sie bald das Mannesalter erreicht hätten. Schwitzfieber, eine grausame Krankheit, wurde mir erzählt.«

Hinter ihm stehen die künftige Herzogin und ihre drei Töchter und sehen zu Boden.
Sie wisse ja selbst nur zu gut, sagt Henry Grey, mit der Würde kämen Verpflichtungen. Eine angemessene Haushaltsführung, Präsenz in der Hauptstadt. Das sei er dem König schuldig, der ihn mit dieser Ehre auszeichnen wolle. Ihr verstorbener Gemahl, sein hochverehrter Schwiegervater, habe es genauso gehalten, als er den Titel trug, und als sein Sohn die Nachfolge antrat, habe sie, seine geliebte Schwiegermutter, das Ihre getan. Daher betrachte er, Henry Grey, es als besondere Ehre und es erfülle ihn mit Stolz und Freude, dass die Herzogswürde gewissermaßen in der Familie bleibe.
»Meine Kinder sind tot. Mich erfüllt nichts mit Freude«, hat Stiefgroßmama geantwortet.
»Die Umstände sind unglücklich«, die Gräfin hebt die Hand, will sie auf den Arm der Herzoginwitwe legen, ihn sanft drücken. Nur noch Zentimeter von der dunklen Seide des herzoglichen Ärmels entfernt hält sie inne, ihre Finger bleiben in der Luft und warten. Dass die Herzoginwitwe aufhört, die Hand anzustarren, als wolle sie hineinbeißen, dass sie ihre Lider wieder senkt, die stumpfgeweinten Augen mit ihnen bedeckt. Spielkameradinnen waren die beiden gewesen, bis Charles Brandon, der Vater der Gräfin, kurz nach dem Tod ihrer Mutter beschloss, sein dreizehnjähriges Mündel mitsamt eines angenehmen Erbes zu heiraten.
»Als Mutter«, die Gräfin und künftige Herzogin zieht die Hand zurück und deutet hinter sich, »kann ich das nachvollziehen.« Sie sei selbst betroffen, die beiden Jungen seien schließlich ihre Halbbrüder gewesen. Und gerade deswegen sei eben sie die nächste Erbin des väterlichen Vermögens. Eine Welle des Schmerzes sei über ihr zusammengeschlagen, als sie die Nachricht des Verlusts erreicht habe, sagt sie gleich zweimal. »Aber nun ist es Zeit, den Blick wieder nach vorne zu richten.«

Henry Grey sieht hoch zur Decke, betrachtet die Täfelung. Tudorrosen in jeder zweiten Kassette, es ist sehr still, bis er weiterspricht: »Nach dem Tod des bisherigen Erben und der neuen Verleihung –«, wieder Pause, Blick hinab auf den Boden, grüne Fliesen im Wechsel mit lasierten schwarzen Drachen. »Auch wenn ich sehr bedauere, Euch Umstände zu bereiten, Suffolk Place ist die Residenz des Herzogs von Suffolk in London. Wie bereits der Name besagt. Dorset House ist wundervoll, aber doch sehr beengt.«

Wenn Stiefgroßmama etwas tut, dann tut sie es ganz und gar. Söhne kriegen, trauern, Trost im Glauben finden, ablehnen.

Eine Maus. Huscht über den Boden, bleibt in der Zimmermitte sitzen, schert sich nicht, bewegt sich nicht, als ich in die Hände klatsche, sucht weiter die Binsen ab. Hab den Korken vom Tintenfass nach ihr geworfen, sie weicht aus, verschwindet aber nicht im Dunkeln. Werde Ellen wecken müssen.

6. Suffolk Place: John Dudley, Herzog von Northumberland (1552?)

Die Raupe kriecht, ist sehr hellgrün, schiebt ihren Körper zusammen zu einem steilen Bogen, zieht ihn wieder auseinander. Bewegt sich vorwärts, Zentimeter für Zentimeter, auf einem der mit Levkojen umwickelten Zweige, die zu einem Kranz gebunden in der Mitte der Tafel liegen.

Alt, denkt Mary Grey, John Dudley, seit einigen Monaten Herzog von Northumberland, ist alt.

»Mein Hals«, sagt er und deutet auf den faltengestreiften Hautsteg, der unterm Kinn beginnt und im Kragen verschwindet. Er sitzt tatsächlich in der großen Halle von Suffolk Place. Er bitte zu entschuldigen, hatte er auf die letzten beiden Einladungen erwidert, es sei unverzeihlich, aber seine Gesundheit lasse keine Besuche zu, er habe

Schluckbeschwerden. Sitzt neben Henry Grey, hat seine Frau mitgebracht und zwei seiner Söhne, die beiden älteren, John und Ambrose, fünf sind es insgesamt.
»Beide verheiratet«, flüstert Katherine.
»Der dritte, Robert« – ebenfalls verheiratet –, »weilt auf dem Land, der vierte bei Hofe, dem König Gesellschaft leisten, der Jüngste zu Hause«, zählt Jane Dudley, die Herzogin von Northumberland, auf. Betrachtet mitleidig die zweieinhalb Töchter neben Frances Grey.
Zielstrebig und sehr hellgrün kriecht die Raupe, ihre winzigen Füße etwas heller, einmal hält sie kurz inne, ertastet den Faden, mit dem die Levkojenstiele befestigt sind.
»Meine Kehle«, sagt Dudley, »wie ein Klumpen. Wird fest und hart, oft reicht es, dass ich an Nahrung denke. Oft reicht schon Speichel, der sich im Mund gesammelt hat, ein fester harter Klumpen. Kommt jedem Bissen in die Quere, den ich esse, versperrt den Weg. Ale geht, Wein geht, ein wenig Suppe.«
Die Raupe hat das Ende des Zweigs erreicht. Sie richtet sich auf, sehr hellgrün tasten Kopf und Brust, schließlich das ganze Vorderteil durch die Luft, findet Halt an einer zartrosafarbenen Blüte, zieht den restlichen Körper nach. Kriecht weiter. Immer im Kreis auf dem Tafelaufsatz. Zu weit entfernt, als dass Mary Grey ihr einen Finger hinhalten, sie hinaustragen, auf ein Blatt setzen könnte. Hebt sich gut vom Braun des gefüllten Wildschweinkopfs ab, leuchtet geradezu. Niemand bemerkt sie. Jane nicht, die tut, als würde sie dem Dudley-Sohn neben ihr zuhören, Katherine nicht, die still vor sich hin summt, die Bediensteten nicht, die den weißen Hypocras ausschenken.
»Die Ärzte sind uneins, was es sein könnte, zur Ader lassen, mehr fällt ihnen nicht ein«, sagt Dudleys Frau. »Die Mahlzeiten letzte Woche eine einzige Qual.« Ihre Söhne nicken bei jedem Wort.
Die Zweige zittern, als der Wildschweinkopf tranchiert wird, das Messer durchs Fleisch fährt. Die Raupe hält inne. Ihr Körper ein hellgrü-

ner Bogen, der den Halt verliert, fällt, ein wenig nur, einen Ast tiefer. Dort wartet sie, liegt still auf der Rinde, bis nichts mehr zittert. Kriecht weiter, als die Fleischstücke aufgetan werden, aufs nächste Reisigbündel zu.

»Jeden einzelnen Bissen muss ich überwachen, anders geht es nicht«, John Dudley wendet sich an Henry Grey, »ich hoffe, Ihr versteht, lieber Freund, ich muss achtgeben, Schlucken ist ein kompliziertes Unterfangen. Konzentration ist notwendig, damit nichts durcheinandergerät, alles den richtigen Weg nimmt. Verzeiht mir daher, wenn ich Euch bitte, mich nicht anzusprechen während des Essens. Euch bitte, mit meiner Familie vorliebzunehmen, danach bin ich ganz für Euch da.«

Die Herzogin gibt Anweisung, die Musiker mögen leiser spielen, sich weiter hinten in der Halle aufstellen. Gedämpft sind die Gespräche, die Stimmen gesenkt. Die Raupe hat es bis ans Ende des Zweigbündels geschafft, mühelos zieht sie sich hoch zum nächsten, schiebt sich langsam aus Mary Greys Blickfeld. Nachdem Dudley sich geräuspert hat, den Löffel beiseite-, die Hand auf den Hautsteg legt, flüstern alle. Das Geräusch der Messerklingen, die über Teller gezogen werden, wird laut. Der Glasfüße, die auf dem Tisch abgestellt werden. Mary Grey versteht Jane nicht, die neben ihr sitzt, und Ambrose Dudleys Antworten schon gar nicht.

Die Raupe fällt, als zwei Bedienstete die Platte hochheben, das Wildschwein abtragen, kreisrund zusammengerollt landet sie auf dem Tischtuch. Eine hellgrüne Scheibe und niemand sieht hin, und ehe sie sich wieder streckt, stellen eilige Hände einen Senfnapf auf ihr ab.

William Herbert, der Name fällt oft nach dem Essen, während die Kartentische vorbereitet werden, auf den Grafen von Pembroke müsse man aufpassen. Ihn bei Laune halten. Ungehobelt nennen sie ihn, erzählen einander flüsternd von dem Mann, den er in seiner Jugend erschlagen haben soll, in Bristow. Der Schrift nicht mächtig, der eng-

lischen Sprache nicht mächtig, aus seinem Mund kämen nur walisische Brocken, die niemand verstehe, bis auf die dreitausend Mann, die er jederzeit mobilisieren könne, in seinen Ländereien im Westen. Bedingungslos würden die ihm folgen. Fünftausend seien es eher als drei, wirft jemand ein, und alle schweigen einen kurzen Augenblick. Dann gehen sie Karten spielen.

4. Oktober 1571, Bishopsgate

Es riecht nach Lavendel, Salbei, Myrrhe, der Flur ist rauchig, die Alte lässt Kräuter verbrennen, nichts Ernstes, schließe ich daraus, bloß ein schwerer Anfall von Malade. Sobald sie einsieht, dass sie damit nicht weiterkommt, wird sie erneut am Treppenaufgang stehen. Ich gebe ihr zwei Tage, bis sie wieder singt.

Die Binsen bei der Tür, vor dem Regal, sind braun gesprenkelt vom Mäusedreck. Ist gar nicht so viel, behauptet Ellen, nachdem sie ihn aufgekehrt hat.

Es regnet. Den fünften Tag in Folge.

Die Steine des Innenhofs sind blank gewaschen, auf den Dächern gegenüber wachsen Mooszungen. Der Himmel ist gemasert in Hell- und Dunkelgrau, Wind pfeift. Der Hof befindet sich in St James Palace, IHRE Sommerreise ist vorüber, bin sicher, Gresham hat bereits geschrieben.

Das Kleid bleibt über Nacht auf dem Lehnstuhl, die Hemden sind in der dunklen Truhe, ebenso die Unterröcke. Korsett und Reifrock hängt Ellen an die Haken. Ich müsste sowieso ohne gehen, werde das Korsett nicht gleichzeitig festhalten und hinterm Rücken zubinden können. Der Mantel ist schwieriger, hab ihn lange nicht mehr getragen. Wenn ich sage, mir sei kalt, bringt Ellen mir immer

Sänfte erhellten, nicht von alleine angerannt kommen? Und man wissen muss, wie man sie herbeiruft, oder einen von ihnen zumindest sehen muss, um es zu versuchen?

Denn außerhalb des Lichtkegels, den die Öllampe im Fenster neben dem Kücheneingang nach draußen wirft, ist Dunkelheit. Keine Sänfte, zu der man mich geleiten könnte. Nur Planken, zwei Stück, kaum breiter als mein Fuß. Sehr eben und feucht glänzend liegen sie nebeneinander im Unrat, in den Regentropfen kleine Krater schlagen. Die Absätze der Cremefarbenen sind schmal, der Saum des Hausmantels färbt sich bräunlich, und nach dem ersten Schritt fehlt auch jemand, der einen Schirm hält. Bin mit ausgebreiteten Armen auf den Rand des Kegels zu balanciert, habe mich mit den Fingern an der Wand abgestützt. Die Spitzen der Handschuhe grünbraun beschmiert, einerlei, ich bin gegangen. Schritt für Schritt, hab mich halten können, Schritt für Schritt, vorn an der Ecke wurde es wieder heller. Bishopsgate, der schmale Streifen zwischen den Torflügeln.

Kurz vor der Ecke bin ich stehen geblieben, hab mich vorgebeugt, herumgespäht. Links ist Greshams Tor, zwei Fackeln in gusseisernen Ständern brennen darüber, dazwischen, in Stein gehauen, jenes Gekröse, das er ein Wappen nennt. Der Rest der Straße dunkel. Rechts lässt sich die Kirche erahnen und sonst nichts. Am Fuß der Mauer auf der gegenüberliegenden Seite lehnen große, unförmige Klumpen. Menschen, hab Angst bekommen, gehofft, sie schlafen. Hungrige Menschen. Die nicht wissen, wie ich behandelt werden muss.

Ein wenig die Straße auf und ab. Links sieht es heimeliger aus, kein Nachtwächter weit und breit, nur geschlossene Torflügel. Und Klumpen am Fuß der Mauer, auch auf dieser Seite, ich hab sie übersehen. Muss an ihnen vorbei. Immerhin liegen hier vier Planken, und breiter sind sie, zwei auf der rechten und zwei auf der linken Seite,

für Wagenräder vermutlich. Nicht sehr geeignet zum Auf-und-Ab-Gehen. Und wenn ich es an den Klumpen vorbeischaffe, ehe ich aufgeschlitzt und gefressen werde? Eine Sänfte. Und wenn ich die finde, wohin dann? Was ist drei Kronen, zwanzig Penny, drei Farthing weit? Hampton Court? Ich könnte mich IHR zu Füßen legen. Nur dass ich nie in IHRE privaten Gemächer vordringen würde ohne eine Lanze in der Seite. Ich könnte auf SIE warten. In der Staatskammer, wenn mich die Torwachen reinließen, Keyes' Männer. Die mochten mich nicht, bringt Unglück, haben sie gesagt und: Ich hätte ihn verhext. Die Klumpen gegenüber haben Köpfe bekommen, recken sie nach mir, stehen bleiben geht nicht. Links ins Helle, aber das ist nur Greshams Tor. Oder rechts an der Kirche vorbei zur Stadtmauer und dahinter noch mehr Häuser und irgendwann Felder. So dicht besetzt mit Armen wie mein Umhang mit Regentropfen. Das Wasser hat sich in den Stoff vorgearbeitet, meine Haare sind nass. Läuft den Scheitel entlang, Richtung Stirn, bis das Haubengestell es staut. Den Klumpen wachsen Arme und Beine. Einer drückt sich an der Mauer hoch, wird immer länger, bis er steht. Aufrecht. Er sieht mich an, nach rechts zum Tor und wieder mich an. Kriegt man das auch für drei Kronen, zwanzig Penny, drei Farthing: eine Klinge, deren guter Schliff im Licht der Torfackeln glänzt, geliefert in den Brustkorb, zwischen zwei Rippen, mitten hinein ins panisch flatternde Herz? Gleich wird er loslaufen und schnell sein, und ich werde auf den Planken ausgleiten und hinfallen und um Hilfe schreien und dann, dann, dann.
Bin also wieder zurück, hab mich auf der Stelle umgedreht und bin die beiden Planken zurück, in den schmalen Gang, zur Küche. Hab gelauscht, ob ich ihn hinter mir höre, aber da war nichts, nur Regen. Bin trotzdem schneller geworden, hinein in den Lichtkegel der Öllampe. Hinter mir die Straße, nichts als Dunkelheit. Bin in die Küche geschlüpft, die Mädchen schliefen noch immer auf den Bän-

ken, längliche Haufen, die sich nicht rührten, als ich die Tür zuzog. Warm war es, Wasser dampfte in dem Kupferbecken überm Ofen. Bin leise zurück, hab mich erschreckt, als Ellen nach meinem Arm griff, dachte, sie hätte nichts gemerkt.
Sie hat die Tür abgeschlossen, als sie runter ist mit einem Lappen, meine Schuhabdrücke wegputzen, ehe sie jemand sieht.
Warum ausgerechnet der Küchenausgang, hat sie gefragt, als sie zurückkam. Und wo ich denn hinwollte? Sie braucht nicht alles zu wissen. Im Bett hat sie den Schlüssel fest in ihre Faust genommen, wenn ich zum Abtritt wolle, müsse ich sie wecken, gesagt. Als ob ich noch einmal alleine rausgehen würde.

Bin müde. Ellen reinigt die Cremefarbenen, legt sie neben mich auf die Fensterbank zum Trocknen. Schätze, künftig wird sie nicht mehr drauf bestehen, dass ich welche anziehe.
Niemand hat mich gestern Nacht gehört oder irgendwas bemerkt. Ellen hat sich bei ihrer Köchin erkundigt, vorsichtig.

12. Oktober 1571, Bishopsgate

Ich bin ein Hamster, ich bin gefangen-gefangen. Weder durch die Zimmertür noch durch den Flur, die Treppe, egal, welchen Ausgang, welches Tor ich nehme, ich kann hindurchgehen, sooft ich will, ich werde hier nicht rauskommen. Der einzige Weg liegt in IHREM Kopf, dort muss ich hinein, durch Damast und Edelsteine, durch Haare und Schädelknochen, und wenn ich dort bin, so lange arbeiten, bis SIE mich entlässt. Durch IHREN Mund, über die Feder eines Sekretärs, den Abdruck eines Siegels. Keine neue Erkenntnis. Bin trotzdem wütend.

Ellen beobachtet mich. Nicht wie sonst aus Gewohnheit, um zu überprüfen, ob mein Kleid, mein Mund, meine Finger sauber sind, nein, sie vermerkt still jeden Griff. Was ich in die Hände nehme, wieder hinlege, wenn ich hochgucke, sieht sie schnell weg. Ist gleich wieder zurückgekommen, nachdem sie das Frühstücksgeschirr runtergebracht hat, ohne Neuigkeiten, ohne Plausch mit ihrer Köchin. Wühlt und sucht in Kisten, Beuteln, Kästen, an denen sie sich sonst nie zu schaffen macht. Ist zum Abtritt mitgekommen, hat vor der Tür gewartet, schlimmer als bei Hofe.

Großer Auftritt von Ellen nach dem Abendessen, mehrere Arien und ein Klagelied.
Grausam sei es von mir, sie so zu ängstigen. Mrs Wotton sage, ein wenig Dankbarkeit, ein wenig Rücksichtnahme meinerseits. Aufopferungsvoll kümmere sie, Ellen, sich um mich. Ihre Entlohnung sei nahezu lächerlich. Sicher, so richtig meine Schuld sei das nicht, aber Mrs Wotton habe recht, ein wenig Entgegenkommen von mir, in Anbetracht der Umstände –
Mrs Wotton sagt, Mrs Wotton sagt, Mrs Wotton sagt? Interessiert mich nicht, hab ich geantwortet. Ist schon zu viel der Ehre, dass meine Hand gerade fünf Mal gezwungen war, ihren Namen zu schreiben. Von jetzt an: nur noch Mrs W. Wenn überhaupt.
Habe Ellen gescholten. Meine Angelegenheiten mit dem Küchenpersonal zu besprechen. Die Köchin werde nichts verraten, hat sie ständig wiederholt. Was denn verraten, hab ich gefragt. Ich solle nicht so ahnungslos tun.
Die große Verschwörung hat Ellen sich ganz allein zusammengereimt, ich habe nichts dergleichen gesagt.

Zug um Zug

1. Ein Blatt mit dem anderen

Die Hochzeit? Unvergesslich, neben Jane und Guilford heiraten zwei Katherines, zwei Henrys.

Vier Tage dauern die Feiern in Durham House, John Dudleys Londoner Residenz. Mary Grey erinnert sich an wenig davon, denn ebenso wie vierunddreißig weitere Gäste isst sie reichlich Salat. Liegt im Bett die nächsten Tage, zwei Schalen neben sich, eine auf Höhe des Kopfs, die andere unter der Hüfte. Eine Verwechslung, nichts weiter, der Küchenjunge habe die falschen Blätter aus dem Wald mitgebracht, der Koch nichts bemerkt. Kein Anschlag, ein Irrtum, wird eilig erklärt.

Ellen löffelt Brühe in sie hinein, die Mary Grey gleich wieder hervorwürgt, ein Arzt lässt sie zur Ader, während in Durham House ihr Name genannt wird, kleinste Tochter, unzählige Stimmen wiederholen ihn, Gläser werden gehoben, auf künftiges Glück getrunken.

Als Mary Grey wieder länger am Tisch sitzen kann, ohne dass Ellen mit ihr im Arm Richtung Abtritt rennen muss – und meist kommen sie zu spät –, als Mary Grey wieder länger am Tisch sitzen kann, sind die Pferde, Burschen, Lanzen, Musiker, Instrumente, Teppiche, Behänge, gestickten Wappen, hemalten Tücher, das spanische Geschirr mit den grünen Blütenblätterzungen, die Masken, Tänzer und ihre Requisiten wieder geputzt, eingewickelt und verpackt. Als sich alles wieder mit Pferden, in Sänften, auf Karren und Booten verstreut hat, ist eigentlich alles wie zuvor.

Katherine und Jane reisen mit nach Sheen zurück. Streiten, welcher Ehemann besser aussähe, auch wenn Jane betont, darauf käme es nicht an. Keiner, denkt Mary Grey, keiner sieht besser aus. Guilford ist lang, als hätte ihn jemand an Füßen und Kopf gepackt und an beiden Enden gezogen, ihn schmal gezogen, Nase, Kinn, Arme, Beine, Torso. Seine Haare sind hellblond, nach den Brauen muss Mary Grey

eine Weile suchen. Henry Herbert ist kleiner, breiter, dunkelhaarig, einer, der gern seine Muskeln herzeigt, die Oberarme, seine Brustmuskulatur anspannt beim Gehen. Aber das merkt sie erst später, das Erste, das Mary Grey auffällt, ist seine Nase. Die läuft, beständig hängt ein silberner Tropfen unter der Spitze, auf seiner Oberlippe dunkle Bartstoppeln in wundroter Haut. Seine Augen tränen, sobald alle die Kirche verlassen, nach Durham House ziehen, und hätte er nicht unablässig geniest, man hätte glauben können, er weine. Jedes Frühjahr, sagte seine Mutter, jedes Frühjahr.
Katherine und Jane reisen mit nach Sheen zurück. Katherine ist zu jung für Eheliches, gewiss. Aber Jane? Nichts überstürzen, sagt die Herzogin. Eine nicht konsumierte Ehe sei nur eine halbe Ehe, luftig und auflösbar. Eins nach dem andern, sagt sie.

2. Eine feste Burg

Wie viele Unterschriften braucht es? Wann sind es genug?
Der König ist unruhig, er baut ein Bollwerk, eine Feste, die auch dann noch widersteht, wenn die Kraft weg ist, die sie zusammenhält. Wenn Hängen, Lebendig-wieder-Abschneiden, Bauchaufschlitzen, Eingeweideausholen und Vor-den-Augen-Verbrennen, Gliedmaßenabtrennen und dann den Rumpf Vierteln nicht mehr zur Verfügung steht. Es nicht mehr in den Leib hineingeschrieben werden kann.
Woraus errichtet man eine solche Burg?
Aus Euer aller Ehre, Euren Namen, Unterschriften auf Papier, unter 314 Worte, mehr sind es nicht, als das Testament ausgefertigt ist. Wie viele Unterschriften braucht es, bis Papier so fest wird wie eine Burg? Reichen 102?
Der König lässt eine zweite Urkunde ausarbeiten, die Juristen sind unwillig, Hochverrat fürchten sie. Die Nachfolgeregelung des alten Königs habe das Parlament durch Gesetz bestätigt. Ob man nicht bis zum Herbst, wenn es das nächste Mal tage, warten wolle? Nein, will

man nicht. Nach einer Audienz mit Dudley und dem zornigen König, dem zornig hustenden König, arbeiten sie fleißig weiter.
Wir, die Unterzeichner, versprechen mit unserem Eid und unserer Ehre, die Befolgung der Nachfolgeregelung des Testaments zu überwachen und jeden Artikel einzuhalten. Und sollte einer von uns von dieser Vereinbarung abweichen, werden wir das Unsere tun, auf dass er mit der schärfsten Strafe belegt wird, so wie er es verdient.
16 Ratsmitglieder, 3 Staatssekretäre, 3 Rechtsbeamte, 3 Anwälte, der König sieht ihnen zu, sitzt aufrecht, mit Kissen im Rücken, sieht jedem Einzelnen zu, wie er seinen Namen schreibt. 102 plus 25, 127 Unterschriften insgesamt. Das sollte reichen, sagt John Dudley, das sollte reichen.

3. Wie immer
Das Übliche in dieser Lage: dichtes Gedränge an den Stadttoren, ihre Öffnungszeiten verkürzt, und jeder schiebt und drückt, auf dass er noch reinkommt. Die großen Familien verlassen ihre Landsitze, eilen nach London, die Stadtwachen werden verdoppelt. Mehr Farben, mehr Livrierte, und alle sind bewaffnet. Ratsmitglieder, stets umrandet von einem Kreis Leibgarden, viele suchen noch mal ein kurzes Gespräch mit ihren Bankern. Nachts Bewegungen in den Gassen, die niemand sieht und besser niemand hört.
Verehrter Botschafter, ich kann mir Eure Unruhe nicht erklären. Schiffe? Unsinn. Sammeln sich in der Themse? Bei Southend-on-Sea, wo sie ins Meer mündet? Jetzt weiß ich, wovon Ihr sprecht, nichts weiter als eine Expedition. Zu den Gewürzinseln. Zu viele für eine solche Mission? Das liegt im Auge des Betrachters. Zwanzig sind es? Da müsst Ihr euch verzählt haben, nichts für ungut.
John Dudley schreibt täglich an Mary Tudor – Euer Untertänigster, Ergebenster, Allerkleinster. Fliehen, sagt er, sie wird allenfalls fliehen, wenn sie merkt, dass irgendwas im Gange ist, aufs Festland, zu ihrem

Neffen, dem Kaiser. Mehr ist von Mary Tudor nicht zu erwarten. Kein Grund zur Eile, sagt Dudley, solange sie nur ruhig bleibt. Jederzeit, sagt er, jederzeit könne man ihrer habhaft werden, ihr den Weg zur Küste abschneiden, sich ihrer bemächtigen.
Die wahre Gefahr sei eine Invasion, die Flotte des Kaisers mit Mary Tudors Anspruch als Galionsfigur vor Englands Küste, Englands unendlich langer Küste.

4. Gebete
Sie beten. Knien. Ungeachtet des Streits, ob dies im neuen Gottesdienst noch statthaft ist. Die Herzogin, ihre Damen, ihre beiden jüngeren Töchter. Henry Grey ist in Greenwich, Jane besucht Guilford in Durham House. Sie beten, solange es hell draußen ist, die bunten Glasheiligen durch die weiße Tünche scheinen, mit der die Fenster übermalt wurden, rot und gelb sind ihre Mäntel. Sie beten, während der Himmel sich färbt. Bis die Sterne in den farblosen Seitenfenstern zu sehen sind. Die Ameisen in den Waden aufhören zu wimmeln, die Druckstellen an den Knien violett werden. Die Nacht klar, das Licht sehr blau, jeder Mauervorsprung hat einen Schatten, die leeren Nischen, in denen früher Statuen standen, sehen aus wie dunkle Spalten in eine finstere Welt. Seit dem Dinner beten sie, da kam ein Bote von Henry Grey, mit Anweisungen, wie lange, wer und wo. Für die Gesundheit des Königs, der offizielle Aufruf ist am Morgen von den Kanzeln verlesen worden, jeder Untertan möge beten. Krank, bedeutet das, man solle sich nicht wundern, wenn bald tot.
Mary Grey kniet hinter der Herzogin, Katherine neben ihr ist unruhig, vergisst immer häufiger, die Lippen zu bewegen, von Zeit zu Zeit ein halb verständliches Wort zu murmeln. Beginnt ihr Gewicht von einem Knie aufs andere zu verlagern, die Bank knarrt, Mutter wird sagen, ich war es, denkt Mary Grey, und das tut die Herzogin auch gleich.

»Jane ist nicht zurück«, sagt Katherine schließlich. Die halb verständlichen Worte verstummen, einige der Damen heben den Kopf, die Herzogin rührt sich nicht. Keine der dunkelblau-goldenen Samtfalten ihres Rockes ändert den Verlauf, ihre gefalteten Hände sinken nicht einen Millimeter, ihren Mund kann niemand sehen. »Mutter«, sagt Katherine, etwas lauter, als würde die Herzogin am anderen Ende der Kapelle ihren Rücken beugen und nicht vor ihr, so dass sie kaum den Arm ausstrecken muss, um sie zu berühren. »Mutter, Jane ist nicht zurück.« Katherine sitzt auf den Fersen, die Hände erhoben.
»Bete«, sagt die Herzogin und dreht sich nicht um.
Jane kommt nach Hause, spät jedoch. Als Mary Grey und Katherine bereits im Bett liegen, die Kerze gelöscht ist.
»Zornig ist sie geworden«, hören sie Jane sagen, draußen auf dem Gang, und hocken sich hinter die Tür, ein Ohr am Spalt, »hat darauf bestanden, dass ich über Nacht dortbleibe.« Sie klingt entrüstet, »ich müsse mich bereithalten in Anbetracht der Nachrichten aus Greenwich. Falls der Ruf käme.«
Warum sie ihrer Schwiegermutter nicht gehorche, fragt die Herzogin.
»Das ist doch nur ein Vorwand, damit ich mit Guilford schlafe«, entgegnet Jane.
Katherine kichert.
Wenn die Herzogin von Suffolk ihre Tochter bei sich behalten wolle, werde sie ihren Sohn bei sich behalten, habe die Herzogin von Northumberland gedroht, dann sei jede Vereinbarung hinfällig.
»Schscht«, sagt die Herzogin, »darüber schweigen wir.« Sie werde mit dem Herzog reden, für heute könne Jane hierbleiben, doch morgen, und darauf solle sie sich einstellen, müsse sie nach Durham House zurück.
»Aber Ihr habt gesagt, Mutter, wir sollten warten, bis klar ist, wie sich alles regelt«, wendet Jane ein.
»Es ist geregelt«, sagt die Herzogin. Und Jane geht in ihre Kammer und die Herzogin zu den Damen.

5. Rot-weiß-rot-weiß sind die Rosen im Garten von Chelsea

Oben sind sie am Packen. Ellen und die Ammen verstauen Katherines Sachen in Kisten und Beuteln und Truhen. Der größte Teil der Aussteuer ist direkt nach Baynard's Castle geliefert worden, William Herberts Londoner Residenz. Mary Grey hat bereits letzte Nacht allein geschlafen, Katherine ist in Janes Kammer gezogen, »nimm wenigstens deinen blöden Affen mit«, hat sie hinter ihr hergerufen. Der Platz einer Ehefrau sei bei ihrem Mann und dessen Familie, hat Herbert geschrieben, als er erfuhr, dass Jane vorgestern nach Durham House gezogen ist.

Am Morgen war die Herzogin dorthin gerufen worden, die Herzogin von Northumberland, ihre Schwägerin, hat die Sänfte gleich mitgeschickt. Ist erst am Nachmittag zurückgekehrt, rote Flecken auf der Brust, und: Schnell, ein feuchter Lappen für mein Herz. Jetzt ruht sie, und ihre Damen kichern.

In einem der Sitzzimmer im Erdgeschoss, dicht beieinander, Mary Grey hält still eine Spule gelben Seidenfaden, eine der Damen wickelt ein Knäuel. Der Himmel hellgrau, die Luft feucht, und alle hoffen, dass er dunkel wird und explodiert, damit es endlich vorbei ist. »Rot-weiß-rot-weiß blühen die Rosen im Garten von Chelsea«, die Damen kichern und stoßen einander an.

Vergiftet, habe Jane behauptet, sie werde vergiftet. Von ihrer Schwiegermutter. Aber das ergibt doch keinen Sinn, sagte die Herzogin, als der Lappen auf ihrer Brust lag. Jane habe im Bett gelegen, als sie in Durham House ankam, habe sich übergeben, wurde ihr berichtet. Könne nichts bei sich behalten, Guilford Dudley mit gesenktem Kopf vor ihrer Tür. Bräute, sagen die Damen und kichern erneut. Jane solle nicht so ein Theater machen, habe die Herzogin gesagt. Wollte sie wieder mitnehmen nach Suffolk Place, bis sie wieder bei Verstand sei. Die Herzogin von Northumberland habe daraufhin gedroht, nach ihrem Mann zu schicken. Schließlich hätten sich beide auf Chelsea Manor geeinigt. An der Themse gelegen, weitab, und doch ist eine Barke rasch in der Innenstadt. Dort hatte Jane mit der Königinwitwe und dem jüngeren Seymour gelebt. Aber der junge Mann kommt mit, die Damen kichern. Von Karnickeln sprechen sie.

13. Oktober 1571, Bishopsgate

Nebel. Ist in den Innenhof hineingezogen, hängt zwischen Dächern und Mauern, ein weißer Pfropfen, als wär der Himmel herabgefallen. Wenn ich mich vorbeuge, an der Wand hinuntersehe, kann ich den Boden erkennen, doch vom Flügel gegenüber, dem Tor keine Spur. Nichts als Dunst. Als gäbe es nur dieses Zimmer. Zum Glück steht die Alte am Treppenaufgang, somit ist gewiss, dass es zumindest den noch gibt. Die Welt nicht an Fenster und Tür endet. Niemand hört auf mich, singt die Krämerstochter-Kassandra auf ihrer Stufe, von drohendem Unglück und: sehenden Auges. Von Gresham, in den kröche der Dunst hinein, in seine Knochen, die davon weich würden und krumm. Warum stirbt es denn nicht, warum stirbt es denn nicht – ihr Refrain. Dann könnten sie hinaus, fliehen, zu den heilenden Wiesen von Osterley. Oder eines anderen Landsitzes.

Hab Ellen erwischt. Kam vom Abtritt. Die Kiste stand auf dem Tisch, sie hielt den Schlüssel in der Hand, war dabei, ihn ins Schloss zu schieben, als sie mich sah. Hat sich umgedreht, versucht, die Kiste hinter ihrem Rücken zu verstecken, den Kopf gesenkt. Bin vor ihr stehen geblieben, hab die Arme ausgestreckt, Handflächen nach oben. Erst hat sie mir die Kiste gegeben, als ich mich nicht rührte, auch die Kette mit dem Schlüssel. Hatte vergessen, sie nach dem Ankleiden wieder umzuhängen.

Habe Angst, dass sie alles ins Feuer tut. Nur zu Eurem Besten, nur zu Eurem Besten.

Dauer

1. Fünfzehn Jahre, acht Monate

Der Donner lässt sich Zeit nach dem Blitz. Bäume biegen sich, die Regentropfen sind dick, die Scheiben gänzlich vom hinablaufenden Wasser bedeckt, aber alles ist nicht laut genug. Um die Atemzüge zu übertönen, mit denen ein schmaler weißer Körper, der nach dem Baden in den Knien einknickt, sich zusammenzieht, zittert, mit Gänsehaut bedeckt, der alles ist, was die Fraktionen, die höfischen Schlachtreihen davon abhält, wieder übereinander herzufallen, mit denen dieser schmale weiße Körper mit aller Kraft versucht, Luft einzusaugen. Durch den Mund in den Hals und weiter runter in die Lunge, aus der sich kaum noch etwas heraushusten lässt, in der es gurgelt und blubbert, als stünde ein See darin. Und auf den Stühlen an den Wänden ringsherum um das königliche Bett warten sie auf Stille, bemühen sich, leise zu sein, die Fingerkuppen ruhig zu halten, die so eilig wie die bald in alle Landesteile galoppierenden Pferde auf den Armlehnen trommeln wollen.

2. Zwanzig Minuten

Die Damen, Janes Damen hängen, verstauen, ordnen. Das Gepäck ist in Syon House eingetroffen, Katherine deutet auf allerlei, sie habe das Gleiche oder ihres sei schöner. Mary Grey steht neben Janes Stuhl, und die Damen, Janes Damen, erwarten nicht, dass sie zur Seite geht, wenn sie im Weg steht. Erwarten nicht, dass sie Platz macht, damit sie besser an ihr vorbeikommen. Sie laufen Bögen um Mary Grey und fragen, was sie möchte. Ale? Doulcettes? Gelee ist auch noch übrig.

Nichts, Mary Grey möchte nichts, einige der Damen erkennt sie, die Gräfin von Shrewsbury, die beiden mit den glatten Dorset-braunen Haaren sind die Clifford-Schwestern, Cousinen von ihnen. Bisher war immer nur vom Krone-Heiraten die Rede. Und sicher: Da sei nicht mehr viel zu heiraten, hatte der Herzog vor Wochen gesagt, Katherine hatte wissen wollen, ob der König noch Jane gehöre. Dennoch. Alles ist rot. Oder golden. Vorhänge, Kissen, Polster, Decken, eilig zusammengetragen während des Banketts, aus dem ganzen Haus zusammengetragen und ins Ankleidezimmer, in Janes Ankleidezimmer hinein. In das Ruhe einkehrt, die letzten Kisten werden geöffnet, nebenan, in der Schlafkammer, sind sie fertig mit dem Baldachin, Rot und Gold über Janes Bett.

»Wer hat es dir gesagt«, fragt Katherine.

»Die Gräfin von Northampton stand mit einem Mal in Chelsea im Garten. Wenn meine Schwiegermutter nicht gesagt hätte, ich müsste, ich wäre nicht mitgegangen«, sagt Jane. Die Themse hinauf, nach Syon House habe man sie gerudert. Niemand sei dort gewesen, nur ein paar Bedienstete, zwanzig Minuten hätten sie gewartet, in einem der Empfangszimmer. Sie müssten gleich kommen, habe die Gräfin gesagt, nichts weiter, nur, sie müssten gleich kommen.

»Und wer hat es dir gesagt?«

»Herbert und Arundel, es waren noch mehr dabei, Ratsmitglieder. Aber der König ist tot, hat William Herbert gesagt.«

»Hast du geweint«, fragt Mary Grey.

»Es war alles so seltsam, dass nicht richtig was kam«, sagt Jane. Dann habe Arundel zu lesen begonnen. 314 Worte. Die letzten sehr laut und deutlich: Und sollte zum Zeitpunkt meines Todes kein männlicher Nachkomme geboren sein, so ist mein Erbe Jane Grey. *Ehe er endete, hätten sie bereits gekniet. Alle. Auf dem Boden. »Vor mir«, sagt Jane. Richtig tief. Die Röcke flache Kreise, Nacken und Kleiderrücken. Die Herren hockten auf den Fersen, präsentierten die hellen Haut-*

kreise auf ihren Hinterköpfen, die Hüte in der Hand. »Ich hab als Einzige gestanden. Nicht gewusst, was ich tun soll«, sagt sie. »Ob es ein Scherz ist. Oder eine Falle. Mich zum Hochverrat verleiten. Meine Schwiegermutter.«
Die Damen räumen weiter, als hätten sie nichts gehört.
»Und dann?«
»Sie sollen aufhören, hab ich gesagt. Danach standen alle nur stumm herum. Draußen auf dem Flur schon Gerenne und Getrage wegen des Banketts. ›Mach nicht so ein Theater‹, hat Mutter gesagt, als sie ankam. Aber auch sie hat gekniet. ›Wenn sie mir zusteht‹, hab ich zu Vater gesagt, ›wenn es Gottes Wille ist, wenn Er mir diesen Platz zugedacht hat, so werde ich gehorchen.‹«

3. Unverzüglich

Am nächsten Morgen, unverzüglich, schickt John Dudley dreihundert Reiter: Der lieben Cousine habhaft werden, kein Haar krümmen, aber habhaft werden. Bevor sie vom Tod des Königs erfährt, versucht zu fliehen, mehr ist von ihr nicht zu erwarten, behauptet Dudley, wegrennen wird sie, zu ihrem Neffen, dem Kaiser, die wahre Gefahr sei eine Invasionsarmee. Das Kommando überträgt er seinem Sohn, Robert, die liebe Cousine ist in Herfordshire, günstigerweise in Hunsdon House. Dreißig Meilen sind es, dreißig eilig gerittene Meilen, doch als sie dort ankommen: keine Gegenwehr. Keine Szene. Keine Frauenarme, die ergriffen werden müssen. Keine Türen, vor die Wachen postiert werden. Denn die Zimmer sind bis auf wenige Möbel und noch weniger Bedienstete leer. Da kann Robert Dudley zerschlagen lassen, was er will, von seinen nicht mehr ganz dreihundert Reitern. Einige desertieren gleich an Ort und Stelle. Immerhin kann er berichten, dass Mary Tudor vier Tage zuvor Richtung Norden aufgebrochen ist, kaum dass ihr Bruder tot war. Noch ehe Pembroke und Arundel versuchten, vor Jane zu knien. Nach Kenninghall reite sie, in ihre Ländereien, dort sammle sie Truppen, hätten die Bediensteten ausgesagt. Tausende seien mit ihr. Er halte das für Übertreibung, schreibt Robert seinem Vater.

14. Oktober 1571, Bishopsgate

Der Wind drückt den Regen wellenweise gegen die Mauern. Hat heute früh einen Kübel durch den Innenhof getrieben, er ist über die Steine geholpert, laut war es, dachte beim Aufwachen, nun donnert es endlich.

Mein Zahnfleisch brennt noch immer.

Ich muss aufpassen. Hab den Schlüssel heute früh beim Waschen und Anziehen in den Mund gesteckt, wusste nicht, wo ich ihn sonst hinlegen sollte, damit Ellen ihn in einem unaufmerksamen Augenblick nicht an sich nimmt. Hab ihn in den Mund gesteckt mitsamt der Kette. Kalt und salzig, hab die Bewegung jedes einzelnen Gliedes auf der Zunge gespürt, hab befürchtet, sie könnten ins Rutschen kommen, wenn ich den Kopf drehe. Mochte nicht mal schlucken, den Speichel, der sofort reichlich zusammenlief, hatte Angst, der Schlüssel würde mit über die Zungenwurzel gleiten, die Kehle hinab. So könne sie mich wenigstens in Ruhe anziehen, hat Ellen gesagt.

Muss morgen dran denken, die Kette abzumachen, ehe ich den Schlüssel in den Mund nehme.

Das Zahnfleisch brennt und pocht, wenn ich mit der Zunge drüberfahre, der Saum am Eckzahn rechts oben fühlt sich geschwollen an. Ellen sagt, da sei nichts zu sehen.

Ordentlich, hat sie gesagt, nachdem der Schlüssel wieder an meinem Hals hing. Hat mir das Beutelchen mit der Rosmarinasche aus der Hand genommen, an meinen Schneidezähnen rumgerieben. Sonst färbt das Metall die Zähne rostig, hat Ellen gesagt, macht sie brüchig, und bald ziehen die Würmer in sie ein. Ob ich das wolle? Nein. Na also. Sie ist ein neues Beutelchen holen gegangen, das andere war ihr nicht prall genug gefüllt.

Dauer

4. Eine Stunde

Ebbe, der Wasserstand niedrig, ein brauner Schlickstreifen ist an beiden Uferseiten sichtbar, dahinter wächst eine dichte Reihe Sträucher, als wären auch die Böschungen mit Pelz gesäumt.

Die Barken gleiten mit gleichmäßigem Schwung die Themse hinauf, gegen die Strömung an, als wären es nicht Menschen, die sie bewegten, schubweise Wasser wegdrückten, das Boot nach vorne hievten. Als wäre es Magie oder Gottes Wille oder zumindest ein einwandfrei funktionierender Mechanismus, gut gefettet, ohne Ruckeln, ohne Schleifen gleiten die Barken von Syon House in Richtung Tower.

Janes Kleid ist sehr grün unter dem roten Baldachin. Ihren Rücken kann Mary Grey sehen, sie sitzt in der zweiten Barke, ihren Rücken, die Ärmel, ein grünes Dreieck. Darüber, und Mary Grey ist sich sicher, dass sie schwankt, auf Janes schmalem Hals, schwankt die Haube. Weiß, aus Seide, so dicht mit Steinen und Perlen benäht, dass sie, von der zweiten Barke aus betrachtet, gar keine richtige Farbe hat, Janes Kopf ist ein diffuses helles Schimmern.

Still ist es. Trotz der Kommandos der Bootsführer, des weichen Eintauchens der Ruder. Beim Einsteigen nichts als laute Freude, als Halleluja und Vorsehung und Gott schütze unter den Passagieren, jetzt schweigen sie. Vor ihnen beugt sich Guilford zu Jane. Spricht in ihr Ohr. Sieht aus, als würde er ihren Hals küssen. Von der zweiten Barke aus.

Kein Lang-lebe-die-Königin, kein Winken, keine Welle aus Verbeugun-

gen entlang des Ufers. Kähne werden entladen, Ballen, Fässer, Kisten auf Stege gehievt. Einige ziehen rasch die Mütze vom Kopf, beugen die Knie beim Anblick der Staatswappen, die meisten eilen geschäftig weiter.

Nach einer Weile wird es besser. Vereinzelt Gefolge auf der Böschung. Trompeter, eine lange, rot-gold livrierte Reihe steht entlang der Befestigungsmauer, auf den bulligen Türmen des Byward Tower. Als die Barken die Flussmitte verlassen und auf den Anleger zuhalten, beginnen sie zu spielen. Sammeln Schaulustige.

Die Damen in Janes Boot erheben sich zuerst, knien vor ihr, machen sich unter ihrem Rock zu schaffen. Jane schwankt, als sie aufsteht, feste Hände umgreifen ihre Unterarme, heben sie auf den Kai, stellen sie hin. Als sie sich aufrichtet, wird sie größer und größer, so groß wie Guilford neben ihr, die Damen richten den Rock über den Stelzen. Lassen ihre Hände ausgestreckt, Zentimeter entfernt von Janes Schultern, Armen, Taille, Hüfte, doch sie steht sicher. Hat geübt gestern Abend, im Ankleidezimmer von Syon House, tok, tok, tok, auf und ab mit den Stelzen. Tritt sicher unter den Baldachin und hakt sich bei Guilford ein. Dicht hinter ihr geht die Herzogin, den Saum der Schleppe in der Hand.

Der Kai ist sehr schmal, und alle steigen gleichzeitig aus, treten auf Säume, winkeln die Ellbogen ab. Mary Grey wartet, bis sich der Zug in Bewegung setzt. Langsam, die Außenmauer der Festung entlang, vorbei an den bullig grauen Türmen des Byward Tower und um die Ecke. Zum Löwentor, auf der Zugbrücke laufen wieder alle ineinander, drängeln und schubsen.

Der Rest dauert nicht länger als eine Stunde. Die Wände in der kleinen Halle sind nackt, bis auf ein paar Teppiche mit Jagdszenen, weiße Hirschkühe, gelockte Jünglinge mit Bögen und Spießen.

Keine Krone, keine 344 Rubine, Perlen, Saphire und Diamanten, kein Globus, kein Zepter, nichts von dem, das Mary Grey erwartet hat.

Später, erklärt ihr eine der Damen, in ein paar Wochen, in Westminster Abbey, wird alles da sein.

Die Wappen und Siegel, Stoffe, Wandbehänge, Teppiche, der königliche Haushalt, Höflinge, Amtsträger, Sekretäre sind noch in Greenwich Palace, bei Edward, und trauern. Es wird Zeit, das Datum für die Beerdigung anzusetzen, sagt jemand.

Aber einen geeigneten Stuhl haben sie herbeigeschafft, den Baldachin mit dem Kronwappen, goldener Löwe, roter Drache darüber aufgestellt. Janes Umhang ist hermelingesäumt, draußen werden Kanonen abgefeuert, in ordentlichen Salven, alle gleichzeitig, keine verspätet. Es wird gebetet, sehr protestantisch, und auch sonst alles gesagt, was notwendig ist. Jane sitzt sehr aufrecht, Augen geradeaus, Lippen fest aufeinandergepresst, hält die Hände ganz still, eine in der anderen. Jana est Regina notiert jemand im Staatskalender.

Jane zieht sich zurück, nicht weit zurück, in ihre Räume innerhalb der Festungsmauer, in ein schwarz-weiß-schwarz-weißes Fachwerkhaus. Die dunklen Balken neben den Fenstern anmutig geschwungen wie zwei Wellen, die auf die Scheiben zulaufen.

Trompeter ziehen zwischen den bulligen grauen Türmen des Byward Tower hindurch über die Zugbrücke in die Stadt. Durch Cheapside zur Fleet Street, zwei Heralde verkünden: Der König ist tot. Die Menschen schweigen. Schon lange, wurde vergiftet, das wissen wir doch in ihren Gesichtern. Mary Tudor wurde gesetzesbrecherisch empfangen und ist ein Bastard, verkünden die Heralde. Lang lebe Königin Jane Grey. »Jane wer?«, rufen einige bald Ohrenlose. Der Rest ist zu erstaunt für Jubel oder Zorn. Am nächsten Morgen im ganzen Land: Jana est Regina auf Marktplätzen und Kirchenkanzeln.

5. Zwei Tage (Montag, 10. Juli)

Mary Grey ist nach der Krönung heimgekehrt, in den ersten Stock von Suffolk Place. Sie lebt allein, fällt ihr beim Abendessen auf. Katherine wohnt bei Henry Herbert in Baynard's Castle, die anderen sind im Tower.

Das Ankleidezimmer der Herzogin dort ist kleiner als Janes, dieselbe Rasenfläche davor. Auf den Gängen Stille. Bis eben noch Getrage und Geräume, und nun regt sich nichts mehr. Mary Grey steht am Fenster, Ellen hat sie am Morgen hergebracht, ist verschwunden, sobald die Tür des schwarz-weißen Hauses geöffnet wurde. In irgendeinen Winkel, den Mary Grey nicht finden wird. Die Raben auf dem Rasen sperren vor Durst die Schnäbel auf.

»Prinzessin von England, das will ihr doch keiner nehmen«, sagt die Herzogin, hat sich wieder beruhigt, die Damen haben ihr Korsett geweitet. »Auf Lebenszeit, Prinzessin von England, ob Bastard oder nicht.« Sie atmet tief ein, die Luft entweicht ihren Lungen noch immer stoßweise. »Und er hat gut für sie gesorgt. Tausend im Jahr, zehntausend, falls sie vernünftig heiratet.« Die Herzogin dreht sich nach ihren Damen um, »sie darf heiraten«.

Die Damen nicken, Mary Grey tut es ihnen nach. »Sehr großzügig«, bestätigen sie.

Zwei Tage lang hat sie gehofft, die Herzogin, hat immer wieder »sie wird sich für Jane freuen« gesagt. Zwei Tage braucht der Bote von Kenninghall nach London, der Rat ist in Sitzung, als er eintrifft. Sie ist bereit zu verzeihen, schreibt die liebe Cousine, um Blutvergießen und Bürgerkrieg zu vermeiden. Sie wisse von den Beratungen, den Maßnahmen, die getroffen wurden, schreibt sie. Das Reich und die ganze Welt wisse, gemäß sämtlicher Urkunden und Gesetze, dem Willen ihres Vaters, ihres Bruders und sämtlicher Untertanen sei sie die rechtmäßige Königin von England, schreibt sie. Wer sich ihr unterwerfe, müsse nichts fürchten.

Auf dem Rücken der Herzogin Streifen, von den Walknochen in die helle Haut gepresst, sind sie sehr rot, als sie sich vorbeugt, das geöffnete Korsett weiter auseinanderklafft. Das Hemd darunter ist verrutscht, die Herzogin weint erneut, jemand schickt nach frischem Wasser.
»Sie wird verstehen«, sagt die Herzogin, als eine der Damen ihren Rücken abreibt, mit einem kühlen Lappen. »Nicht jetzt, aber später wird sie verstehen.«
Mary Grey darf die Schüssel halten, die Streifen werden heller, sind rosafarben, als die Damen sie abtrocknen.
»Ich werde sehen, was ich tun kann«, sagt die Herzogin. »Ein bisschen Messe schadet niemandem, solange es nur ihr Haushalt ist. Vielleicht nicht der ganze Haushalt, aber die liebe Cousine und ihre engsten Vertrauten. Und sie ist es gewohnt, auf dem Land zu leben.«
Die Herzogin nimmt einen Schluck von dem weißen Hypocras, Mary Grey streckt die Hand aus, um ihr das Glas abzunehmen, doch die Herzogin behält es in der Hand.
»Sie kann sich frei bewegen, auf ihren Gütern, nicht sofort, aber bald, wenn sie sich daran gewöhnt hat.« Die Herzogin nippt erneut, »ja, wenn sie Zeit gehabt hat, sich an den Gedanken zu gewöhnen«.
Eine der Damen schenkt nach, die Herzogin schweigt, geschickte Finger lösen die letzten Bänder, mechanisch hebt sie die Arme, als das Korsett abgenommen wird.
»Ich werde mich einsetzen«, die Herzogin richtet sich mit einem Mal auf, ihre Brüste bewegen sich unter dem dünnen Hemd, »es wird ihr an nichts fehlen, dafür werde ich sorgen.«
Ihre Brustwarzen dunkel unter dem dünnen Stoff, Mary Grey ist erleichtert, als jemand ein Nachthemd bringt, einen passenden Umhang dazu.
»Ich werde das Meine tun«, sagt die Herzogin.
Die Damen lassen einen neuen Krug kommen.
»Dudleys Schuld«, sagt die Herzogin, »allenfalls wegrennen wird sie,

auf ein Schiff und über den Kanal und zu ihrem Neffen, dem Kaiser, zu mehr ist Mary Tudor nicht imstande, hat er gesagt.«

15. Oktober 1571, Bishopsgate

Im Innenhof entladen sie einen Karren, rollen Fässer über die Steine, hab runtergerufen, sie sollen leise sein. Ist gleich vorbei, sagt Ellen.

Mein Zeigefinger schmerzt beim Schreiben, wenn ich ihn an die Feder lege. Nicht nur die Haut an der Kuppe, auch die Gelenke, von innen, als wären die Knöchelchen wund vom Aneinanderreiben.

Die Alte ist am Treppenaufgang. Zwei Jahre, bald zwei Jahre werde sie schon heimgesucht. Weil niemand es haben will, das Monstrum aus dem ersten Stock. Refrain: Warum ausgerechnet ich? Warum ausgerechnet ich?

Das Papier ist fast alle. Morgen, sagt Ellen, heute ist es zu spät, um welches kaufen zu gehen. Hab protestiert, Mrs Wotton könne sie ja begleiten, zur Kirche geht sie auch um diese Uhrzeit.

Das Geschäft sei geschlossen.

Unsinn.

Ob ich jemals ein Geschäft betreten hätte? Ich könne doch bis morgen das Journal benutzen, das habe noch freie Seiten.

Sie muss heimlich hineingeguckt haben. Ist nicht das Gleiche, hab ich gesagt, wollte es ihr nicht erklären. Hab sie runtergeschickt zu Gresham, bin sicher, sie hat ihn nicht mal gefragt, ist stattdessen in der Küche.

Ellen ist zurück. Mit Papier.

SIE

1. Sicherheit

»Sicher ist sicher«, sagt Ellen. Die Barke ist recht klein, eine von den alten, unter den Suffolk-Farben am Bug ist noch das Wappen eines Grafen von Dorset zu erkennen. In den Booten vor und hinter ihnen Bewaffnete. Mehrmals sind sie gezwungen zu halten, größeren Schiffen Platz zu machen, einem mit William Herberts Pembroke-Wappen. Mary Grey reckt sich, ob sie jemanden erkennt, Katherine oder Henry Herbert, doch die sind nicht an Bord. Sie erreichen den Tower, zwei Kammern bekommt Mary Grey zugewiesen, eine zum Ankleiden und eine zum Schlafen, nicht weit vom Apartment der Herzogin.

2. Arbeit

Die Vorhänge sind zugezogen, die Herzogin steht dennoch am Fenster, blickt geradeaus, als würde sie raussehen. Rührt sich nicht, als eine der Damen meldet: »Der Goldschmied arbeitet weiter.«
»Siehst du?« Jane ist bereits im Hausmantel, hat sich umziehen lassen, nachdem Arundel und Pembroke gegangen sind.
»Was macht er genau«, fragt die Herzogin den Vorhang.
»Seine Gesellen polieren Steine, feilen, gießen, biegen Golddraht«, liest die Dame von einem Streifen Papier ab. Die Herzogin dreht sich um, streckt die Hand nach dem Zettel aus.
Am Vormittag hatten Tower-Beamte den Goldschmied mitsamt den Kronjuwelen zu Jane gebracht, ausprobieren, ob sie auch passe, die Krone, haben sie gesagt. Die Änderungen recht seien. Sie hat einmal dem Onkel gehört, war bereits für den Cousin schmaler gemacht worden und jetzt noch einmal um einige Zentimeter.
Die andere war in Tücher gewickelt, der Goldschmied hatte sie ihr hingehalten, die Krone von Edward dem Bekenner. Erläutert, welche Steine er austauschen würde. Für König Guilford, hatte er gesagt.

Jane hat nach Guilford geschickt, sobald der Schmied entlassen war, ist eine Weile allein mit ihm im Schlafzimmer gewesen. Die Herzogin hat den Kopf geschüttelt, als er herauskam. Kaum war er fort, ist sie hinein und hat die Tür hinter sich geschlossen. Sie noch mehrmals unvermittelt aufgerissen, um sicherzustellen, dass niemand am Spalt klebt und lauscht.
Schließlich ließ Jane nach Arundel und William Herbert schicken. Saß auf ihrem Stuhl in der Schlafkammer, als beide eintraten.
»Zum Herzog mach ich ihn mit Freuden, aber nicht zum König«, erklärte sie.
Herbert und Arundel nickten, »gewiss«, antworteten beide.
»Majestät, darf ich Eure Aufmerksamkeit hierauf richten«, Arundel hielt einen Bogen, »der Aufruf für die Marktplätze und Bürgermeisterstuben.«
»– den fingierten und falschen Anspruch zurückzuweisen, den Lady Mary, Bastard –«, las Jane laut vor.
»Eure eigenen Worte, heute Morgen«, sagte Herbert.
Die Damen brachten ein Schreibbrett, Tinte und Feder. Jane die Königin *schrieb sie unten aufs Papier. Sah kurz auf und schraffierte dann die leere Hälfte des Blattes mit langen, geraden Strichen.*
Und der Goldschmied arbeitet weiter.

3. Größe
Die Herzogin ruht. Falls der Goldschmied noch arbeitet, tut er es heimlich.
Jane geht auf und ab. Immer wieder die Länge des Ankleidezimmers, die Damen geben acht, ihr nicht in den Weg zu treten.
»Er ist verpflichtet, mit mir zu reden. Als Ehemann und als Untertan. Mehr als Ja und Nein und Weiß nicht zu sagen. Ist bestimmt wieder bei seiner Mutter.«
Mary Grey schweigt. In den Gängen geht es nur noch um Zahlen. Um

Männer, Wegstrecke pro Tag, Feuerkraft und Nachschub. Um die Masse, denn die schreit: Lang lebe Königin Mary.
»Was macht er«, fragt Jane, und eine der Damen eilt hinaus.
»Er isst«, verkündet diese kurz darauf.
»Allein?«
Nicken.
»Wo?«
Jetzt braucht die Dame ein bisschen, »in der Staatskammer«, antwortet sie schließlich.
»Unter dem Baldachin?«
Nicken.
»Das ist mein Platz«, sagt Jane und ruckt den Kopf nach vorn, zieht ihr Haar unter den Kämmen hervor.
»Er hat einen Stuhl neben Euren stellen lassen«, sagt die Dame.
»Wie groß?«
»Kleiner als Eurer«, die Antwort kommt zu rasch.
»Wie viel?«
Die Dame sieht sich suchend um, versucht abzuschätzen, welcher Abstand geeignet ist, um Jane zu beruhigen.
»Wie viel kleiner«, fragt Jane erneut.
Sie hebt ihre Hand, hält sie vor Jane hin, »so viel kleiner«.
»Quer oder längs?«
Die Dame versteht nicht.
»Von den Fingerspitzen bis zum Handgelenk kleiner? Oder die Breite der Handfläche?«
»Handfläche«, antwortet die Dame leise.
Eine andere stellt ein Teller mit Doulcettes vor Jane.
»Alle raus und holt meinen Vater«, sagt sie.

4. Gesundheit

»Was hat sie«, fragt die Herzogin abends im Ankleidezimmer. Fragt

Mary Grey, beugt sich zu ihr hinab, flüstert, damit die Gräfin von Shrewsbury nichts hört. Die Herzogin flüstert mit Mary Grey.
»Sich übergeben«, antwortet sie.
»Viel?«
»Ein wenig. Weißer Schaum und saure Flüssigkeit mit ein paar gelben Stückchen.«
»Hatte sie den Finger im Hals?«
Mary Grey schüttelt den Kopf.
»Was hat sie gegessen?«
»Nicht viel, glaub ich. Nur Frühstück.«
»Dann ist es das«, sagt die Herzogin. »Bestell ihr, sie soll was essen, ein wenig Brustfleisch, und alles ist wieder gut.«
»Sie behauptet, sie werde vergiftet.«
Die Herzogin stöhnt auf, verdreht die Augen. »Nicht schon wieder«, sagt sie und geht ins königliche Schlafzimmer. Jane liegt im Bett, eine silberne Schüssel auf dem Tischchen neben sich, die Damen schickt die Herzogin raus, Mary Grey darf bleiben.
»Jetzt hat es keinen Sinn«, sagt die Herzogin. »Niemand würde Guilford als Euren Erben akzeptieren. Ungekrönt. Ohne Blut. Wenn Ihr einen Sohn hättet, für den es sich regieren ließe, vielleicht. Jetzt brauchen sie Euch gesund und lebendig.«
»Wenn Dudley sich mit den Franzosen einig ist und Guilford mit Mary Stuart verheiratet ...«
Die Herzogin lacht. »Niemals«, sagt sie. »Marie von Guise würde ihre Tochter niemals so einen hergelaufenen Idioten wie Guilford heiraten lassen.« Die Herzogin spricht weiter, sieht nicht, dass Jane die Arme verschränkt, ihr Fuß unter der Decke nach unten schnellt. »Schon weil sie den Dauphin gekriegt hat.«

Meine Hand tut weh.

Finger nicht besser. Der Schmerz zieht in die Handfläche und Richtung Daumen.

Der Schlüssel ist weg. Ellen muss ihn haben. Hab sofort die Kiste genommen, sie ist verschlossen, hab sie geschüttelt, kann hören, wie sich das Papier darin bewegt.
Hab vergessen, die Kette wieder umzuhängen. Hatte das Journal rausgenommen, den Bericht in der Kiste gelassen, abgeschlossen. Zum Glück. Und dann den Schlüssel liegenlassen. Ellen hat vorhin neben mir den Tisch gewischt, muss ihn eingesteckt haben. Sollte noch keine Gelegenheit gehabt haben, die Kiste zu öffnen. Darf keinen Moment mit ihr allein sein. Werde die Kiste bei mir behalten müssen. Am Körper. Werde sie nicht die ganze Zeit halten können, werde sie irgendwie festbinden müssen, am besten vor meinem Bauch.

Ellen hat mir den Schal gebracht, lacht, als sie sieht, was ich vorhabe. Ist nicht leicht, die Kiste vor dem Bauch zu halten, der Schal längs über die Unterseite gelegt, zwischen den vier Füßchen durch, und gleichzeitig die Enden zu verknoten. Ob sie mir helfen solle, fragt Ellen und lacht.
Hab es auch so geschafft.
Na warte. Bis du schnarchst. Auch du musst den Schlüssel verstecken. Und gewiss nicht in deinem Mund.
Werde einen neuen Bogen nehmen und weiterschreiben. Das Papier zum Schlafen unter den Schal schieben. Könnte mir eine neue Kiste suchen und die andere samt der Bögen darin einschließen. Und Ellen könnte auch den Schlüssel und den nächsten –
Werde weiterarbeiten.

5. Sitz

Die Herren Ratsmitglieder kommen einzeln, die meisten verspätet, der Herzog von Suffolk als Letzter. Siebzehn Stühle stehen in der Staatskammer bereit, für jedes Ratsmitglied einer, die Lederkissen ohne einen Kratzer, die faustgroßen Löwenköpfe oben auf den Lehnen frisch poliert. John Dudleys bleibt leer, dafür steht seine Frau im Gang und lauscht, was drinnen vor sich geht. William Herbert kommt nicht, William Cecil fehlt. Guilford Dudley hat sich einen Lehnstuhl bringen lassen, hoch genug, dass seine Storchenbeine den Boden nicht berühren, ein Schemel unter seine Füße geschoben werden muss, damit er bequem sitzt. Und das tut er auch, sitzen, wenn eines der Ratsmitglieder die Kammer betritt, und ihnen zunicken. Die meisten bleiben still stehen und überlegen erst einmal. Mason und Cobham haben sich vor ihm verneigt, wird erzählt. Damen aus dem Gefolge seiner Mutter würden ihn mit Eure Majestät anreden. »Geliebter Vater«, begrüßt er Henry Grey und erhebt sich noch immer nicht. Das Staatsbanner an der Wand über ihm glattgebügelt, nicht eine Falte, nicht ein loser Faden. »Wieso ist es an dem, irgendwas einzuberufen«, hat Arundel schließlich laut gefragt.

Ellen wartet. Kleidet sich nicht aus, geht nicht ins Bett. Sitzt auf meiner Fensterbank und sieht mir beim Schreiben zu.
Ob sie nichts zu tun hat?
Nein, sie wolle noch ein wenig sitzen.
Sie kann schlafen gehen, ich brauche sie heute nicht mehr.
Sie sei nicht müde. Ob ich vorhabe, jedes Wort aufzuschreiben, das wir sagen?
Was soll ich sonst tun?
Sie schüttelt den Kopf.

Ich bin jünger, bin es gewohnt, länger aufzubleiben als sie, soll sie warten. Bin übrigens auch gewohnter zu warten.
Der Knoten ist fest zugezogen, der Schal sitzt richtig, die Kiste sicher an meinem Bauch, eine harte Kante drückt in meine Brüste, wenn ich mich zum Schreiben vorbeuge.
Ellen gähnt schon.

6. Eheliche Pflichten

»Er fasst mich nicht an«, sagt Jane in Mutters Schlafkammer.
In ihren Räumen hörten die Dudleys mit, hat sie gesagt, dort gehe es nicht.
»Vielleicht benötigt er Ermunterung«, fragt die Herzogin sanft.
Kurz sieht es aus, als wolle sie den Arm ausstrecken, ihre Hand auf Janes legen. Die schüttelt den Kopf.
»In Chelsea brauchte er keine Ermunterung. Im Gegenteil. Ich konnte mich nicht rühren, ohne dass er sein steifes Organ gegen meine Hüfte oder meinen Bauch gepresst hat.«
»Vielleicht ist zu viel Unruhe um Euch herum. Die ganzen Menschen hier, das kann es einem jungen Mann schwermachen.«
Janes Pupillen wandern erst Richtung Dorset-Nase, dann in einem Bogen nach oben, bis halb unters Lid, in den Augenwinkel und zurück.
»Sie verbietet es ihm«, sagt sie ungeduldig.
»Wer?«
»Seine Mutter. Bis ich ihm gebe, was ihm zusteht«, Jane schüttelt den Kopf, »als wenn es an ihr wäre, zuzumessen, was jemandem zusteht.«
»Nein, natürlich nicht«, die Herzogin atmet tief ein, als wolle sie Luft bevorraten, für die langen, beruhigenden Sätze, die sie gleich vor ihrer Tochter aufreihen wird, »es ist aber zu bedenken, dass –«
»Aufs Land, ich werde sie aufs Land schicken«, Jane richtet sich auf, »Ich werde –«

»– die falsche Art von Aufmerksamkeit von Eurem Mann bekommen, wenn Ihr das tut. Und jeder Anschein von Zwietracht –«
Jane schüttelt sich. »Er ist mit ihr wie ein Hündchen. Gestern hat er sich zusammengerollt, auf ihrem Schoß. Sein Kopf war hier«, Jane deutet auf die Kuhle zwischen ihrer Schulter und ihrer Brust. »Saß neben ihr, hat seine blöden Storchenbeine über ihre gelegt, haben über die Bank hinausgeragt. Hat sich nicht bewegt, als ich reinkam. Ist einfach liegen geblieben«, sagt Jane. »Will König sein und rollt sich auf seiner Mutter zusammen.«
»Vielleicht ist ja bereits –«
»Ich blute seit vorgestern«, Jane sieht an sich herab, zu ihrem Bauch. »Er muss«, sagt sie, »er muss.« Legt ihre Handfläche drauf, knapp über ihrem Schoß.
»Dann geht es ja gerade eh nicht«, sagt die Herzogin und will sich erheben.
»Wenn Kat vor mir schwanger ist, haben wir die Herberts auf dem Hals«, sagt Jane. »Wir sollten nach ihr schicken, Mutter, ihr Platz ist hier, an meiner Seite. Die ganze Zeit allein mit Henry Herbert. Will nicht wissen, was sie mit ihm anstellt. Ihr wisst, wie sie ist.«
Naseputzen allenfalls, was soll sie sonst mit dem anstellen, denkt Mary Grey. Sagt es nicht laut. Zwei Burschen mit Laternen draußen auf der Rasenfläche, stehen still, halten die Lichter mit ausgestreckten Armen, in den Kegeln auf dem Rasen sammeln sich Kisten.
»Redet mit ihr«, Jane hält sie fest, am Arm, greift entschlossen zu. »Sagt: Er muss. Ich brauche einen Sohn. Dudleys brauchen einen Sohn. Einen Erben. Gewissheit. Stabilität. Jahrzehnte ohne Nachfolgekämpfe. Kann ich ihnen bieten, all denen, die zu Mary Tudor strömen, sie müssen nur begreifen, ich kann ihnen Jahrzehnte bieten. Ich kann herrschen und den nächsten Herrscher gebären. Mary Tudor mit ihren Krämpfen und Frauenleiden, ein paar Jahre, und es beginnt alles von vorn.«

Hab einen Krampf im Daumenballen, von dort zieht es in den Unterarm. Als hätte jemand ein glühendes Stäbchen auf die Innenseite des Handgelenks gelegt. Wo die Haut dünn ist und die Adern durchscheinen.

7. Vernunft

Guilford will gehen, sagt die Herzogin. Unvernünftig. Jeder Anschein von Zwietracht, sagt sie, jetzt, wo draußen alles auseinanderfällt, und schweigt erst mal, denn das hatte sie nicht sagen wollen.

Ich hätte die Herzogin von Northumberland für vernünftiger gehalten, sagt sie schließlich.

Jane schickt nach Pembroke und Arundel. »Richtet ihm aus, ich brauche ihn an meiner Seite. Hier«, sagt sie und deutet auf den Boden, keine Missverständnisse, »nicht da draußen irgendwo.« Man solle seine Sachen wieder auspacken, sagt sie.

17. Oktober 1571, Bishopsgate

Gestern Abend beim Ausziehen habe ich die Kiste zwischen meine Oberschenkel geklemmt. Meine Beine haben irgendwann gezittert, die Muskeln, Ellen hat die Augen verdreht, aber still den Kragen abgenommen. Bin mit der Kiste vor dem Bauch ins Bett gegangen. Hab ihr zugesehen, als sie sich auszog, der Schlüssel hängt nicht unter ihrem Rock am Gürtel, ebenso wenig zwischen den flachen Schläuchen, die wohl mal ihre Brüste waren. Sie trägt ihn nicht an der Kette um den Hals. Wenn sie ihn draußen versteckt oder jemandem gegeben hat, hab ich keine Chance.

Sie hat den Schlüssel auf den Tisch gelegt, einfach auf den Tisch gelegt. War fertig mit Decken fürs Frühstück, ich hab mich hingesetzt, Ellen hat meinen Stuhl rangeschoben, in die Schürzentasche gegriffen und den Schlüssel samt Kette auf den Tisch gelegt. Ist stehen geblieben, neben meinem Stuhl stehen geblieben. Hat gewartet, dass ich die Hand ausstrecke und ihn nehme. Wollte ihn mir nicht umhängen vor Ellen, hab die Finger fest darumgeschlossen, das Metall körperwarm, sie muss ihn irgendwo am Leib getragen haben. Bin still sitzen geblieben, Hand neben dem Teller. War nicht sicher, ob sie erwartet, dass ich danke sage. Oder: Tut mir leid. Dabei wäre es an ihr, sich zu entschuldigen, sie hat genommen, was ihr nicht gehört. Konnte nicht essen mit dem Schlüssel in der Hand, nicht nach meinem Becher greifen, nicht nach dem Stück Rind auf meinem Teller.

Warum gibt sie ihn mir zurück? Was ist aus der großen Verschwörung geworden?
Eine Kopie, sie hätte eine Kopie des Schlüssels anfertigen lassen können in der Zwischenzeit. Will mich in Sicherheit wiegen, hat mir den Schlüssel zurückgegeben, damit ich nichts ahne und sie heimlich nein, eigentlich glaube ich das nicht.

Militärisch gesehen

1. Der erste Kopf

»Weinen«, sagt die Herzogin, »Ihr musst weinen. Euch so tief in die Angst hineinbegeben, dass sie denken, Ihr seid zu weit weg, als dass sie Euch zurückholen könnten, mit Argumenten. Dann werden sie Ruhe geben. Ihr fürchtet um Euer Leben, zur Not sagt, Ihr fürchtet um Euer Leben. Sagt nicht Dudley, nur allgemein, Ihr fürchtet um Euer Leben, wenn Euer Vater nicht bei Euch bleibt, um Euch zu beschützen. Atemnot, tut so, als könntet Ihr nicht atmen, das macht Männern Angst.«

Jane nickt. Ist bereits fertig umgezogen, blasshellblau, wenig Gold, viele Perlen, ein unschuldiges Kleid nennt es die Herzogin.
Der Rat hat am Morgen entschieden, Henry Grey, Herzog von Suffolk, Vater der Königin von England, solle die Truppen führen, die geführt werden müssen, gegen Mary Tudor, Bastard, und die Tausende, die sich für sie in Framlingham sammeln.
Eine gute Lösung hatte Jane die Entscheidung genannt, die Herzogin war anderer Meinung gewesen.
Alle Brücken abbrechen, jede Bindung kappen, würde das bedeuten. Wer auch immer die Truppen führt, ist derjenige mit den blutigen Händen. Für den gibt es kein Zurück. Ist der erste Kopf, wenn es misslingt.
»Auch wenn Euer Vater siegen sollte, gewinnen wir nichts«, sagt die Herzogin.
»Wer soll sonst gehen?« Jane sieht müde aus. »Bei Dudley habe ich Angst, dass er zu den Papisten überläuft.«
»Erinnert Euch, was rauskam, als Euer Vater vorletztes Jahr im Norden war, wie ungeschickt er mit den Truppen ist. Er ist ein großer Mann, ohne Zweifel. Aber Männer überzeugen, Taktik und entschlossenes Vorgehen sind seine Sache nicht.«
»Soll ich vor den Rat treten und sagen, Vater ist unfähig? Ich habe zugestimmt, ich kann nicht zurück.«
Also hat es die Herzogin zuerst versucht. Henry Grey in seine Kammer geschickt, dort liegt er jetzt, einen feuchten Lappen auf der Stirn. Krämpfe, sagt die Herzogin, sein Leib werde geschüttelt von Krämpfen. Er sei außerstande, Truppen zu führen, in den Krieg zu ziehen. Das sei er auch ohne Krämpfe, kichern die Ratsmitglieder, nachdem die Herzogin gegangen ist und nur noch Mary Grey neben ihrem leeren Stuhl steht. Viel führen werde er eh nicht müssen, hatten sie der Herzogin entgegnet, Lord Russell und die Grafen von Bedford und Northampton würden ihn begleiten, erfahrene Soldaten, der Herzog könne die Krämpfe unterwegs auskurieren.

Befehlen geht nicht, sagt die Herzogin, das werden sie uns vorwerfen. Also geht Jane weinen, mit Angst und Atemnot. Bis John Dudley nachgibt. Zusammenhalten, sagt er zu Henry Grey, wenn ich nicht da bin, um es zu tun, müsst ihr den Rat zusammenhalten.

2. Der Marsch nach Framlingham

John Dudley diniert ein letztes Mal mit dem Rat, der Treue schwört. Mit seinem Leben, sagt jeder Einzelne, werde er Jane Grey, rechtmäßige Königin Englands, und die große protestantische Sache beschützen. Ein letztes Mal schweigen alle, während Dudley in Gedanken jeden Bissen einzeln hinuntergeleitet, sicher bis in seinen Magen.

Die Truppen sammeln sich in Durham House, in Whitehall, Dudley reitet gen Norden. Am nächsten Morgen zieht der Tross aus dem Tower hinterher, Artillerie und Nachschub. Die Räder der Karren hinterlassen Streifen, zwei gleichmäßige helle Streifen auf der Rasenfläche.

Sie marschieren nach Cambridge, werden sich dort mit weiteren Truppen aus Leicestershire, Buckinghamshire vereinen, gemeinsam weiter nach Kenninghall ziehen und dem Bastard ein Ende bereiten. Auf dem Weg nach Cambridge wird Swanston bestraft – ein Exempel statuieren, früh ein Exempel –, um weitere Unannehmlichkeiten, zerschlagene Knochen und rußgefärbte Fensterlöcher zu vermeiden. Damit jeder weiß, was ihn erwartet, seine Möglichkeiten abwägen kann. Swanston hatte Mary Tudor Unterschlupf geboten, auf ihrem Ritt von Hunsdon House nach Framlingham. Auch auf Seiten der Krone gibt es Verwundete, trotzdem erreicht Dudley mit seinen Truppen am selben Abend Cambridge. Die Stimmung ausgelassen, der Dekan der Universität lädt zum Bankett, am nächsten Morgen wird gebetet, äußerst protestantisch, und allerlei über den rechten Weg gesagt. Die Verstärkung ist noch nicht eingetroffen.

Dieses gottverdammte Handgelenk. Mein ganzer Unterarm tut weh, wenn ich ihn drehe, den Handrücken hoch in seine Richtung ziehe.

3. Überlaufen

Es ist müßig, alle aufzuzählen. Wer wann genau die Seite wechselt und mit wie viel Mann. Welche Städte erst Jane und wenige Tage später Mary ausrufen. Bewaffnete strömen nach Kenninghall. Zunächst aus Norfolk, Suffolk und Essex, dort ist Mary Tudor die größte Landeigentümerin. East Anglia, Bedfordshire und alle, die heimlich die Messe hören, und alle, die sie gerne hören würden.

Der König sei gar nicht tot, behauptet Robert Dudley gegenüber dem Grafen von Sussex. Zwei Tage kann er ihn so an seiner Seite halten, dann läuft auch er über. Einige, die das Testament unterschrieben haben und schworen, sie würden ihr Leben geben, um sicherzustellen, dass jedes der 314 Wörter befolgt werde. Sir Nicolas Throckmorton zum Beispiel oder Sir Thomas Wentworth. Cornwallis, der Sheriff von Norfolk und Suffolk, reitet nach Framlingham, der Graf von Derby mit zweitausend Mann. Sir Peter Carew lässt Mary in Dartmouth und Newton Abbot ausrufen. Die Stadt Bury wechselt die Seiten, Coventry proklamiert Königin Mary. Der Graf von Oxford scheint unentschieden, bis die Männer drohen, sich seiner Farben zu entledigen, wenn er gegen Mary ziehe. Lord Windsor und so weiter, und so weiter.

Die Schiffe treibt ein Unwetter in eine geschützte Bucht, dort meutert die Besatzung. Bewaffnet sich und bringt die Kanonen an Land. Sie tragen und schieben sie in Richtung Norden. Das Volk jubelt, durch welche Siedlung Mary Tudors Anhänger auch ziehen, das Volk jubelt ihnen zu.

18. Oktober 1571, Bishopsgate

Die Hand schmerzt, wenn ich die Finger zusammenziehe, eine Faust mache. Fühlt sich warm an, Ellen hat mir kaltes Wasser gebracht, hab sie in die Waschschüssel gelegt, bis die Haut schrumpelig wurde. Ich soll aufpassen, sagt Ellen, dass die Nässe nicht in meinen Körper dringt und alles durcheinanderbringt. Sie hört sich an wie die Alte, hab ich gesagt. Ellen hat gelacht, ein Tuch genommen, meine Hände abgetrocknet. Sanft und vorsichtig.

Ellen hat irgendwas im Hals stecken, will mir irgendwas sagen, seit sie unten war, und weiß nicht, wie sie es rausbringen soll. Hält ständig inne, sieht mich an. Wenn ich ihren Blick erwidere, sortiert sie eilig und mit gesenktem Kopf, wischt den Tisch. Den ganzen Nachmittag schon wendet sie es mit der Zunge zwischen ihren Zahnstümpfen hin und her, einmal macht sie den Mund auf, schließt ihn aber gleich wieder.

Ellen hat die eingelegten Zwiebeln fürs Abendessen vergessen, ist noch mal runter, immer noch schwer beschäftigt. Werde fragen müssen.
Beim Abräumen hat sie es endlich ausgespuckt.
Was wäre mit – und dann hat sie erst einmal gesucht, wie ihn nennen. Stiefvater hab ich ihr verboten, seit einigen Jahren sitzt er im Parlament, das macht für Leute wie Ellen was her. Master Stokes ist es schließlich geworden.
Hab nicht geantwortet.
Dem Witwer Eurer Mutter, hat sie hinterhergeschoben, als gäbe es noch etwas klarzustellen.
Hab gesagt, sie soll still sein, zu Stokes gehe ich nicht.
Die beste Lösung, hat Mutter ihn damals genannt. Er sitzt dieses

Jahr zum vierten Mal für Leicestershire im Parlament. Nicht schlecht für unseren alten Haushaltsvorsteher. Hat eine Menge bekommen für zwei Jahre Ehe mit Mutter. Kann mich noch gut erinnern, wie er in Bradgate versucht hat, mit durchgedrückten Knien zu gehen, im Garten, immer den Sandweg rauf und runter, die Hände ständig am Wamst, aus Angst, die neuen, eleganten Hosen könnten hinabrutschen, fast jeden Nachmittag die Wege auf und ab.

Mein Arm tut weh. Werde trotzdem weiterarbeiten.

Verhalten bei Unglücksfällen

1. Die Ratten

Frühstück isst Jane im Ankleidezimmer, gibt der Gräfin von Southampton letzte Anweisungen. An der Tafel unter dem Baldachin sitzt Guilford, seine Mutter beobachtet jeden Bissen, den er in den Mund steckt. Die Gräfin von Southampton wird Jane als Patin bei der Taufe von Uphills Sohn vertreten, der Junge soll Guilford heißen, teilt Jane ihr mit. Jedes Anzeichen von Zwietracht meiden.

Die Staatskammer ist seltsam leer, es sitzen nicht weniger Höflinge auf den Bänken, nur andere. William Herbert, der Graf von Pembroke, fehlt, weiter die Grafen Shrewsbury, Arundel und Bedford, der Lordsiegelwahrer fehlt, der Schatzmeister fehlt, William Cecil fehlt, John Mason fehlt, William Paget fehlt, die Lippen der Herzoginnen von Suffolk und Northumberland beginnen sich zu bewegen, sie zählen durch, lautlos, jede für sich. Kommen zum selben Ergebnis. Die Mehrheit des Rates ist abwesend.

Alles habe seine Ordnung, entgegnet der Herzog seiner Frau. Herbert und Arundel wären bei ihm gewesen. Hätten endlich zugestimmt, ihre eigenen Truppen – William Herberts sagenhafte fünftausend Mann, die er jederzeit in Wales mobilisieren kann – Richtung Fram-

lingham zu schicken, für Königin Jane, die gerechte Sache. In diesem Augenblick verhandelten beide in seinem Auftrag mit dem französischen Botschafter, über die zweitausend Söldner, die die Krone in der Picardie rekrutieren wolle.
Doch weitere Herren haben den Tower verlassen. Sie haben gefrühstückt, haben einen Brief an Lord Rich unterzeichnet, er möge loyal zu Königin Jane stehen, und sind dann still und allmählich, nicht gleichzeitig, sondern still und einer nach dem anderen aus dem Tower geträufelt. Sind auf Pferde, in Barken und Sänften gestiegen. Wohin? Nach Baynard's Castle, dem Sitz von William Herbert. Dort waren sie sich rasch einig und haben den Bürgermeister von London einbestellt. Der Rat steht in unverbrüchlicher Treue zu unserer Königin Mary Tudor, verkündet ihm Herbert. Jetzt ziehen sie in die Stadt, die Fleet Street entlang, werden ihre eigenen Stimmen nicht hören können beim Proklamieren, so laut schreien Abertausende zurück. Ein früher Sieg im Wer-ist-am-schnellsten-beiseite-Spiel.

Kat hat sie ankommen sehen in Baynard's Castle. Habe sich nichts dabei gedacht, sagt sie später.

2. Verlassen
Henry Grey lässt zusammenrufen. Wer immer sich noch im Tower befindet, möge in die große Halle kommen. Dienstboten, Gemeine, einige Händler, die Kohl liefern wollten, die Gräfin von Southampton, Sekretäre und Schreiber, Küchenburschen. Selten sind dem Herzog so viele gefolgt wie jetzt, seinen energischen Schritten in Richtung Löwentor, über die Zugbrücke und hinaus, zum Tower Hill. Ein breiter Strom, die Herzogin dicht hinter ihm. Und als er am höchsten Punkt angekommen ist und alle wieder stehen, legt er die Hände um seinen Mund, formt einen Trichter, und ruft: Lang lebe Königin Mary. Drei Mal. Nicht mal die Raben fliegen auf.

Dann macht er kehrt, drängelt sich durch die Menge, sie machen ihm Platz, und geht zurück, die Treppe hinab, und hinter ihm schieben sie, wer möchte das schon verpassen.
In der Staatskammer, die Leiter ist schon bereitgestellt, bleibt der Herzog stehen und wartet. Bis keiner mehr Platz hat, an den Türen Gedränge, in den Gängen Rufe, was denn da drinnen vor sich ginge. Die Sprossen steigt er hinauf, behände für einen Mann, der gestern an Nierenkoliken litt. Der Stoff des Baldachins ist ein störrisches, steifes Gewebe, er schiebt und zerrt eine Weile, und die Herzogin lässt eine zweite Leiter bringen, versucht jemanden zu finden, der ihm um Gottes willen helfe. Doch dann gibt der Stoff nach und lässt sich artig runterziehen
Anschließend hat der Herzog es eilig. Der Rat tage, sagt er, und er sei schließlich Mitglied des Rates. Lässt sich sein Pferd bringen, reitet Richtung Baynard's Castle, »zu meinem lieben Schwager William Herbert«.
Jana non est Regina *notiert einer der Schreiber im Staatskalender.*
»Ich komme gleich wieder«, sagt die Herzogin zu Mary Grey, »du bleibst bei deiner Schwester«, sie korrigiert sich, »bei der Königin.«
Der Empfang in Baynard's Castle ist eher kühl, die meisten Ratsmitglieder bereits auf dem Weg nach Framlingham, Arundel mit einem Brief des Rates, retten, was zu retten ist.
Meine Treue gehört allein Mary Tudor, unserer rechtmäßigen Königin, sagt der Herzog meiner lieben Cousine.
Das freue ihn sehr, entgegnet William Herbert und wendet sich anderem zu.
Der Herzog eilt nach Sheen ins Bett, ins Bett, ein feuchter Lappen auf die Stirn, die Krämpfe sind zurück. Die Herzogin reitet nach Norden, der lieben Cousine entgegen, Schwester und An-den-Händen-Halten und Weißt-du-noch.
John Dudley braucht am längsten. Erst am nächsten Morgen, als ihn

die Nachricht des Rates erreicht, entlässt er seine Männer, auf dem Marktplatz von Bury proklamiert er. Zeugen behaupten, er habe dabei schallend gelacht. Verhaftet wird er erst am nächsten Tag, Mary Tudor hat dafür Arundel geschickt.

3. Das sinkende Schiff

Im Ankleidezimmer Stille, Jane sitzt in ihrem Stuhl, die Füße auf einem Bänkchen, liest einen ihrer deutschen Protestanten. Die Damen ordnen noch letzte Dinge, Bänder, Aiguillettes, Hüftpolster, eine nach der anderen geht und kehrt nicht zurück. Eine Biene krabbelt über die Zuckerrosen in der Schale auf dem Tischchen neben Jane. Eines der Clifford-Mädchen säumt ein Hemd, Margaret Audley bürstet einen Samtumhang aus. Jane blättert nicht um, bemerkt Mary Grey, sieht auf immer gleiche Seiten hinab.

»Hat Mutter gesagt, wann sie wiederkommt«, fragt sie einmal.

Mary Grey schüttelt den Kopf.

»Ich will meinen Vater sprechen«, sagt Jane, als sie beim Abendessen sitzt. Die Gräfin von Southampton hat ihr Wildschwein und Schwan ins Ankleidezimmer gebracht.

Eine der Damen verbeugt sich. »Der Herzog ist beschäftigt.«

»Womit?«

Statt zu antworten, zieht Margaret Audley ihre Schultern noch weiter nach vorn, krümmt sich, macht sich klein. Ich bin nicht da, fragt mich nicht, soll das heißen.

»Welche Beschäftigung könnte so wichtig sein?«

»Keine«, antwortet Margaret Audley und sieht Jane nicht an und geht hinaus und kommt nicht wieder.

Als der Herzog eintrifft, müssen alle das Ankleidezimmer verlassen. Es dauert keine fünf Minuten, bis er die Tür wieder öffnet.

»Du hast gesagt, es wäre recht. Keine Angst, alles ist rechtens, hast du gesagt«, ruft Jane ihm hinterher, der Herzog eilt weiter. Als Mary Grey sich im Ankleidezimmer neben den Stuhl stellt, sieht Jane erneut hinab auf ihre beiden Seiten.

+++

Viel Volk ist zu hören. Draußen auf den Straßen, jenseits der Festungsmauern, jenseits der Zugbrücken, der unzähligen dickbauchigen Türme. Niemand ist zu sehen, durch welches Fenster Mary Grey auch blickt. Die Geräusche sind wie Nebel von irgendwoher zwischen die Mauern gezogen, und dort hängen sie jetzt. Lautfetzen, Poltern, Summen, nichts klar oder verständlich oder zuortbar, nur viel Volk ist auf den Straßen, unzählige Menschen, dessen ist Mary Grey sich gewiss.

+++

Hektik, mit einem Mal Hektik, draußen, alle halten inne, keine atmet.

»Schscht«, sagt Jane. »Die Gräfin von Southampton«, sagt sie.

Mary Grey geht zum Fenster, es stimmt, die Gräfin von Southampton schreit. Sie überquert die Rasenfläche, zwei Wachen rechts und links. Ihre Haube verrutscht, grüne Flecken auf der hellgelben Seide ihres Rocks, Algen oder Moos, Ellen würde sie dafür schelten.

»Wer hat den Befehl erteilt«, schreit die Gräfin von Southampton. Sie wolle nur nach ihrem Haushalt sehen. »Ich komme auch wieder, versprochen.« Wird lauter und dann wieder leiser, als sie sie entfernen. »Lasst mich gehen, lasst mich gehen.«

»Musik vielleicht«, fragt eines der Clifford-Mädchen. »Die Musiker müssten noch ...« Es bricht ab.

+++

Beim ersten Schlag zucken sie, werden für einen Sekundenbruchteil alle kleiner, ihre Körper ziehen sich zusammen, wenig Angriffsfläche bieten. Beim zweiten hat Jane bereits wieder ausgeatmet, lacht auf, erleichtert, beim dritten strahlt sie, ihr Gesicht den verhängten Fenstern zugewandt. Nichts zittert, die Wände still, kein Gerenne auf den Gängen, keine Trompete, kein: Zu den Waffen.

»Sie treiben sie auseinander«, sagt Jane, »hört ihr, die Truppen treiben sie auseinander.«

Niemand rührt sich.

»Alles wird gut«, Jane steht auf, ganze Salven, jenseits der Fenster, pokpokpokpokpok, ihre Hände schwingen durch die Luft, als wollte sie die Musketen, Arkebusen, das Pokpokpok antreiben. »Sie drängen sie in die Häuser zurück. Barmherziger Gott – Danke!«

»Beten«, ruft sie, »wir sollten beten. Danke«, ruft sie, »danke.« Verschluckt sich, beginnt zu husten, sieht sich um, deutet auf ein Glas, Mary Grey füllt es mit Wein, reicht es ihr.

»Ich werde gnädig sein«, Jane ist außer Atem, trinkt einen weiteren Schluck, »jeder, der sich unterwirft, bereit ist, den rechten Weg zu finden, kann Gnade erwarten. Aber die verfaulten Seelen werde ich ausbrennen. Bis sie wieder rein sind. Haben ihnen die Köpfe vergiftet«, sie deutet zum Fenster, »verdammte Papisten. Vorderste Schlachtreihe des Teufels, ich werde sie ausbrennen.«

Die Clifford-Mädchen stehen am Fenster und sind ganz still, die Clifford-Mädchen, die sich hinter den Stoff gestellt haben, deren Nasen beinahe die Scheiben berühren, sind ganz still. Rühren sich nicht, sagen nichts, ihre Rockkegel stehen reglos nebeneinander, ihre Rücken verdeckt. Sind so still, dass Mary Grey aufsteht und zu ihnen geht, sich neben sie drängt. Hebt mich hoch, will sie sagen, doch die Clifford-Mädchen müssen sie nicht hochheben, sie sieht es auch so.

Silbern und rot steigen leuchtende Kugeln in den Nachthimmel, brechen auf, Funkenregen in dem dunklen Viereck über der Festungsmauer. Die Explosionen des Feuerwerks übertönen die Rufe, doch Mary Grey ist sich sicher, sie rufen. Im Chor. Lang lebe die Königin.

+++

»Sie hat nicht geschlafen«, flüstert eines der Clifford-Mädchen am nächsten Morgen, als Mary Grey das Ankleidezimmer betritt. »Wir gehen. Uns wurde erlaubt, uns zu entfernen«, setzt sie hinzu und sieht Mary Grey nicht mehr an. Jane ist bereits angezogen, schwarz, kaum Schmuck. Bedienstete packen, von den Damen ist keine erschienen.
Mary Grey geht neben ihr, Ellen trägt Beutel und Taschen, die Wachen gehen voran, Dienstboten bilden den Schweif. Weit müssen sie nicht, über die Rasenfläche, dorthin, wo der Beauchamp-Turm an der Festungsmauer klebt. An seinem Fuß steht ein Haus, ein dickwandiges Haus aus grauem Stein, Munition wurde hier früher gelagert, jetzt lebt der alte Partridge mit seiner Frau dort, zuständig für die Gefangenen im Tower.
Zwei ineinander übergehende Räume im ersten Stock, Schlafzimmer und Sitzzimmer, vor der Tür stehen bereits Wachen. Die Kerzen brennen nicht, durch die Scharten fällt Licht zu hellen Kreuzen auf die Bodenfliesen. Beide Zimmer haben eine Feuerstelle, Teppiche an den Wänden, Blumenranken. Das Bett ist recht neu, der Baldachin ohne Wappen, aber alles sehr anständig. Tisch, Stühle, Bänke, Kissen aus weichem Leder, ein Stapel Decken.
Nachdem alles hineingetragen ist und Jane auf einem Stuhl sitzt, einen ihrer Niederländer im Schoß, nimmt Mary Grey ihre Hand. Weiß dann nicht mehr, was sie sagen soll, drückt Janes Finger.
»Mach's gut«, wird es schließlich.
»Du auch«, antwortet Jane.

+++

»Noch ein Kind«, sagt Ellen, als die Wachen im Weg stehen, auf der Schwelle von Mary Greys Zimmer. »Seht sie an, die arme Kreatur«, sagt sie und tut so, als würde sie Mary Greys Blick nicht bemerken. Deutet hinter sich auf die Beutel und Kisten, sie hat gepackt letzte Nacht gepackt, »das muss verladen werden«.
Einer der Männer geht, Edward Warner holen, unter dessen Befehl die Wachen stehen, seit der Herzog den Tower verlassen hat. Der andere lehnt am Türrahmen, füllt ihn beinahe aus, bis Ellen die Tür von innen schließt. Sie setzt sich auf einen der Stühle und zieht Mary Grey auf ihren Schoß, drückt sie an sich, mit der Erhebung und allem.
»Können wir nach Bradgate«, fragt sie und fühlt, wie Ellen den Kopf schüttelt.

»Aber schnell und leise und ohne Aufhebens«, sagt Edward Warner beim Anblick der Ellen-Mary-Grey-Pieta. Nach Westen werden sie gerudert, in den ersten Stock von Suffolk Place. An der Innenstadt vorbei, die Straßen dichtgedrängt, das lässt sich sogar vom Fluss aus erkennen, Betrunkene, Schlafende, sogar gerötete, lachende Gesichter meint Mary Grey zu sehen, die Feierlichkeiten dauern an.

+++

Am Abend steht Katherine vor der Tür. Johnjohn auf dem Arm, ihre Hunde, ein paar Beutel im Unrat neben ihr. Bedienstete seien in ihr Zimmer gekommen, hätten ohne Erklärung Dinge eingepackt, ihr ein Kleid angezogen, das schlichteste, darauf hätten sie geachtet. Ihre Tiere solle sie mitnehmen, die machten alles kaputt, sei alles, was sie gesagt hätten.
Er betrachte die Ehe als nie geschlossen, aufgelöst, annulliert, geschie-

den, die Herzogin könne sich eines aussuchen, lässt William Herbert später übermitteln.

Suffolk Place ist geräuschlos in diesen Tagen, still ist es nicht. Die Vögel singen im Garten, der Kies knirscht unter Katherines und Mary Greys Schuhen, Ellen hat ihnen erlaubt, Reifentreiben zu spielen, sie lachen, es hallt von den Mauern wider. Sie hören die Zweige brechen, wenn sie den Ring aus der Hecke ziehen. Katherines Hunde klingen in den leeren Gängen, als wären sie groß wie Zerberus. Man hört sich selbst in Suffolk Place, deutlich und klar abgegrenzt, mit einem Mal hört man sich selbst. Denn die dichtgewebten Geräusche, die Hügel, Senken, Täler, Berge fehlen.

19. Oktober 1571, Bishopsgate

Meine rechte Hand ist geschwollen, der Unterarm ein wenig dicker als der linke. Die Innenseite des Gelenks brennt, wenn ich irgendwas greife, hochhebe, den Becher, am schlimmsten ist die Schreibfeder.

Umschläge, Ellen will mir Umschläge machen. Kocht Kräuter aus, unten in der Küche. Hat Tücher bereitgelegt, um sie um meinen Arm zu wickeln.

Vielleicht wäre es an der Zeit aufzuhören, hat sie gesagt und in Richtung des Tischs gedeutet. Richtung Journal, Tinte, Feder. Vielleicht ist der Arm krank geworden, weil Ihr ihn zwingt, Dinge zu tun, von denen Euer Gewissen weiß, dass sie falsch sind.

Was sie denn glaubt, was ich schreibe? Sie hat mit den Achseln gezuckt, nur noch, es täte mir nicht gut gesagt, immer nur, es täte mir nicht gut.

Der Arm fühlt sich besser an, weniger warm. Trotz ihres: Stillhalten! Nicht alles volltropfen! Soll Ellen mir heute Abend wieder Umschläge machen. Es riecht nach Gebäck, nach Äpfeln.

Eine Sänfte im Innenhof, heraus kam eine weitere Krämerstochter-Kassandra – diese hier nur mit dunklen Haaren und einem hängenden Augenlid. Aus der nächsten Sänfte stiegen sie zu zweit, Kaufmannsfrauenumhänge und Hauben, die eine hat mich gesehen. Wie unheimlich, sagt sie zur anderen.
Greshams Alte hat eingeladen.
Ellen bringt mir zwei Taffaty-Törtchen mit hoch, das eine werde ich essen, das andere hab ich in der Mitte auseinandergeklappt, die gleiche Anzahl Teig und Apfelschichten auf beiden Seiten. Für jede Sänfte eine.
Die erste Sänfte hab ich verfehlt, die andere am Dach getroffen, kann Teile des Törtchens darauf liegen sehen. Schade drum.
Könnte mir noch eins holen.

Als mich einer der Lakaien aufhalten wollte, hab ich gesagt, ich müsste in einer dringenden Angelegenheit Mrs Gresham sprechen, da hat er mich durchgelassen.
Sie saßen in dem kleinen Empfangszimmer im ersten Stock: die Alte, die Schwarzhaarige, eine feiste Blondine und die, die Unheimlich gesagt hat. Ellen war nirgends zu sehen. Eine Weile haben sie mich nicht bemerkt, die Schwarzhaarige redete über das, was man sich wert sein müsse. Hielt erst den Mund, als die anderen drei mich bereits anstarrten. Hab die Arme verschränkt und gewartet, überlegt, mit der Schuhspitze ungeduldig auf den Boden zu tippen, damit sie verstehen, dass ich warte. Unheimlich war die Erste, hat sich von der Bank erhoben, hat die Knie gebeugt, den Kopf gesenkt, ist langsam runter, die feiste Blondine als Nächste. Die Alte war die

Letzte, die sich verbeugt hat, hat sich nach den Dienern umgesehen, erst als ihr klarwurde, dass niemand mich packen und wegtragen würde, hat sie getan, was ihre Pflicht ist.
Ich hätte gern ein Törtchen, habe ich gesagt. Ganz freundlich.
Sag Master Gresham Bescheid, die Alte hat einen Diener losgeschickt.
Die Blonde nahm ihre Serviette, legte vorsichtig zwei Taffatys darauf, streckte sie mir hin, mit langem, zitterndem Arm, einer der Kuchen kam ins Rutschen, zerteilte sich auf den Fliesen in zwei Hälften. Sie nahm ein neues Törtchen, machte einen Schritt auf mich zu, legte die Serviette in meine Hand und ging schnell wieder zurück.
Ich hätte gern gebellt, hab stattdessen Danke schön! gesagt. Das wird so schon schlimm genug. Warte auf Ellen. Hab Gresham gehört, war schon auf dem Rückweg, er stöhnte bei jedem Schritt. Warum man ihn ausgerechnet heute – bin schnell die Treppe hoch. Ellen wird gleich kommen.

Warum ich es mir so schwermachen müsse. Ob ich mein Leben lang so leben wolle. Es bringe doch nichts. Greshams könnten doch auch nichts dafür. Statt Tag für Tag sinnlos Papierbögen zu füllen, sollte ich vielleicht Briefe schreiben, vernünftige Briefe, an Menschen, die bereit wären, mir zu helfen. Oder beten. Wann hätte ich eigentlich das letzte Mal gebetet?
Dann solle ich die Törtchen wenigstens essen, hat sie noch gesagt.

Küchenneuigkeiten:
Die Heimsuchung des Empfangszimmers durch das Monstrum aus dem ersten Stock.

Die Hand ist besser, Ellen hat noch mal Umschläge drumgewickelt.

Limbus

1. Die Herzogin in Exeter

Sie hält den Kopf gesenkt, als sie den Gang hinabgeht. Die Türflügel zum Empfangszimmer stehen weit offen, die Herzogin richtet den Blick auf die grün-golden lasierten Fliesen, auf die Stelle, auf die sie sich legen wird. Flach und ausgestreckt, mit dem Gesicht nach unten, die Nase auf erstarrten Luftbläschen. Kein »Schwester«, kein An-den-Händen-Halten dieses Mal. Sie wird sich nicht rühren, bis die liebe Cousine sie aufbittet. Oder die Wachen sie wegtragen. Sie schiebt den Gedanken beiseite, wer vor ihr auf den Fliesen gestanden hat und in was derjenige getreten sein könnte. Zählt lautlos, bei jedem Schritt einen, die unzähligen Namen für La Putain auf, die sie sich während des Unterrichts ausgedacht hat und der lieben Cousine in staubiger Enge hinter einem Vorhang ins Ohr geflüstert hat. Lang ist es her, die Herzogin wird herausfinden, wie lange.

Ein Missverständnis, sagt sie, als sie sich zumindest wieder auf den Knien befindet. Dudley, sagt sie. Mein Mann liegt danieder mit Krämpfen, würgt weißen Schaum und saure Flüssigkeit hervor. Vergiftet, sagt sie, John Dudley sei mit den Franzosen verbündet. Mary Stuart, sagt sie, sei die eigentliche Bedrohung. Aus Angst, sagt sie. Aus Angst, wir haben um unser Leben gefürchtet. Bedroht hat er uns, bis wir ihm unsere Tochter gaben, sein Sohn hat das Übrige besorgt, dem Kind Ideen in den Kopf gesetzt. Zur Vernunft bringen, ich habe versucht, Jane zur Vernunft zu bringen, in den wenigen Tagen, die der Irrsinn andauerte. Ihr Guilfords Worte wieder aus dem Kopf zu treiben. Wie hätte ich mein eigenes Kind verraten können? Hätte ich sie mit den Dudleys alleine lassen sollen? Glaubt mir, die Entscheidung zwischen dem Kind, das ich unterm Herzen trug, und Euch, geliebte Schwester, die ich im Herzen trage, war eine Qual. Sterben würde ich für Euch, so wie meine Mutter für Eure Mutter starb. Meine liebe Mutter – »die ehema-

lige Königin von Frankreich«, verschluckt sie dieses Mal –, die im Landregen jämmerlich verfault ist. Geschrien vor Freude hat mein Herz, als ich die Nachricht erhielt, dass Dudley es mit seiner Grausamkeit und Verdorbenheit nicht gelungen ist, Euch zu nehmen, was Gott Euch zugedenkt. Ihr kennt meinen Mann, Majestät, haltet Ihr Henry Grey für fähig, sich ein solches Unterfangen auszudenken? Zu planen? Andere davon zu überzeugen? Auszuführen? Er ist ein guter Mann, der Herzog von Suffolk, und Euch treu ergeben, aber Ihr kennt ihn, Majestät, Ihr wisst, was Euer Vater über ihn sagte. Einem Geist wie Dudleys war er hilflos ausgeliefert.

Majestät, sagt die Herzogin und streckt die Arme empor – sie schwankt ein wenig, ihre Waden taub, sie kniet schon recht lange –, streckt sie der lieben Cousine entgegen. Beginnt zu weinen, als diese sie ergreift, die Tränen sind echt.

2. Still in mich hinein

Katherine und Mary Grey reisen, der Herzogin entgegen, der lieben Cousine entgegen, die nach London zieht, dort gekrönt werden soll, in Westminster Abbey, mit allem, was dazugehört. Henry Grey liegt nicht mehr im Bett und ist vergiftet, sie haben ihn in den Tower gebracht, in den Beauchamp-Turm, zu Dudley und all seinen Söhnen, die in den letzten Tagen dort eingetroffen sind. Die Herzogin von Northumberland ist wieder frei, kniet vor jedem, der ihr gestattet, vor ihm zu knien, viele sind es nicht, und bittet um Erbarmen, helft meinem Mann, so wie er früher Euch geholfen hat. Wenn nicht ihm, dann wenigstens meinen Kindern, meinen armen Kindern. Henry Greys Krämpfe haben sich gebessert, er werde bald entlassen, heißt es.

Als sie ankommen, hält die Herzogin einen Rosenkranz in der Hand. Sie teilen ein Zimmer mit ihr, schlafen in einem Bett, die Herzogin in der Mitte, Katherine und Mary Grey außen. Nachts übt sie mit ihnen den Ablauf der Messe, die Kommunion. Wie eine Dame anmutig den Leib Christi in sich aufnimmt, kniend, mit nach oben gerichtetem Blick, weit geöffneten Lippen und nur ganz leicht hervorgestreckter Zunge. Engel, Fegefeuer, die Heiligen, an die Frau aus dem Norden muss Mary Grey denken, die geflüstert hat, an Gabriel, Michael, Uriel und Jane.

Jeden Tag wird die liebe Cousine in einem anderen Haushalt empfangen, Katherine wird zu ihr gerufen. Sie wird die Schleppe tragen bei der Krönung, die Herzogin dahinter im Zug reiten. Geeint, das sollen alle sehen, wir sind eine Familie, sagt die Herzogin.

Dudleys Frau bettelt noch immer, heißt es, während sie sich London nähern. Ihre Knie bereits mit Furunkeln bedeckt, kichert der ganze Tross. Ihre Muskeln so sauer, dass sie die Arme nicht mehr heben könne, und wenn sie weint, so staubt es lediglich, so trocken und leer seien ihre Augen.

»Jane fehlt es an nichts«, sagt die Herzogin. Ihre Unterbringung ist annehmbar, sie isst reichlich, wird berichtet. Vielleicht gestatten sie ihr, sich frei im Tower zu bewegen. Viel mehr bewegt sich eine Dame bei Hofe auch nicht. »Ich bitte für sie«, sagt die Herzogin. »Tag und Nacht. Nicht bei der lieben Cousine. Ich bete«, sagt die Herzogin. »Still in mich hinein«, sagt die Herzogin, »ich bete still in mich hinein.«

Protestantisch oder papistisch, will Mary Grey fragen, tut es aber nicht.

Sie ziehen über die Fleet Street: Lang lebe die Königin, Gedränge, winkende Hände dicht an dicht, die Pferde kommen nur langsam voran. Heiß ist es natürlich, immer wieder hält der Zug vor frisch gezimmerten Podesten, auf denen sich Männer mit Amtsketten verneigen oder Schauspieler als Phönixe aus der Asche aufsteigen. Sie ziehen an Suffolk Place vorbei. Dorthin geht es nicht zurück nach der Krönung, es geht nicht nach Sheen, Dorset House oder Bradgate, es geht an den Hof, ins Zimmer der Ehrenmädchen.

3. Ehrenmädchen

Alle flüstern. Sechs Betten stehen im Zimmer der Ehrenmädchen, und jede Nacht zwischen ihnen Mädchenköpfe, zusammengedrängt, Münder und Ohren nah beieinander. Von der Mitte des Bettes links neben der Tür sehen sie aus wie Weintrauben, die dicht an dicht an Rispen hängen. An Mutters Ohrringe muss Mary Grey denken. Sie erzählen einander, wer wann was angesehen, gesagt, berührt hat. Die ausgekämmten Haare im Nacken zu Zöpfen geflochten, blond, braun, schwarz, einige Glückliche rothaarig, alle mit akkuraten, hellen Scheitelstreifen in der Mitte. Einige liegen auf benachbarten Betten, lassen ihre Oberkörper über die Kanten hängen, einige knien dazwischen, in Gruppen, vier größere, zwei kleine, und Mary Grey ist allein.

Katherine hat sich geweigert, neben ihr zu schlafen, von der ersten Nacht an, liegt zwei Betten weiter, neben Jane Seymour, der Tochter des Protektors – Gott habe ihn selig –, und flüstert mit ihr.

Rechts und links von Mary Grey nur Rücken, denn Jane Dormer und Margaret Audley oder wer auch immer gerade neben ihr liegt, haben sich weggedreht. Sie flüstern besonders leise, nicht, damit die alte Ashley sie nicht hört, die für die Ehrenmädchen zuständig ist, sie flüstern, weil Mary Grey zwischen ihnen liegt, flüstern mit den außen Liegenden, mit dem benachbarten Bett, stützen sich mit einem Bein auf dem Boden ab, auch auf dem anderen Bett eine Traube Köpfe, dicht an dicht.

20. Oktober 1571, Bishopsgate

Noch mal Umschläge, der Unterarm ist nicht mehr dick. Es zieht immer noch an der Innenseite des Handgelenks, glüht aber nicht mehr.

Ein Brief von Stokes. Ein Mädchen hat ihn hochgebracht, dachte erst, er wär von Mrs Wotton für Ellen, aber nein, der Brief ist von Stokes. Und für mich. *Ein Freund* nennt er sich. Schreibt, weil Gresham ihm schrieb. Für mich um Hilfe gebeten hat. In meinem Namen um Hilfe gebeten hat.
Ellen muss gewusst haben, dass Gresham ihm eine Nachricht geschickt hat. Sonst hätte sie nicht letzte Woche von Stokes geredet. Ich werde nicht antworten. Soll Gresham das tun, wenn er schon in meinem Namen schreibt. Nein danke. Lieber tot. Oder hier. Oder verrückte Irre, die um Brosamen bittet, als bei Stokes. Habe das Ellen deutlich gesagt. Ich solle mich nicht aufregen, sagt sie, Gresham würde doch nur eine Lösung suchen. Für mich, eine Lösung suchen. Dankbar solle ich sein.

Küchenneuigkeiten:
Die Alte will sich wieder malen lassen. Das Porträt von Van der Mohrs gefällt nicht mehr. Eine der Freundinnen, die gestern zu Besuch waren, hat gerade einem Flamen gesessen. Dieses Mal will es die Alte weniger protestantisch, weniger Ehefrau-eines-wohlhabenden-Kaufmanns, mehr Dame-mit-einem-Besuch-der-Königin-beehrt. Unten für die Halle, für die niederländischen Falken, die Tudor-Kassetten, wo jetzt der Van der Mohrs hängt. Bedauert wohl, dass sie den Einfall nicht vor der großen Ehre im Januar hatte. Gresham sei dagegen, heißt es. Einmal im Leben genügt, habe er gesagt.

Ellen tut heimlich. Sie werde nachher mit Mrs W. ausgehen. Wohin? Kurz schweigt sie: zur Kirche. Welche Kirche, hab ich gefragt, eigentlich nur, um sie zu ärgern. Das sei doch gleich, sagt sie und sieht mich nicht an. Sie lügt. Wollen wahrscheinlich in irgendein Wirtshaus.
Werde weiterarbeiten. Mein Handgelenk tut noch weh.

Die Welle

1. Springflut

Eine Welle schwappt durch Hampton Court und reißt jeden mit, der nicht rechtzeitig auf die richtige Seite springt, einige treibt sie zu den Fenstern hinaus und auf Schiffe, zum Kontinent, ins Exil. Der Tower füllt sich, der protestantische Bischof von Canterbury, John Cheke, der Tutor des blassen Cousins, und weitere Protestanten. Die Herzoginwitwe von Suffolk geht in die Niederlande. Doch den meisten verzeiht die liebe Cousine, der Preis variiert, zwischen tausend und siebentausend Pfund. Sie holt Gold statt Blut aus ihnen heraus, flüstern sie in den Gängen. Neue Münder in neue Ohren. Die Howards kehren zurück an den Hof, Norfolk, den die liebe Cousine zum Grafen von Surrey erhebt, sein Großvater, der alte Herzog, wird aus der Gefangenschaft entlassen. Die Anhänger der de la Poles kehren zurück, die kaiserlichen Botschafter beziehen großzügige Apartments, über eine verborgene Treppe mit der Schlafkammer der Königin verbunden, heißt es, die steigen sie Tag und Nacht rauf und runter, um ihr zu sagen, was sie zu tun hat.

Die Messe wird wieder gelesen, wie der Onkel sie bestimmt hatte, Oblaten verwandelten sich wieder in den Leib Christi. Freitag ist wieder Fischtag. Weiße Tünche wird von Glasfenstern gewaschen, und was immer noch übrig ist von den Heiligen, in die leeren Nischen zurückgestellt. John Dudley wird der Prozess gemacht, daran ändern auch Furunkel, saure Muskeln und Staub nichts. Einer Handvoll weiterer Protestanten gleich mit. Drei verurteilen sie zum Tode, Dudley, Cheke, den Dekan von Cambridge, Edwards Tutor, und dazu noch einen fast Unbekannten. Eine sehr vernünftige Anzahl und Auswahl, das dürfte genügen, der Hof atmet auf.

2. Arm

»Die armen Kinder«, sagt die liebe Cousine und folgt Mary Grey mit den Augen, während sie die Schale mit dem Handwaschwasser zur Tür trägt. »Bastarde«, sagt die liebe Cousine, eine der Damen reibt ihre Hände trocknen, »aber reinen Herzens. Die Herzogin von Suffolk trifft keine Schuld. Sie muss ihr Gewissen nicht belasten. Niemand hat gewusst, außer dem Herzog selber natürlich, dass er bereits verbindlich einem der Howard-Mädchen versprochen war. Meine arme Cousine damals gar nicht rechtskräftig heiraten konnte. Meinem Vater war nichts aufgefallen, ihrem nicht und auch sonst niemandem.« Erst kürzlich haben die Sekretäre Unterlagen entdeckt, die zweifelsfrei beweisen, alle Rechtsgelehrten haben es bestätigt: Die Herzogin hat jahrelang in Sünde gelebt. »Reinen Herzens«, sagt die liebe Cousine, »die Mädchen ohne Gottes Segen empfangen, aber es sind gute Kinder. Arme Bastarde. Und die Herzogin bereut zutiefst.«

Die liebe Cousine bestickt Hemden. Mit der gleichen eleganten Handbewegung wie ihre Mutter, sagt die Herzogin später, damit niemand vergisst, wie nah sie dieser war. Die liebe Cousine bestickt Hemden, ihre Damen sitzen so dicht, dass sich die Knie berühren, wischen mit Tüchern und Handrücken unauffällig über Stirn, Hals, Nacken, stoppen Schweißperlen auf dem Weg in Kragenstoffe, die Fenster sind verhangen, im Kamin brennt genügend Feuer, um eine der großen Hallen zu wärmen, und alle schweigen so einträchtig, dass sie den Stoff knirschen hören, wenn sie die Nadel hineinstoßen. So hat sie es gerne, die liebe Cousine, warm, eng und friedlich.

3. Dudley

Die vormalige Herzogin von Northumberland, Mrs Dudley also, mehr Name ist nicht übrig, sei grau vor Staub, flüstern sie in den Gängen. Am Morgen noch hat John Dudley sich in die Kirche bringen lassen. Seine Irrungen bereut, den katholischen Glauben angenommen, kni-

end die Kommunion empfangen. Es habe eine Verabredung gegeben, flüstern sie in den Gängen. Zwischen Dudley und der Krone. Gnade gegen Auf-den-rechten-Weg-Zurückfinden vor reichlich Publikum. Mary Grey ist sich sicher, Jane wird gelächelt haben, als sie dies erfuhr. Hab ich es dir doch gesagt, Mutter.
Am Nachmittag haben sie John Dudley dennoch den Kopf abgeschlagen auf dem Tower Hill.

4. Jane

Wieder: ein schlichtes schwarzes Kleid, der Umhang mit ein wenig Pelzbesatz, es ist bereits November, kein Schmuck, in der Hand hält sie die Bibel. Zu Fuß, durch dichtgedrängte Straßen, vom Tower zur Guildhall, vorneweg der Beamte mit der Axt, noch zeigt die Schneide nach vorn, abgewendet vom protestantischen Erzbischof von Canterbury, der, von Wachen flankiert, dahinter geht. Dann Guilford und als Letzte Jane mit zwei ihrer Bediensteten. Hochverrat, lautet die Anklage. Sehr aufrecht steht Jane vor dem langen Tisch, ruhig ihre Stimme, der alte Herzog von Norfolk hat den Vorsitz, auch die anderen Richter sind Katholiken. Lange spricht sie zu ihnen, vom rechten Weg und rechten Glauben, von verfaulten Seelen, Oblaten, Messwein, dem römischen Teufel, dem neuen Katechismus und Gottes Zorn, der das Reich treffen werde, für ihr Abweichen vom rechten Weg. Ihre Ungläubigkeit.
Lebendig verbrennen oder köpfen, ganz wie es der Königin beliebt, lautet das Urteil. Überrascht niemanden, auf dem Rückweg durch dichtgedrängte Straßen zeigt die Axt in die andere Richtung.
»Was sollte das bringen«, antwortet die Herzogin, als Mary Grey fragt, wann sie zu ihr gehen, Jane Besuch empfangen darf. Weigert sich nach wie vor, an der Messe teilzunehmen, hält mehrmals am Tag Andacht in ihrem Zimmer. Die Dudley-Brüder dürfen bereits unter Bewachung innerhalb der Festung spazieren gehen. Sie springen

auf der Stelle, Robert hebt Gewichte, wird berichtet, manchmal raufen sie miteinander, alle beugen täglich ihre Knie zum Empfang der Kommunion. Mitte Dezember erhält auch Jane Erlaubnis, mehrmals am Tag umrundet sie die grüne Rasenfläche, berichten die Bediensteten des Towers. Drei Mädchen, zwei Diener werden ihr erlaubt, von keinerlei Hinrichtungsvorbereitungen wird berichtet, die Zeichen sind gut.
Jane schreibt. Briefe. An die liebe Cousine, an Mutter, Vater, an die Druckerpressen, an Mary Grey keinen. Mache dich bereit, mit Freude zu sterben, *schreibt sie an Katherine.*

21. Oktober 1571, Bishopsgate

Sonne, Dunst, eine Ahnung von Pastellfarben am Himmel, als sie aufgeht, irgendwo hinter den Dächern geht die Sonne auf. Warte, dass Ellen mit dem Frühstück zurückkehrt. War sehr still gestern Abend, als sie zurückkam. Hat nicht nach Menschen gerochen, nach Wärme oder Enge oder verschüttetem Alkohol oder Gesang. Sie mache sich Sorgen um mich, hat sie im Bett gesagt. Wann ich denn das letzte Mal gebetet hätte? Sie soll den Mund halten, habe ich geantwortet.

Eigentlich sollte man meinen, ich hätte mich daran gewöhnt. Weiß nicht einmal, in wie viele Aschekreise ich schon getreten bin beim Aufstehen. Von irgendjemandem nachts um mein Bett gestreut. Im Zimmer der Ehrenmädchen lagen fast immer Salzkörner auf meinem Kissen. Und Chequers. Heiliger Erzengel Michael, verteidige uns im Kampf, sei unsere Schutzwehr gegen die Bosheit und Nachstellungen des Teufels etc. pp.
Sie kam ohne Frühstück wieder. Ich bin hungrig, hab ich gesagt.

Ellen hat tief eingeatmet: Sie würde schweigen, aber mein Seelenheil, mein innerer Friede zwinge sie. Ich bin trotzdem hungrig, hab ich geantwortet. Da hat sie ernst gemacht. Die Arme verschränkt, sich neben der Fensterbank aufgebaut, so dass ich nicht wegkonnte: Sie müsse mit mir reden. Mrs Wotton sei mit ihr bei einem Kundigen gewesen, gestern Abend.
Ich hab schon gewusst, was jetzt kommt.
In Chequers war es genauso: unsinniges Gestotter und irgendwann der böse Geist. Sie habe ihm, dem Kundigen – Pause, Ellen sucht nach einer Umschreibung, die sie für unverfänglich hält –, sie habe ihm die Lage geschildert. Sie fürchte, der böse Geist, der mich in Chequers befallen habe, sei zurück. Bei so wenig Körper brauche er nicht lange, um sich auszubreiten, sich im ganzen Fleisch zu verteilen. In irgendeinem Winkel, sie hat die Erhebung gemustert, wo sonst, wenn nicht dort, habe er sich eingenistet. Sei von ihren Gebeten nicht gänzlich aus mir herausgetrieben worden. Geschwächt habe sie ihn, habe der Kundige gesagt, darum habe er sich versteckt gehalten in den letzten Jahren. Sei heimlich wieder stärker geworden, hätte sich wieder in mir ausgebreitet, und jetzt, hat sie gesagt, fürchte sie – und hat nicht weitergesprochen.
Wollte irgendwas nach ihr werfen. Hab über das Tintenfass nachgedacht, unverkorkt, schöne schwarze Streifen und verschmierte Flecken überall. Doch dann wird es schlimmer. So war es zumindest in Chequers.

Wenigstens ist es dieses Mal was Kürzeres, nicht wieder der Heilige Michael.
Mutter der Barmherzigkeit, zertritt durch dein unbeflecktes Herz die Schlange, sagt Ellen. Tastend beim ersten Mal, jedes der Wörter einzeln, als wäre sie nicht sicher, ob es auch die richtigen sind.

Das nächste Mal klingt bereits entschlossener: Mutter der Barmherzigkeit, zertritt durch dein unbeflecktes Herz die Schlange. Sieht mir dabei ins Gesicht, als erwarte sie eine Reaktion. Höllenfeuer in meinen Augen oder schwarzer Rauch aus meinem Mund, Nasenlöchern, Ohren. Als ich mich nicht rühre, erneut: Mutter der Barmherzigkeit.

Sie alleine vermöge es nicht, ich müsse mitmachen, sagt Ellen. Versuchen, mich selbst zu retten. Der Kundige habe ihr ein weiteres Gebet beigebracht, das zweite sei für mich:

Weichet all ihr bösen Geister, aus den Gedanken, dem Herzen, den Gliedern. Ich soll mitsprechen, *mein* sagen, aus *meinen* Gedanken, *meinem* Herzen, *meinen* Gliedern.

Schweige.

Papistisch, hab ich in Chequers zu ihr gesagt, ob sie das wisse, ihre Gebete seien papistisch. Da musste sie erst mal nachdenken. Das sei ihr einerlei, war das Ergebnis, ob papistisch oder nicht. Die ließen einen wenigstens nicht allein mit dem Teufel. Oder dem Dämon. Oder was auch immer das sei, hat sie gesagt, die Erhebung fest im Blick.

Weichet all ihr bösen Geister, aus meinen Gedanken, meinem Herzen, meinen Gliedern.

Will doch irgendwas nach ihr werfen. Sie soll den Mund halten sagen. Nur, dann wird es schlimmer. So war es zumindest in Chequers. Hab versucht, es ihr zu verbieten – besessen. Mit ihr geschimpft – besessen. Geschrien – besessen. Geschwiegen – besessen. Hab versucht, mit ihr zu reden, ganz ruhig und vernünftig – besessen, der Teufel diskutiert. Sehr aufrecht hat sie mir gegenüber gesessen. Nach ihren Haaren getastet, dass sich ja keine Strähne löst, versucht, heimlich mit dem rechten Daumennagel den schwarzen Rand unter dem linken hervorzupulen, mit der Handfläche ihr Kleid glattgestrichen, der Teufel ist nicht irgendwer. Vor und nach jeder

Antwort hat sie das Kreuz geschlagen, aus mir spreche der Antichrist, ihre einzige Erwiderung in zahlreichen Varianten. Heiliger Michael usw. Die Schnitzerei über der Tür, sie habe meinen Hilferuf vernommen, die Botschaft meiner Seele, an sie, Ellen. Meiner verzweifelten Seele, mit dem Teufel in meinem winzigen Körper eingesperrt. Auf so engem Raum. Und da er meinen Mund besetzt halte, hätte meine Seele sich durch das Ritzen in den Stein bemerkbar gemacht – warum sonst einen Engel, warum hätte ich sonst einen Engel über die Tür geritzt, wenn nicht, um sie anzuflehen, den heiligen Erzengel Michael anzurufen, ihn zu bitten, er möge meiner Seele beistehen. In der Schlacht gegen das Böse. So ernsthaft und aufrecht und tapfer saß sie mir gegenüber, jeden Buchstaben formte sie einzeln.
Musste lachen. Besessen. Das ist kein Engel, das bin ich, hab ich geantwortet.
Hab sie beten lassen. Wenn sie keine Ruhe gegeben hat, die Lippen mitbewegt. Mich dran gewöhnt. Irgendwann hat sie wieder aufgehört.

Hohl

1. Der Herzog in Sheen

Der Herzog sitzt in Sheen, wird weiterhin Herzog genannt, auch wenn seine Frau, auf deren Anrecht die Verleihung beruht, nicht mehr seine Frau ist. Seine Töchter sind noch seine Töchter, aber illegitime Bastard-Töchter, ohne jede Wahrscheinlichkeit. Der Herzog sitzt in Sheen in der großen Halle, und sonst sitzt niemand dort. Bei Hofe feiern sie noch immer Neujahr. Sein Gefolge ist mit anderen Angelegenheiten beschäftigt, so haben es diejenigen ausgedrückt, die sich entschuldigten, die meisten sind ohne ein Wort fortgeblieben. Der Herzog isst allein, lauscht dem Geräusch seines Löffels auf dem Teller, dem Laut des Glasfußes auf der Tischplatte, die Musiker hat er weggeschickt, und so sind nur das Bersten und Knacken des Holzes im Feuer und seine eigenen kauenden Zähne übrig. Sein Vermögen ist eingezogen, die Spieltische stehen ordentlich in einer Reihe, zusammengeklappt in einer Kammer.

2. Nächstbeste Gelegenheit

Philipp von Spanien werde sie heiraten, hat die liebe Cousine verkündet. Die Herzogin liest ihr seine Briefe vor, erst zweimal den neuesten und dann die älteren, in chronologischer Folge, bis am Ende ein drittes Mal der neueste gelesen wird. Katherine schenkt sie ein Paar Ohrringe, die liebe Cousine ist so glücklich, dass die Herzogin über Reihenfolgen nachdenkt. Worum zuerst bitten, die Güter oder das beschlagnahmte Vermögen, was erscheint angemessen zum jetzigen Stand der Gunst.

Als sie von den Aufständen hört, denkt Mary Grey an Schafe, die Menschen fressen, und sonst nichts. Die Herzogin hat sich für die Güter entschieden, das mit dem Vermögen sortiere sich von ganz allein, sagt sie.

Sie rebellieren gegen die spanische Hochzeit, für Englands Unabhängigkeit und vielleicht auch ein wenig für die nicht ganz so liebe Cousine. Die Nachricht, dass Henry Grey sich ihnen angeschlossen habe, nach Leicestershire reite, um Truppen zu mobilisieren, hielt die Herzogin zunächst für einen Scherz. Eine Verwechslung. Ein Missverständnis. Mobilisieren ist nicht seine Stärke, sagt sie. Ich wusste es nicht, ich wusste es nicht, etwas später, auf den Knien. Ich habe nicht mit ihm gesprochen, seit Wochen nicht mit ihm gesprochen, auch nicht mit Jane. Ich empfange keine Nachrichten, Ihr lasst täglich mein Zimmer durchsuchen, nie bin ich allein, Ihr wisst, ich empfange keine Nachrichten.

3. Der Baum
Mobilisieren, Truppen führen, strategisch oder entschlossen handeln ist keine Stärke von Henry Grey, der nach Bradgate reitet und wohl noch immer der Herzog von Suffolk ist, offiziell hat ihm niemand den Titel entzogen. Ganze hundertdreiundzwanzig Männer erscheinen in Waffen, und die meisten musste er gut bezahlen dafür. Zwölftausend Spanier warteten in Calais, lässt er verbreiten, bereit zum Übersetzen, um England einzunehmen, es zu einer der Habsburger Provinzen zu machen. Am nächsten Tag reiten sie nach Leicester, die Stadt gegen die Invasion mobilisieren, doch niemand beachtet den Herzog. Er führt die Truppe, nicht mehr ganz hundertdreiundzwanzig Mann, weiter Richtung Süden, ein wenig Richtung Westen. Als sie in Coventry anlangen, sind die Stadttore verschlossen. Die Krone war schneller. Fünfzig Männer sind es da noch, die Henry Grey entlässt, die liebe Cousine hat ihn zum Verräter erklärt, Vermögen und Titel eingezogen. Nach Astley, zu seinem Haus in Astley flieht er, als die königlichen Truppen dort eintreffen, finden sie Henry Grey in einem hohlen Baum im Park, denn vor dem Baum steht ein Hund und kläfft.

22. Oktober 1571, Bishopsgate

Ellen murmelt. Meist leise, so dass ich nichts verstehe, außer das langgezogene A von Schlange. Von Zeit zu Zeit wird sie lauter, inbrünstiger, als sehe sie ihn vor sich, den Teufel, als könne sie ihn wegdrücken, gegen den Backstein, in die Mauer und hinaus. Wenn ich frage, ob das nicht leiser geht, betont sie jedes Wort, als hielte sie die Buchstaben einzeln in den Händen und würde sie nach ihm werfen: Mutter der Barmherzigkeit, zertritt durch dein unbeflecktes Herz die Schlange.

Welche barmherzige Mutter mit unbeflecktem Herzen sie denn meine?
Die Jungfrau Maria, Herrgott. Selbst die Protestanten, sie bricht ab. Nicht diskutieren, beten. Mutter der Barmherzigkeit, zertritt durch dein unbeflecktes –

Fensterbank. Ellen steht so dicht neben mir, dass ihre Schürze meinen Arm berührt.
Mutter der Barmherzigkeit, zertritt durch dein unbeflecktes Herz die Schlange.
Ob sie nichts zu wischen habe? Oder Hemden zu waschen?
Mutter der Barmherzigkeit, zertritt durch dein unbeflecktes Herz die Schlange.
Sie könne auch gerne runtergehen, zu Mrs Wotton. Tratschen.
Mutter der Barmherzigkeit, zertritt durch dein unbeflecktes Herz die Schlange.
So kann ich nicht arbeiten, sage ich.
Mutter der Barmherzigkeit, zertritt durch dein unbeflecktes Herz die Schlange.
Dann geh wenigstens ein Stück weg. Hab meine Hände gegen ihren Bauch gestemmt, versucht, sie fortzuschieben.
Mutter der Barmherzigkeit, zertritt durch dein unbeflecktes Herz die Schlange.

Hab ein Weilchen mitgemacht, dachte, vielleicht gibt sie dann schneller Ruhe.
Wenn ich jedes Mal mitspreche und sonst still bin, haben wir es vielleicht in drei Tagen hinter uns. Erst sagt sie ihren, dann sag ich meinen Spruch, wie ein Frage-Antwort-Spiel.
Weichet all ihr bösen Geister, aus meinen Gedanken, meinem Herzen, meinen Gliedern.

Geträumt hab ich in Chequers. Ging durch Hampton Court, langsam zunächst, durch Gänge und Höfe, weiß nicht, wohin, die Stehenden, die Entgegenkommenden – Kate Ashley, Jane Dormer, Mary Howard – blickten mich an, zeigten mit den Fingern, wie an meinem ersten Tag bei Hofe, als ob sie mich zum ersten Mal sahen. Sie suchen mich, die Wachen sind hinter mir her, hab ich gedacht. Ich bin verboten. Immer mehr bleiben stehen, beratschlagen miteinander, wie mit mir zu verfahren sei. Gleich werden sie mich jagen, einfangen, festhalten, hab ich gedacht, meine Schritte beschleunigt, die Steine mit einem Mal sehr uneben. Bin losgelaufen, und sie auch, ein Schweif Höflinge hinter mir her. Ein paar Haken hab ich geschlagen, gute, geschickte Haken, war selbst überrascht. Gewühl hinter mir, Hände hinter mir, Finger, die durch die Luft fahren, mit ihren Spitzen meine Schultern berühren, und vor mir ist eine Ecke, ein Winkel und ein Fenster, und grün wächst Unkraut an der Mauer, und jetzt haben sie mich. Drehe mich um, will ihnen ins Gesicht sehen, wissen, zu wem die Hände gehören. Ich höre es klirren und fühle es erst gar nicht. Bis die Splitter neben meinen Füßen auf die Steine fallen, in meinen Haaren landen, glänzend und hart, als wären sie aus Porzellan, mit scharfen Bruchkanten. Die Außenseite hautfarben, innen sind sie gleichmäßig tiefrot. Die Erhebung ist aufgebrochen, wusste gar nicht, dass sie hart ist, hab ich gedacht, wie kann man so was von seinem eigenen Körper nicht wissen. Und noch mehr wusste ich nicht vom eigenen Körper, ich fühlte, wie sich irgendwas entfaltete, als hätte ich ein zweites Paar Arme, die an den Schulterblättern saßen, mit einem Gelenk in der Mitte, und als ich sie ausstreckte, mich nach ihnen umsah, waren es Flügel. Bräunlich gefiederte, zerzauste Flügel, mit zu wenig Federn, um die Haut ganz zu verdecken. Aber kein Blut. Kein Schmerz, und die Höflinge – Kate Ashley, Jane Dormer, Mary Howard – stehen vor mir und starren mich an. Ihre Hände

hängen herab, greifen nicht mehr nach mir. Werden es gleich wieder tun, sobald der Schreck vorbei ist. Fliegen, denke ich und bin schon nicht mehr auf Höhe ihrer Hüften und Bäuche, sondern stehe vor ihren Gesichtern einen Moment in der Luft. Hüte und Hauben, von oben, an den Fenstern vorbei, höher, höher. Bis ich mit dem Kopf gegen irgendetwas stoße, das sich bewegt. Pass doch auf, sagt J., schlägt elegant mit blütenweißen Schwingen und fliegt einen Bogen, und dann bin ich aufgewacht.
Das mit dem Stein, das Ritzen, war Langeweile, nichts anderes. Hab nicht gewusst, wie ich jeden Tag Aufstehen, Waschen, Ankleiden, Frühstück, Warten, Dinner, Warten, Supper, Auskleiden, Waschen, Ins-Bett-Gehen überstehen soll. An Handwerker, an Abdrücke in der Zeit hab ich gedacht. Erst nicht gewusst, was ich ritzen sollte. Keyes? Dann sei er eben nicht verheiratet, er bestehe nicht darauf. Nur ein Versehen, hat er gesagt, bei seiner Verhaftung. Weiß nicht, wie oft ich das zu hören bekam in den Wochen im Tower. Keyes wollte ich nicht schreiben, hab also mich eingeritzt, eine kleine Figur mit seltsamen Flügeln. Kein Grund, sich aufzuregen. Im Tower ist das üblich, die Ehrenmädchen haben Wachsabriebe gesammelt. Hertford hat dort in den Stein geritzt, für Kat natürlich, Robert Dudley für SIE, das sei was anderes, sagte Ellen, habe nichts mit bösen Geistern zu tun.

Werde versuchen weiterzuarbeiten. Hoffe, sie geht früh schlafen.

Februar '54

1. Jane

»Nein«, sagt die liebe Cousine, als Mary Grey die Kammer betritt. Ihre Füße liegen in einer flachen Schüssel mit lauwarmem Wasser, Lady Bedford kniet, reibt ihre Knöchel mit dem Lappen ab. »Bitte«,

sagt die liebe Cousine, ihre Hand tastet in der Luft neben sich nach Lady Howard, ihr Gesicht wendet sie den Damen zu, Mary Grey sieht sie nicht an. »Bitte«, sagt sie erneut, »nicht heute.«
Mary Grey verneigt sich, steht in der Mitte der privaten Kammer, hält einen Stapel gefalteter königlicher Tücher in den Händen, den hatte sie wegräumen wollen. Lady Howard legt ihre Hand auf die Erhebung, sanft tut sie das und lässt sie dort liegen und geleitet Mary Grey hinaus. »Mein Beileid«, sagt sie draußen und schließt die Tür zu den privaten Gemächern hinter sich.

In der Nacht ist der Frost zurückgekehrt. Mauern, Schindeln, Äste, Blätter, Rasen, Planken, Treppenstufen, der Block von Raureif überzogen. Atemwolken vor den Mündern der wenigen Zuschauer, die im Kreis, Hüte gezogen, Hände gefaltet, auf der Rasenfläche vor dem schwarz-weiß-schwarz-weißen Fachwerkhaus stehen. Innerhalb der Festungsmauern, wo vor einigen Monaten die Raben durstig ihre Schnäbel aufgerissen haben. Die Menge draußen zu unberechenbar, wenn es um junge Mädchen, blass und zittrig und mit angstdunklen Augen, geht.
An den Stuhl denkt Mary Grey, an Anne Askews Stuhl, an die Lumpen, die sie werfen durfte. Jane ist weg, denkt sie. Stellt sich still an ein Fenster, berührt die Scheibe mit den Fingerspitzen. Fühlt die kühle Luft, die unsichtbare Kälteschicht. Hebt den Ellbogen, bis der Arm im rechten Winkel zum Glas absteht. An den Kuppen ist die Luft eisig, an den Fingerknöcheln, der Handfläche wird sie wärmer, am Gelenk ist sie nicht mehr frisch, der Unterarm ist im Warmen. Sie wird gefroren haben, denkt Mary Grey. An den Stuhl denkt sie, Anne Askews Stuhl. Der wahrscheinlich immer noch in Bradgate steht, im grünen Wohnzimmer, und jetzt der Krone gehört. Sie wird es gut gemacht haben, denkt Mary Grey, sie hat ja geübt. Sehr bescheiden und mit den richtigen Worten.

Bei La Putain, der Mutter der nicht ganz so lieben Cousine, waren die Einladungen begehrt gewesen. Jeder wollte selber sehen, ob sie betteln würde, flehen würde, rotzbeschmiert und tränenbedeckt, vielleicht gar einnässen würde. La Putain hatte alle ein letztes Mal enttäuscht.
Im Februar '54 werden beim Anblick eines königlichen Boten Muskeln angespannt, Schultern hoch-, die Köpfe eingezogen. Als hofften sie, es gäbe die Möglichkeit, übersehen zu werden.

Immer noch Mutter der Barmherzigkeit. Ellen wird langsam heiser. Geschieht ihr recht.

2. Er war nicht nur so dumm, dass er als ungefährlich galt, sondern so dumm, dass er es dennoch schaffte, seinen Kopf zu verlieren

Katherine ist nirgends zu finden, Die Herzogin auch nicht. Mary Grey weiß, alle sehen sie an, mehr als sonst, auf ihrem Weg durch die Gänge, Vorzimmer. Im Schlafsaal werden die Ehrenmädchen still, als Mary Grey die Tür hinter sich schließt. Irgendjemand gibt Anweisung, ihr beim Auskleiden zu helfen, danach legt sie sich ins Bett, das scheint von ihr erwartet zu werden. Zieht das Laken über den Kopf, fährt mit der Handfläche über die Matratzenebene, das Stroh verklumpt, auch wenn sie das Laken glattzieht, sanfte Hügel bleiben, darüber ein heller Stoffhimmel. Rechts und links zwischen den Betten beginnen die Kopftrauben zu flüstern, dichtbesetzte Rispen.
Keine Binde, habe der Herzog gesagt, so weit, so ehrenhaft. Doch dann sei ein Mann vorgetreten: Was mit seinem Geld sei? Juwelier sei er, und allein für Aiguillettes schulde der Herzog, so nennen sie ihn nach wie vor, ihm mehr als ein Pfund Sterling. Wer wolle, dass an den Enden der Schleifen auf seinem Mantel saphirene Gewichte hingen, müsse diese auch bezahlen.
Aber er werde jetzt sterben, habe der Herzog erwidert. Über ein Pfund

Sterling, habe der Mann gebrüllt, und der Henker sah sich gezwungen, einzugreifen. Im Publikum nachzufragen, ob jemand bereit sei, für die Schuld des Herzogs einzustehen. Vorher könne man hier nicht weitermachen, habe er gesagt und auf den Block gedeutet. Nach einer Weile und einigem: Man kenne den Herzog nicht, wolle nicht in dessen Angelegenheiten – habe sich schließlich jemand bereit erklärt. Danach sei alles recht artig weitergegangen. Ein Hieb genügte.

So weit dazu.

Ich kann mich nicht erinnern, dass er jemals das Wort an mich gerichtet, mit mir gesprochen hat.

23. Oktober 1571, Bishopsgate

Immer noch: Mutter der Barmherzigkeit – gleich nach dem Aufwachen. Beim Anziehen. Beim Frühstück. Zum Glück ist sie jetzt unten.

Habe eine Weile mitgemacht. Weichet, all ihr bösen Geister – Mutter der Barmherzigkeit. Seitdem bewegt sie nur noch lautlos ihre Lippen.

Küchenneuigkeiten:
Die Alte macht ernst mit dem Malen. Redet über Handschuhe, vorteilhafte Farben, will sich Stoffe kommen lassen. Spricht von Italienern und Holländern, davon, was sie in den Händen halten möchte und welcher Stuhl wohl geeignet wäre. Oder doch besser im Stehen? Ihre Freundin hat eine Orange in der einen Hand gehalten und einen edelsteinbesetzten Schlüssel, der an einer Kette von

ihrem Gürtel hing, in der anderen. Die Alte ist sich noch nicht sicher. Augengläser seien auch beliebt, habe die Freundin gesagt. Oder ein paar Handschuhe.

Ellen ist ruhiger, vergisst immer wieder zu beten, während sie Hemden stopft.
Unruhe auf der Treppe. Tok, Stöhnen, lange Pausen dazwischen auf jeder Stufe, Tok, er setzt den Stock auf die nächste, zieht sich hoch. Gresham. Es geht um Vermögen, bin sicher, es geht um Vermögen, sonst hätte er seine gichtigen Beine nicht von dem Bänkchen genommen, auf das er sie sonst am Nachmittag legt.

Die Krone hat Geld bewilligt. Ihm, betont Gresham, seinem Haushalt, er bekomme es ausgezahlt, um mich standesgemäß zu unterhalten. Nicht viel, ein kleines Auskommen, so nennt es Gresham. Aus welchem Vermögen, habe ich gefragt. Er hat den Finger gehoben, beifällig genickt, eine gute Frage, bestätigt er mir. Aus dem königlichen Haushalt. Aus dem Vermögen Eurer Mutter wäre in rechtlicher Hinsicht vielleicht wünschenswerter, doch immerhin: Es bewegt sich was. Euer Stiefvater müht sich, sagt Gresham.

Sollte mich freuen. Ein Zeichen. Ohne Zweifel.
Der Schmerz zieht wieder in den Unterarm. Hab keine Lust zu arbeiten.

24. Oktober 1571, Bishopsgate

Die Hand ist wieder dick. Ellen kocht Kräuter für Umschläge.
Nach dem Aufwachen immer noch Mutter der Barmherzigkeit. Hab mit Weichet all ihr bösen Geister – geantwortet, Ellen hat sich ge-

freut, mich schweigend gewaschen. Vor dem Frühstück ein Weilchen gemurmelt, als ich erneut mit Weichet, all ihr geantwortet habe, ist sie das Tablett holen gegangen.

Nebel. So dicht, dass es nur noch das Haus gibt. Wenn ich den Kopf aus dem Fenster lehne, an der Wand hinabblicke, ist jeder Backstein, jeder Sims, scharf umrissen, alles jenseits im Dunst. Ellen schimpft, weil ich am offenen Fenster sitze.
Wollte Münzen. Für die Wäscherin. Ich hätte keine saubere Kröse mehr, die sie mir morgen anziehen könne, sagte sie. Hab nichts rausgerückt, die Krone hat Geld bewilligt, seinem Haushalt, hat Gresham betont, soll die Alte zahlen. Sie sind verpflichtet, der Krone verpflichtet, mich standesgemäß zu versorgen.

Ellen kocht Stärke über der Feuerstelle, sie mache die Krägen lieber selber, sagt sie, als mit der Alten zu streiten. Der Topf halbvoll mit einer zähen, mehligen Flüssigkeit, Blasen steigen darin auf.
Es riecht streng, raucht nicht, zischt aber, die Stärke brennt an. Ellen ist schon wieder unten. Werde zum Treppenaufgang gehen und sie rufen müssen.
Der Topfboden ist dunkel, der Rest geht noch, sagt Ellen, hat ein kegelförmiges Eisen zwischen die Scheite geschoben, für die Falten, sagt sie. Wird in jede einzelne hineingeschoben, bis die Stärke steif wird, erst in die oberen Schleifen der achtförmigen Falten, dann in die unteren.
Wir haben keine Farbe, sagt sie, zum Beimischen, weiße Krägen also. Taucht einen in die Stärke, zieht ihn wieder hervor, lässt ihn abtropfen. Mauvefarben seien die zurzeit bei Hofe, sagt Ellen.
Woher sie das wisse?
Aus der Küche.
Welche Farbe hat denn Mauve?

Schulterzucken.
Ein Gelb vielleicht, fragt sie vorsichtig. Lacht, als ich Helllila sage. Müssen alle aussehen, als nähmen sie an einer der Aufführungen teil, sagt sie.
War immer ein großes Gewese. Wer bekommt welche Rolle? Ist das eine Gnade oder ist man Gegenstand eines Scherzes? Welches Kostüm?
Ellen schiebt das Brenneisen in eine der Falten, zieht den Stoff drum rum straff und wartet. Sie werde sich nie wieder über die Höhe des Wäscherinnenlohns beschweren, sagt sie und lacht.
Ob sie sich noch an den dicken Thockmorten als Cupido erinnert? Sie kichert, bis sie sich die Finger, mit denen sie die Falte hält, am Eisen verbrennt.
Den ganzen Tag ist Thockmorten in roten Trikothosen durch die Gänge gerannt, hat jeden gefragt, ob er lächerlich aussehe. Nein, haben alle versichert.
Oder die kleine Knollys als Unschuld, sagt Ellen. Ausgerechnet. Mussten achtgeben, dass sie nicht noch irgendwo Samen kleben hatte, ehe sie sie auf die Bühne geschickt haben.

Küchenneuigkeiten:
Immer noch: Malen. Kleiderfarben, Haubenmodelle, welcher Hintergrund. Die Alte zieht Erkundigungen ein, wer geeignet sein könnte, den Aufstieg einer Krämerstochter mit Pinsel und ein paar bunten Farben zu vollbringen. Lässt sich Stoffe fürs Brusttuch zeigen.
Muss eine Pause machen, der ganze Arm brennt.

Sollte weiterarbeiten. Hab keine Lust.
Wie ging es weiter? Weiter klingt so, als würde das Ganze irgendwo hinführen. Einerlei. Vater tot, J. tot. Kat und ich bei Hof. Wenn Mutter getrauert hat, hat sie es nicht gezeigt. War viel in Sheen da-

mals. Kat bekam ein eigenes Zimmer, Cousine der Königin die Begründung, hatte eigene Bedienstete. Ich blieb im Zimmer der Ehrenmädchen. Viele haben sich über den Lärm beschwert, über Gekicher, Möbel, die laut über den Boden schrammten, wir haben nur tanzen geübt, sagte Kat, Jane Seymour schlief bei ihr, drei oder vier andere Ehrenmädchen schlichen sich erst spätnachts ins Zimmer zurück. Wenn ich nach ihnen sehen ging, fragte Kat immer nur, was ich wolle. Sie besuchen. Passt gerade nicht, hat sie geantwortet und sich nach ihren Freundinnen umgesehen.
Gehört das in den Bericht? Was gehört in den Bericht? Stokes? Wahrscheinlich. Also dann: Stokes.

Die liebe Cousine

1. Philipp von Spanien

Ein Kelch, der nur schwer zu leeren ist, sagt Philipp beim Anblick seiner künftigen Gattin. Der ganze Hof erzählt es noch zwei weitere Wochen. Die liebe Cousine jedoch ist glücklich.

2. Rauch

»Ich muss sie retten, verstehst du? Ich muss, verstehst du das?« Die liebe Cousine hebt die Arme, streckt sie aus, nimmt Mary Greys Hände in ihre. »Was ist ein Mensch ohne eine Seele? Knochen und Fleisch und ein paar Haare und Zähne, sonst nichts. Ich muss sie retten, ihre Seelen. Muss verhindern, dass weitere mitgerissen werden. Ich bin für sie verantwortlich. Sie sind mir anvertraut, all die Seelen dieses Reiches, von Gott. Das verstehst du doch, meine Kleine? Ich muss sie retten. Ich muss. Ich muss.«
Ihr Oberkörper schwankt vor und zurück, vor und zurück. Wenn sie schweigt, hört man ihre Kleidung knirschen, die schweren Stoffe aneinanderreiben. Genickt hat Mary Grey, die anderen Damen sortie-

ren und ordnen und wischen und sagen nichts. Seit Wochen brennen landauf, landab Protestanten.
Die liebe Cousine lässt die Hände nicht los, sieht zum Fenster, in den Park und drüber hinweg. Drückt ihre Fingerkuppen in Mary Greys Handflächen. Ihr Blick fährt immer wieder den Waldsaum entlang, an den dunklen Wipfeln, dem weißbewölkten Himmel darüber. Als fürchte sie, hinter den Bäumen könnte Rauch zu sehen sein, hellgraue Fetzen, aus Norwich oder York rübergeweht.
»Ich muss sie retten«, sagt sie, und Mary Grey fühlt ihre Fingernägel, sie pressen Halbmonde in ihre Haut, »nachts höre ich sie manchmal, die Seelen, höre, wie sie sich aneinanderdrängen und bitten. Um Erlösung. Ich muss ihnen die Erlösung zurückgeben. Die Ewigkeit. Ich muss. Ich muss.« Und der Brokat knirscht in den Pausen. Irgendwann hat Lady Howard ein Tuch geholt und es vor das Fenster gehängt, vor den Waldsaum mit dem fehlenden Rauch.

3. Ruhe

»Es geht wieder los«, sagt die Herzogin, »sie sprechen erneut vom Heiraten.«
Die Herzogin ist erst seit gestern bei Hofe, die letzten Wochen hat sie in Sheen verbracht. Gleich nach ihrer Ankunft ist sie von der Königin empfangen worden, über eine Stunde Einander-an-den-Händen-Halten und: geliebte Schwester. Die Traubenrispen haben bis in die Nacht darüber geflüstert. Am nächsten Morgen schickt sie nach Mary Grey, bittet sie zu sich, zwei Räume hat die liebe Cousine der Herzogin bewilligt. Mary Grey ist zum ersten Mal zu Besuch, nicht zufällig da, sondern zu Besuch. Auf dem Tisch ein Teller mit kandierten Birnenscheiben, eine der Damen bietet Wein an. Von Sheen erzählt die Herzogin, vom Frieden, den sie gefunden habe, Wärme und Unterstützung, die sie nicht kannte. Mary Grey nickt, die Damen haben sich entfernt.

»Ich habe bereits mit deiner Schwester gesprochen«, sagt die Herzogin. Und dann redet sie wieder von Sheen und dem Haushalt und was für eine ehrenvolle Aufgabe es sei, einen solchen zu führen. Von Menschen, die im Herzen adelig wären, die adelige Herzen hätten, wenn auch kein Blut, trotzdem besonders seien und von Gott ausgezeichnet. »Du musst verstehen, es ging wieder los«, sagt die Herzogin. Mary Grey nickt und versteht nicht. »Sie haben mich aufgesucht, Vorschläge gemacht, wen ich heiraten könnte, was wäre, wenn meine liebe Schwester, unsere Königin, ohne Erben stürbe. Ich hatte Angst«, sagt die Herzogin, »und das war die beste Lösung.«
»Was«, fragt Mary Grey.
»Ihn zu heiraten.«
»Wen?«
»Mister Stokes.«
»Kenne ich nicht.«
»Der Haushaltsvorsteher. Von Sheen. Da reden alle doch seit Tagen drüber«, sagt die Herzogin. »Ich werde mich zurückziehen«, sagt sie. »Es ergibt nicht wirklich Sinn, dass du hierbleibst. Bei den Kosten, die das Leben hier mit sich bringt. Allein deine Garderobe.«
»Kat bleibt auch hier.«
»Deine Schwester wird heiraten, da lohnen sich die Ausgaben.«

Sie hat erst nach mir schicken lassen, nachdem sie bereits die liebe Cousine gebeten hatte, sich zurückziehen zu dürfen. Mit ihrem Mann, ein ruhiges Leben. Sie ist in anderen Umständen, unbedeutenden, wahrscheinlichkeitslosen Umständen.

Ich muss aufhören, der Arm tut weh.

26. Oktober 1571, Bishopsgate

Hab gelesen gestern, den ganzen Tag. Den Arm geschont, Ellen hat Umschläge gemacht. Hab die Bögen gelesen, den ersten, auf dem *Bericht* steht, danach die gesammelten Bröckchen. War zufrieden.

Nachts, der Mond halb voll, Ellen hat mäßig geschnarcht, das Zimmer nicht zu dunkel, hab trotzdem wach gelegen. Die drei kümmerlichen Sterne im Fensterviereck betrachtet.
Was nützt so ein Bericht? Falls ihn jemand liest, was dann?
Egal, werde weiterarbeiten. Stokes also:

4. Vor Augen
Sie hätten Anweisungen, mehr haben sie nicht gesagt. Drei Diener waren es, haben begonnen zu packen, Mary Greys Sachen zu packen, Ellen stand mit hochgezogenen Schultern daneben. Haben die Bücher aus dem Regal gezogen, auf dem Tisch gestapelt.
Mary Grey ist auf dem Weg zur Herzogin. Die hat sich bereits zurückgezogen, nicht gänzlich zurückgezogen, wie es die Regel für königliche Geburten vorschreibt, keine Wahrscheinlichkeit, nur ein Kind. Bei dem Vater.
»Es ist sein erstes, musst du verstehen, ich sage ja nicht, dass du gehen sollst. Der Südflügel ist überhaupt angenehmer, die Aussicht schöner, du hast das Tal vor dir, nicht diesen enervierenden Wald«, die Herzogin deutet in Richtung des zugezogenen Vorhangs. »Sobald es da ist«, sie sieht hinab auf ihren Bauch, »sobald es da ist und alles in Ordnung ist, kannst du wieder in dein altes Zimmer ziehen. Er hat doch nur Angst«, sagt die Herzogin, und leise: »Die niederen Stände sind abergläubisch bei Schwangerschaften, du kannst dir nicht vorstellen, was Frauen alles nicht ansehen dürfen, weil das Kind ja so werden könnte. Sobald es da und alles in Ordnung ist, wird er aufhören mit seinen Bedenken.«

Ellen packt den Rest, es geht zurück ins Zimmer der Ehrenmädchen, nicht in den Südflügel.

5. Wind

Als Mary Grey in Westminster eintrifft, ist Katherine zu Besuch bei den Seymours in Hanford House. Ist dort häufig mit Edward Seymour, dem Grafen von Hertford, in dunklen Winkeln anzutreffen, flüstern sie in den Gängen.

Wen schert das? Niemanden, denn bereits seit Wochen steht eine Wiege neben dem Bett der lieben Cousine. Sogar Philipp ist glücklich, wer hätte gedacht, dass das bisschen Am-Kelch-Genippe genügen würde. Sie hören eine letzte gemeinsame Messe, danach zieht sich die liebe Cousine mit ihren Damen zurück. In ihre privaten Gemächer, hinter verhangene Fenster und verschlossene Türen. Keinem Mann ist es gestattet, sie zu betreten, nur Kerzenlicht und Gebete die nächsten Monate, besagen die Regeln für königliche Geburten.

Als Mary Grey in Westminster eintrifft, ist der königliche Bauch bereits prall, gerötet, nicht die Haut, die ist durchsichtig weiß und glänzt fettig vom Einreiben, das Fleisch darunter schimmert rot durch. Adern, bläulich und viele, an den Seiten, um den nach außen gestülpten Nabel herum. Den mag Mary Grey nicht berühren, sie ist für das Maßband zuständig, es hat ein eigenes Kästchen aus Elfenbein mit kleinen, hubbeligen Granatäpfeln verziert. Inch für Inch wird verzeichnet, auf einem kleinen Bogen, der gefaltet auf das Maßband gehört.

Der königliche Bauch schmerzt, sobald er Druck spürt, sobald das Band vorne zugezogen wird, um seinen Umfang zu messen. Mary Grey muss sich beeilen, sonst beginnt die liebe Cousine zu wimmern. Hölzern schlagen die Fächerblätter gegeneinander, wenn sie auf Fingerspitzen treffen, Lady Howard duldet kein Wimmern. Mustert mit Sorge die Brüste, die sich, Warzen nach unten, dem allgemeinen Anschwellen des königlichen Leibes nicht angeschlossen haben.

Die nicht ganz so liebe Cousine wird an den Hof geholt, sie soll zugegen sein, wenn die Zukunft geboren wird, soll selber sehen, wer statt ihrer auf den Thron kommen wird, soll knien, anerkennen, öffentlich. Schmerzen, sie kommen, der Bauch wird hart, mehrere Male wird nach Wasser gerufen, so heiß, dass es noch kocht in den Eimern. Die Glocken sind zu hören, rufen draußen unablässig zur Messe, der Raum summt vor gemurmelten Gebeten. Für die Zukunft Englands. Der Bauch wird wieder weich, die Schmerzen gehen.
In Wind werde sich die Schwangerschaft auflösen, flüstern sie in den Gängen. Übelriechenden Wind. Die Ärzte hätten sich verrechnet, sagt die liebe Cousine, die Vorbereitungen gehen weiter.
Doch so wenig wie die Felder in dem Sommer trägt die Königin, der Bauch wird wieder kleiner, Inch für Inch, lass das Maßband sehen, befiehlt Lady Howard. Misst von da an selber nach.
Sie will nicht, sagt die liebe Cousine, zwei Monate braucht es, sie zu überreden, ihre privaten Gemächer wieder zu verlassen. Ihr Ehemann kehrt heim nach Spanien, warum einen Kelch leeren, der weder Durst löscht noch trunken macht oder schmeckt? Lässt bei der nicht so lieben Cousine anfragen, ob sie sich vorstellen könne, danach, wenn es vorbei sei, zumindest zu erwägen – eine Verbindung von England und Spanien sei auch weiterhin wünschenswert.
»Ihr wartet alle auf danach«, sagt die liebe Cousine. »Versucht bereits vorzusorgen, glaubt ja nicht, ich wüsste das nicht.«
Lady Howard streicht ihr über den Rücken

Was soll das eigentlich? Was schreibe ich hier?

27. Oktober 1571, Bishopsgate

Hab wieder wach gelegen. Drei kümmerliche Sterne im Fensterviereck.
Irgendwann hab ich verstanden: Ich wollte mein Leben schreiben. Die Witwe Keyes, geborene Mary Grey, ein Leben. Und hab doch ihres geschrieben. J.s Leben, Vaters Leben, Mutters Leben. Kats. Als wäre meins eine weiche Masse und ihres aus härterem Material. Und wenn man das alles zusammenpresst, formt Hartes das Weiche, drückt es in das hinein, was an Platz übrig ist. Nicht viel ist das, ein paar Vertiefungen, eine Erhebung, ein jämmerlicher Wulst. Nichts weiter als ein Mutter-Vater-J.-Kat-förmiger Abdruck.

Was will ich eigentlich erzählen? Was schreibe ich da?
Ich bin unschuldig, ich bin unschuldig? Den Gesang der In-Ungnade-Gefallenen? Ich bin es nicht gewesen, die andern waren es? Ich bin nur eine weiche Masse, von ihren Entscheidungen geformt. Durch ihre Schuld schuldig, nicht durch meine, unschuldig schuldig geworden, versteht Majestät, bitte habt Erbarmen. Als ginge es darum. Um Schuld und Unschuld. Als würde sich danach irgendwas bemessen.

Wo sie gewesen ist, hab ich Ellen gefragt. In der Küche. Ich hatte Durst, sie war nicht da. Ich hab zum Krug rübergesehen, er stand am andern Ende des Tischs. Ellen hat einen Becher aus dem Regal geholt, ihn gefüllt und mir gereicht. Schweigend, ohne Verzeiht mir zu sagen, ohne irgendwas zu sagen.

Als wären nicht alle schuldig. Wenn alle schuldig sind, ist keiner mehr schuldig, nur derjenige, auf den man sich einigt. Auf Schuld und Unschuld kommt es nicht an.

Was soll ein Bericht also ausrichten? Zeigen, wie es war? Meine Bröckchensammlung gegen eure. Alle sammeln, kein Bröckchen gleicht dem andern, jeder entscheidet sich für unterschiedliche, legt sie auf seinen Haufen, überzeugt, es seien die richtigen. Sie lassen sich nicht zusammenschütten, nicht vergleichen. Wir können uns allenfalls drauf einigen, uneinig zu sein.
Wie es war: verschiedene Bröckchen, getrennte Haufen und keiner vollständig.

Was soll der Leser tun. Mitfühlen? Was wäre gewonnen, außer, dass er sich mitfühlend nennen kann. Und ich wäre die Mitgefühlte. Klingt unanständig. Als würde an einem vollzogen.

Ellen murmelt wieder. Stillsitzen und Vor-sich-hin-Starren, scheint auch des Teufels zu sein. Mutter der Barmherzigkeit. Mein Oberarm schmerzt, die Schulter, ein breites Band zieht runter zum Ellbogen, von dort die Innenseite des Unterarms entlang. Als hätte ich einen Marionettenarm mit wehen Fäden. Werde mit Weichet all ihr – antworten müssen, damit Ellen Ruhe gibt.

Wozu das alles? Das stundenlange Federkratzen, das Geschreie wegen Kerzen, Papier, mit Ellen.
Wer wird das jemals lesen? Wen interessiert ein Vater-Mutter-J.-Kat-förmiger Wulst?

28. Oktober 1571, Bishopsgate

Gresham war hier.
Dachte, es ginge wieder um: Die Krone hat bewilligt.
Aber nein. Mein Stiefvater habe erneut geschrieben. Er sei in der

Lage, mir ein kleines Auskommen zu bieten, ausreichend für zwei, vielleicht drei Zimmer an der Stadtgrenze, ein oder zwei Mädchen, dazu ein Diener sollten möglich sein. Sobald ich entlassen werde, wofür Stokes sich weiter einsetze. Ein ruhiges Leben, sagt Gresham, und dass er sich für mich freue.
Und wenn ich nicht will, habe ich gesagt.
Ellen hat mich gestoßen, mit etwas Spitzem gegen die Schulter, ihren Fingerknöcheln vermutlich. Ist gerade wieder sehr mit Mutter der Barmherzigkeit beschäftigt, ich fürchte, der böse Geist ist zurück.
Was nicht will, hat Gresham gefragt, seine Augen schlitzförmig, auf der Suche nach meinem Gesicht.
Einfach so entlassen werden. Wie ausgespuckt, nach Stepney. Weitab von allem. Was soll ich dort?
Stepney sei sicher eine Möglichkeit, hat er geantwortet, ein ruhiges Leben, und: Ich solle dankbar sein, dass ein Mann von den Fähigkeiten meines Stiefvaters bereit sei, mir zu helfen.
Dann ist er einfach raus.

Warum sich nicht zurückziehen, warum nicht ein einfaches kleines Leben in irgendeinem Häuschen in irgendeinem Vorort, sagen wir: in Stepney? Mit Stokes' Almosen und Ellen und ein, zwei Dienern, und alles ist ruhig? Vergraben unter wimmelnden Menschen, zu zahlreich, um sie sich zu merken, die Menschen in Stepney, einer wie der andere, und ich wäre eine von ihnen und wie die anderen. Ein Mensch aus Stepney. Nicht mehr.
Erbarmen, für den Wulst, vielleicht ein paar Brosamen, damit er auch still ist, der Wulst. Ein Haus in Stepney, dort wäre er gut verwahrt, der kleine Wulst.
Gleiches Gefühl wie in Chequers: im Nirgendwo vergraben, hinter unzähligen Häusern und Straßen und Mauern und Menschen, un-

zähligen Menschen. Die nicht wissen, wie ich behandelt werden muss.
Ich will nicht nach Stepney, ich will zu IHR zurück.

Ellen ist schon wieder weg. Wollte auf den Abtritt, eine halbe Stunde ist das jetzt her, hat wohl den Weg über die Küche genommen.

Ich wollte, dass etwas übrig bleibt. Deshalb habe ich den Bericht geschrieben, ich wollte, dass etwas von mir übrig bleibt. Nicht irgendetwas. Die Witwe Keyes, ich wollte, dass von mir die Witwe Keyes übrig bleibt. Die Kleine, die ihren Geliebten, den Riesen, geheiratet hat. Eine hübsche Geschichte eigentlich. Klingt wie irgendwas, das Ammen zum Einschlafen erzählen, Liebe überwindet sogar zweieinhalb Fuß. Mit tragischem Ende: Die Tochter der Harpyie sperrt die beiden ein, weit voneinander entfernt, der Riese stirbt an gebrochenem Herzen. Und zurück bleibt die Witwe Keyes. In ihrem schwarzen Kleid. Eine rote Nelke als Zeichen ihrer unglücklichen Liebe im Haar. Die Hände gefaltet, so dass der Finger mit dem Ring oben ist. Wie damals im Spiegel. Die Witwe Keyes.
Werde dort nicht hingelangen mit dem Bericht. Wie soll da die Witwe Keyes rauskommen? Mary Grey, nichts als Mary Grey, die Arme, Irre, Lächerliche, *die Kleinste von allen*, wie Cecil anlässlich meiner Heirat schrieb. *Eine monströse Angelegenheit, die Kleinste von allen mit einem Mann von dieser Statur.* Das, und nichts anderes, wird rauskommen bei dem Bericht. Und: Kopfschütteln, und: Die Arme, und: Nur wegen ihrer Herkunft hat er sie genommen. Und: Dann sei er eben nicht verheiratet, hat er gesagt bei seiner Verhaftung, er bestehe nicht darauf. Hast du Haare da unten?

Warum Keyes?

1. Er hat zumindest so getan, als ob. Ich war glücklich, dass er mich für erstrebenswert genug hielt, um so zu tun, als ob. Um den üblichen 1.Komplimente-2.Blumen-3.Gedichte-4.Geschenke-Zauber zu veranstalten.

2. Der normale Lauf der Dinge im Leben einer Frau, wenigstens einmal: der normale Lauf der Dinge im Leben einer Frau.

3. Er war meine eigene Dummheit.

4. Im Bett liegen und genau wissen, was die Traubenrispen flüstern.

Hat nicht geklappt, sie haben mich vorher verhaftet.

5. Alle sehen mich an.

Hat ein wenig geklappt – auf dem Weg in den Tower. Erwies sich als nicht erstrebenswert.

Was bleibt davon übrig? Nichts außer Nr. 2. Wenigstens einmal. Und nach dem normalen Lauf der Dinge im Leben einer Frau wäre ich die Witwe Keyes, mit roter Nelke im Haar, einem eigenen Haushalt, etwas Vermögen, vorzeigbaren Stiefkindern, zu Besuch bei Hofe, wann immer es mir beliebt. Nach einigen Monaten vielleicht ein Posten im königlichen Haushalt, ein angemessenes Einkommen, ein fester Platz.

Ellen ist unwohl. Hat den halben Nachmittag auf dem Abtritt verbracht, nach dem Abendessen einen Stuhl zum Fenster gezogen, es weit geöffnet, sitzt da mit einer Schüssel auf den Schenkeln. Rieche es dennoch, auch wenn sie das Erbrochene gleich zum Abtritt trägt. Ich solle einfach schlafen gehen, sagt sie. Friert, klappert, wer hätte gedacht, dass die paar Zahnstümpfe so viel Lärm machen könnten. Hab mich ans andere Ende des Tischs gesetzt, bei der Tür.

Ich könnte mich malen lassen. J. ist gemalt worden, Kat ebenfalls, Mutter hat gesessen, Vater war nie zufrieden. Eine Krone, zwanzig Penny, drei Farthing reichten für einen Tisch, hat Ellen gesagt. Warum nicht für ein Bild. Von mir. Der Witwe Keyes. Schwarzes Kleid, rote Nelke im Haar, Hände gefaltet.
Wenn ein Pinsel aus einer Krämerstochter-Kassandra eine Dame von Rang machen kann, dann sollte er auch aus einer Dame von Rang die Witwe Keyes schaffen können. Aufsteigen ist schwer, runter kommt man immer, heißt es.
Was Foxe in seinen *Märtyrern* über J. schreibt, stimmt auch nicht. All die Anekdoten, die weisen, nicht zu scharfzüngigen Antworten. Wichtig ist nicht, was geschieht, sondern wie du es erzählst. Schwarzes Kleid, rote Nelke im Haar, die Hände gefaltet.

Klare kalte Nacht im Fensterviereck. Reichlich Sterne, der Luftzug bereits grimmig.
Hab Holz im Kamin aufgelegt, Ellen eine Decke gebracht. Soll sie sich noch mal bei Mrs W. über mich beschweren.

29. Oktober 1571, Bishopsgate

Müde, unruhige Nacht. Ellens Gerenne, Geklapper, Gewürge, wurde schon hell, als sie ans Fußende gekrochen ist. War vor ihr wach, musste sie wecken. Hat sich nicht angezogen, nur ihren Umhang umgelegt, ist runter, Bescheid sagen. Seitdem liegt sie wieder im Bett.
Ein Mädchen hat mein Frühstück gebracht, den Tisch gedeckt. Ist schnell raus, als ich mich hinsetzen wollte. Bin immer noch im Nachthemd.

Mrs W. schickt Brühe und ein Mädchen, um sie in Ellen hineinzulöffeln. Sie werde später hochkommen, nach ihr sehen, wenn sie mit dem Dinner fertig sei, lässt sie ausrichten.
Das sei nicht notwendig, Ellen fehle es an nichts, lasse ich ausrichten.

Der Holländer, der die liebe Cousine gemalt hat, soll mich malen. Hab lange drüber nachgedacht, wenn er noch in London ist, dann er. Werde Gresham bitten, sich zu erkundigen.

Uneingeladen. Wer tut so etwas? Die Tür stand offen, wollte den sauren Geruch auslüften. Mrs W. hat nur kurz im Vorbeigehen an den Rahmen geklopft, ohne stehen zu bleiben, hat knapp vor mir geknickst, ist nicht mal richtig in die Knie und gleich weiter zu Ellen. Bin mir nicht sicher, welcher Teil von *nicht notwendig* die geistigen Fähigkeiten einer Köchin überfordert. In die Küche will sie Ellen bringen, zu sich. Sie auf eine der Bänke legen, sagt Mrs W., damit Ellen zur Ruhe komme, es wäre deutlich einfacher, sie unten zu pflegen, das müsse ich doch einsehen. Ich solle an Ellen denken, nicht an mich. Ein Mädchen werde sie schicken, das bei mir bleiben würde.
Kommt gar nicht in Frage.
Sie hält Ellens Hand, die Schüssel, wischt Erbrochenes mit einem Lappen von Ellens Kinn, meine Liebe, sagt sie, streicht ihr die Haare nach hinten. Schickt nach frischem Wasser, sieht mich vorwurfsvoll an, als wäre es an mir, dafür zu sorgen.
Ich hätte ja welches kommen lassen, Ellen hätte nur was sagen müssen.

Küchenneuigkeiten, heute aus erster Hand:
Die Alte hat ihn weichgekriegt, er wird einen Maler beauftragen.

Solange er selbst nicht noch mal sitzen müsse, habe Gresham gesagt. Und solange sie ihn jetzt in Ruhe lasse.

Ich werde es fertig schreiben, einfach fertig schreiben. Die letzten Bröckchen aufklauben, den sinnlosen Haufen beenden. Sinnlos, aber beendet. Fehlt eh nur noch Kat.

Kat

1. Die nicht ganz so liebe Cousine

Die nicht ganz so liebe Cousine kennt Mary Grey nur aus der Ferne, ein einziges Mal hat sie sie gesehen. Auf dem Weg ins Empfangszimmer, zum blassen Cousin, ist sie an der Herzogin und ihren Töchtern vorbeigeführt worden. Geflüsterbegleitet. Die Brut der Harpyie, Ellbogen wurden in Seiten gestoßen, die Tochter von Anne, der Hexe mit elf Fingern und elf Zehen, die es mit ihrem Bruder getrieben, mit ihrem eigenen Bruder getrieben hat.

Thomas Howard, Herzog von Norfolk, ist der Erste, der vor der Tochter der Harpyie kniet. Sie ausruft: Lang lebe Königin Elizabeth. Die über genau die richtige Anzahl von Fingern verfügt. Mit denen kneift sie – alle ungeschickt, stößt sie spitz in Seiten – nicht schnell genug oder hält einen Fächer, Kamm, Buch in ihnen, mit denen sie zuschlägt.

Die Welle schwappt, die nicht ganz so liebe Cousine bringt ihre Vertrauten mit. William Cecil, der die letzten Jahre ihre Güter verwaltet hat. Kate Ashley, ihre Amme, nun für die Ehrenmädchen zuständig. Die Knollys kehren aus dem deutschen Exil zurück, ebenso die Herzoginwitwe von Suffolk. Robert Dudley ist zunächst ihr Reitmeister, zuständig für die Pferde, sie scheint entschlossen, sich seinetwegen lächerlich zu machen. Nennt ihn »meine Augen«.

Die liebe Cousine saß, bestickte Hemden, eng, warm, friedlich. Die nicht ganz so liebe Cousine ist ständig in Bewegung. Geht in einem

der zahllosen Gärten spazieren, eine Hand an der Hecke, sie mag es, den Widerstand der Zweige zu spüren, ihr Nachgeben. Eilt durch die Gänge von Hampton Court, Westminster, Whitehall. Vorneweg die Fanfare, dahinter sie, gefolgt von zwei bis vier Damen, und schließlich ein Schweif Ehrenmädchen, zwölf mindestens, in Zweierreihen. Mary Grey ganz hinten, gibt acht, nicht zu stolpern, nicht gegen die vor ihr Hastende zu prallen, wenn der Zug unvermittelt anhält. Wenn sich die nicht ganz so liebe Cousine entscheidet, eine von zwei Möglichkeiten aufgeben muss, dann rast sie. Das rostfarbene Haupt voran, der Körper gespannt, die Arme rechts und links herabgestreckt, Hände geballt. Hinter ihr der Schweif, der achtgeben muss, bei den scharfen Kehren schnell wieder hinter den Körper zu gelangen, denn das rostfarbene Haupt beißt mit Freuden zu.
Manchmal schließt sich das Spalier, das die Fanfare geöffnet hat, und Beine rücken näher, trennen Mary Grey vom Mädchenschweif. Hüften und Hinterteile und der eine oder andere Hosenbeutel streifen ihre Wange. Sie lässt ihre Fingernägel wachsen, scharf feilen, presst sie in stramme Schenkel, ein wenig Haut zwischen ihnen, die sie mit Halbmonden verziert, bis der Weg wieder frei ist.
Wenn jemand Mary Grey bittet, seine Interessen bei der Königin zu vertreten, so stellt sie meist rasch fest, dass bereits einige andere Damen in derselben Angelegenheit tätig sind.

Ich war IHR gleichgültig. Kat hat SIE gehasst. Ihr Lachen, Blondhaar, Stupsnäschen, ihre nach vorn geschobenen Brüste, die weit aufgerissenen blauen Augen. Das Verstummen der Männer, wenn Kat an ihnen vorbeiging. Mary Stuart, flüstern sie in den Gängen, obwohl katholisch, obwohl weit weg, oder vielleicht gerade deswegen, SIE bevorzugt Mary Stuart. Hinsichtlich ihrer – sie wurde Spucketröpfchen-speiend-wütend, als Cecil wagte, es anzusprechen – Nachfolge. Kein eigenes Zimmer mehr für Katherine, zurück zu den Ehrenmädchen, sie wollte nach wie vor nicht neben mir schlafen, keine Bediensteten, kein freier Zugang mehr zu den privaten Gemächern der Königin.

2. Ruppig
»Deine Schwester wird Hertford heiraten«, sagt die Herzogin. Schmal ist sie geworden, das Kind nirgends zu sehen – ein gesundes Mädchen, hat Katherine Mary Grey berichtet, bis jetzt ganz normal, die Freude sei groß.
»Und das hat SIE erlaubt«, fragt Mary Grey, sie hat noch nicht mal Gerüchte über eine bevorstehende Anfrage gehört.
»Ihre Majestät in Ihrer Großmütigkeit wird es erlauben. Ich werde für die beiden bitten. Falls es etwas ruppig werden sollte für ein paar Tage, weißt du Bescheid.«
In den nächsten Wochen trägt Mary Grey Schüsseln und wartet. Faltet Hemden und wartet. Fegt die von einer Ferse geriebene Hornhaut zusammen und wartet. Dass es ruppig wird. Die nicht ganz so liebe Cousine stößt und zwickt nicht mehr als sonst.
Aber die Herzogin schreibt nicht. Stokes schreibt, an Katherine und Mary Grey. Es schmerze ihn sehr, mitzuteilen, dass seine geliebte Frau der Influenza erlegen ist. Mary Grey liegt wieder im Zimmer der Ehrenmädchen, betrachtet die Matratzenlandschaft unter dem Deckenhimmel, was sie eben tut in solchen Momenten.
Die nicht ganz so liebe Cousine ist gezwungen, ein Staatsbegräbnis zu bezahlen, William Cecil besteht darauf, alles andere sähe nicht gut aus. Das Getratsche an den kontinentalen Höfen, Katherine leitet die Trauer.
Blablabla

Das geht auch kürzer. Statt *Kat* müsste es *19 Dinge, die man nicht tun sollte* heißen.

Und dann:

1. Zuhören, wenn Edward Seymour, Graf von Hertford, Sohn des Protektors, Bruder der besten Freundin, ehemaliger Verlobter der eigenen Schwester, von: schöner als die Königin, und: ja eigentlich auch viel mehr Königin als die Königin, redet.

2. Ihm ausgiebig hinterherrennen.

3. Sich, sobald sich die Gelegenheit bietet, an jedem halbwegs geeigneten Ort, wenn man glaubt, fünf Minuten ungestört zu sein – was sich dann aber als falsch herausstellt –, von ihm besteigen lassen.

4. Ihm zur Freude sämtlicher Ohren und Münder bei Hofe noch mehr hinterherrennen, sobald sich seine Aufmerksamkeit wieder strammen Schenkeln in engen Wirtshäusern zuwendet. Seine Wohnung in der Cannon Row von Bediensteten überwachen lassen. Mit einem öffentlichen, nein, mit einem noch öffentlicheren Skandal drohen, wenn er nicht usw.

5. Sich, nachdem er die Wahrscheinlichkeiten abgewogen hat, mit Edward-Ehrgeiz-ist-erblich-Seymour verloben, selbstverständlich heimlich. Die eigene Mutter um Fürsprache bitten, und als diese stirbt:

6. Mit seiner Schwester und einem namenlosen Priester als einzigen Zeugen Ehrgeiz-ist-erblich-Seymour in seinem Schlafzimmer in der Cannon Row heiraten.

7. Es geheim halten.

8. Nicht mit einem öffentlichen Skandal drohen, wenn man erfährt, dass der heimlich geheiratete Ehemann heimlich die Königin um Erlaubnis ersucht hat, zu einer mehrmonatigen Reise nach Paris aufbrechen zu dürfen.

9. Unsicher sein, ob Anzeichen einer Schwangerschaft Anzeichen einer Schwangerschaft sind.

10. Den Ehemann nach Paris reisen lassen.

11. Kurz darauf sicher sein, dass man schwanger ist.

12. Keinen öffentlichen Skandal veranstalten, wenn der Ehemann auf die Bitte, er möge deswegen sofort nach Hause kommen, nicht antwortet. Stattdessen stumm den Geschichten von verfeierten französischen Nächten und durchgebrachtem Vermögen zuhören.

13. Noch immer keinen öffentlichen Skandal veranstalten, wenn der Ehemann auf ca. zwanzig weitere Briefe nicht antwortet. Auch nicht auf den, in dem man ihn unterrichtet, seine Schwester sei gestorben, und damit die einzige Zeugin für die Eheschließung, und schreibt, die Lage sei nun wirklich fatal, der Bauch kaum noch zu verbergen.

14. Sich noch nicht einmal der eigenen Schwester anvertrauen, die vielleicht jünger ist, aber die versucht hätte zu helfen, zumindest versucht hätte zu helfen.

15. Henry Herbert schöne Augen machen. Henry Herbert, mit dem man mal einige Wochen verheiratet-aber-dann-doch-nicht war. Ihm von unveränderten Gefühlen und drängender Sehnsucht schreiben. Geschenke von ihm entgegennehmen, im Halbdunkel natürlich – der Bauch, der verräterische Bauch.

16. Mit Bauch, mit verräterischem Bauch auf Sommerreise gehen, eingezwängt auf unebenen Straßen, von einer Seite auf die andere geworfen, beäugt vom ganzen Hof. Noch immer keine Antwort aus Paris. Aber die Königin hat ein Päckchen erhalten, von Ehrgeiz-ist-erblich-Seymour, mit Armbändern, und einen galanten Brief dazu.

17. Selber nicht antworten, wenn Henry Herbert schreibt, er habe erfahren, man trage ein Balg und sei eine Hure.

18. Die von ihm zurückgeforderten Geschenke behalten, auch dann noch, wenn er im nächsten Brief droht, einen bloßzustellen.

19. Entdecken, dass sie nicht mehr tuscheln, sondern unverhohlen deuten, und dann Robert Dudley in Todesangst versetzen, indem man sich im Nachthemd und mit Neunmonatsbauch in seiner Schlafkammer versteckt. In seiner neben der der Königin gelegenen Schlafkammer. Meine Augen *nennt die Königin ihn nach wie vor, und Robert Dudley fürchtet, sie werde ihm selbige ausreißen lassen, wenn sie einen Neunmonatsbauch im Nachthemd an seinem Bett kniend vorfindet. Robert Dudley, der nicht in Ruhe reden will. Er werde helfen, verspricht er, wenn sie nur gehe, endlich aus seinem Schlafzimmer verschwinde.*

Verhaftet wurde Kat am nächsten Morgen, zwei Wachen erschienen im Quartier der Ehrenmädchen. Wurde am selben Tag noch von Ipswich zur Befragung in den Tower gebracht, die Wachen mussten ihr in die Kutsche helfen. Sie hat sich nach mir umgedreht, gelächelt, ich solle ihre Hunde hinterherschicken gesagt. Hab sie nicht wiedergesehen.

Als der Gesandte der Krone beim Grafen von Hertford in Paris eintraf, ihn aufforderte, sich umgehend nach England zu begeben, um zu dem Vorwurf Stellung zu nehmen, er habe eine Jungfrau königlichen Blutes geschändet, erwiderte er, er sei zu krank zum Reisen.

Keine Zeugen bedeutet: keine Ehe, bedeutet: eine geschändete Jungfer, hat die Krone entschieden. Ein Junge – die Nachricht kam kurz darauf –, Kat hat im Tower einen Jungen geboren, er wurde Edward getauft. Keine Zeugen, keine Ehe, keine Wahrscheinlichkeit, sondern ein Bastard. Nach ein paar Tagen haben sie Hertford weichgekriegt – ein Leben im Exil mit wenig Vermögen gegen eines mit Wahrscheinlichkeit –, er ist nach London zurückgekehrt, direkt in den Tower. Ein Liebespaar, auch wenn sich alle einig sind, dass er sie nur aus Berechnung geheiratet hat, sitzengelassen hätte, wenn weitere Aussicht auf Vermögen-Durchbringen mit Nächte-Durchfeiern bestanden hätte. Und doch sagen alle: ein Liebespaar. Keine Monstrosität, der Unterschied zwischen beidem beträgt offenbar zweieinhalb Fuß.

Den Jungen haben sie Kat natürlich weggenommen, ihrer Schwiegermutter übergeben, und vielleicht wäre alles noch irgendwie in

Ordnung gekommen, wäre sie nicht erneut schwanger geworden. Im Gefängnis. Von Hertford, bestochene Wachen. Verheiratet diesmal, zweifellos, erneut ein Junge, dieses Mal eine Wahrscheinlichkeit, da konnte die Krone behaupten, was sie wollte. Beide wurden verlegt, in Einzelhaft, den Jungen haben sie Kat natürlich auch weggenommen. Bis zum Pestausbruch im Sommer '63, als zu Tausenden gestorben wurde jeden Tag, die Stadt eine Falle, der Tower eine Falle, und William Cecil wieder den kontinentalen Hofklatsch bemühte. SIE solle bedenken, wie das aussähe. Kat kam in den Hausarrest nach Pyrgo Park. Zwei Jahre hat sie dort durchgehalten und dann aufgehört zu essen. Die Kinder habe ich nie getroffen. War kurz darauf selber in Hausarrest. Ich wäre vielleicht mit Keyes durchgekommen, wenn Kat nicht vorher Hertford – aber egal.

30. Oktober 1571, Bishopsgate

Sie haben Ellen runtergebracht. Sie ist einfach mitgegangen, hat nicht protestiert, zwei Burschen haben sie rechts und links gestützt. Ansteckung, sagte Gresham, in Anbetracht der Ansteckungsgefahr sehe er sich gezwungen, darauf zu bestehen.
Warte auf das neue Mädchen. Noch immer im Nachthemd.

Es ist braunhaarig, stämmig, mindestens zwei Kopf größer als ich. Seine Hände zittern, es sitzt auf dem Schemel bei der Tür. Hab versucht, mit ihm zu reden.
Wo es herkomme.
Surrey.
Ob es schon lange hier in Stellung sei?
Beinahe ein Jahr.
Ob es ihm gefalle?

Nicken.
Geschwister?
Nicken.
Wie viele?
Drei.
Brüder?
Kopfschütteln.
Schwestern?
Nicken.
Ob Mrs Wotton eine freundliche Person sei?
Nicken.
Sie schimpfe sicher häufig.
Wieder Nicken.
Ist sie nun freundlich oder schimpft sie viel?
Das wisse es nicht. Sah aus, als würde es gleich anfangen zu weinen. Hab es in Ruhe gelassen, gesagt, es soll mein Journal bringen. Wusste nicht, was ein Journal ist, hat erst den Becher hochgehalten, nein, das Fläschchen Bleiweiß, nein, hab aufs Regal gedeutet. Die Foxe'schen *Märtyrer*? Nein. Hab lachen müssen, überlegt, ob ich es jedes Buch einzeln rausziehen und wieder zurückstellen lasse.
Eine Weile hat es neben dem Tisch gestanden, nicht gewusst, was es machen soll, schließlich ist es in den Flur gegangen.
Hab es fragen hören, ob es auch oben bleiben müsse, wenn es gar nichts zu tun gebe.
Ja, für den Fall, dass ich etwas benötige, hab ich gerufen, so laut ich konnte, hat gedauert, bis es sich wieder ins Zimmer traute.

Der Tod ist im Haus, die Alte außer sich, steht nicht am Treppenaufgang, ist in ihren Räumen, höre sie dennoch. Der Tod ist im Haus, liegt unten in ihrer Küche und erbricht sich. Das ist erst der

Anfang, schreit sie, bald werden wieder jeden Morgen die Glocken läuten, wenn die Toten abgeholt werden, Warnungen an vernagelten Türen hängen usw. Sie endet mit: die heilenden Wiesen von Osterley. Das ganze Haus riecht nach verbrannten Kräutern. Vor ihrer Kammer steht der Rauch so dicht, dass einer der Diener brüllt, man möge Wassereimer bringen.
Gresham schreibt, bittet um Erlaubnis, den Haushalt aufs Land verlegen zu dürfen, meine Frau ist in großer Sorge, geplagte Seele, halb wahnsinnig vor Angst etc. pp.

31. Oktober 1571, Bishopsgate

Beim Waschen gestern Abend sah es aus, als würde es gleich weinen.
Hat den Lappen in die Schüssel getaucht, ihn ausgewrungen, nicht genug. Das tropft noch, hab ich gesagt. Ganz weiß sind seine Finger geworden, so fest haben sie den Stoff zusammengepresst. Ihn langsam meinen Schultern genähert, meinem Hals. Achtgegeben, dass die Hand meine Haut nicht berührt.

Hat nicht geschlafen. Lag wach, hab es am Atem gehört. Unruhig, mal tiefe, mal kurze Züge, und wenn ich auch nur ein wenig das Bein bewegt habe, hat es die Luft angehalten. Ans Fußbrett gepresst, hab nicht erkennen können, wo sein Kopf lag. Ob es mich ansah. Auf eine Bewegung wartete. Was sollte ich ihm denn tun? Mich auf es stürzen? Beißen?
Jetzt gähnt es den ganzen Morgen, Verzeihung, Verzeihung, Verzeihung. Verteilt seinen übelriechenden Atem im ganzen Zimmer, hab es runtergeschickt, es soll sich den Mund ausspülen, etwas Reisig nehmen. In der Küche mag es gleich sein, wie ein Mädchen

riecht, doch oben in den Zimmern darf man anderes erwarten. Das Anziehen war furchtbar. Hat es noch nie gemacht, das Korsett ist mir immer wieder auf die Hüfte gerutscht. Mit einer Hand halten, mit der anderen binden, kann nicht so schwer sein. Hat jedes Mal, wenn es das Korsett wieder hochschob, das Hemdchen darunter mit hochgezogen, der Stoff hat Falten geschlagen, Wülste gebildet unter dem Gestänge, wir mussten das Korsett wieder abnehmen, neu anfangen. Lass gut sein, habe ich schließlich gesagt, es solle mir das Hauskleid bringen. Wusste natürlich auch nicht, was das ist. Werde nach Ellen sehen gehen. Im Hauskleid. Unfrisierte Haare zu einem Zopf auf dem Rücken zusammengebunden. Einem Zopf, der gestern Abend geflochten wurde, mit borstig hervorstehenden Spitzen.

In dem großen Raum neben den Öfen war sie nicht. Nur Köche und Burschen und Mädchen mit Messingtöpfchen oder Messern oder Holzlöffeln. Zwiebelschalen, ein ganzer Haufen auf dem Boden, die knistern, sobald jemand hindurchläuft. Auf dem Tisch liegen Schweinefüße, einer der Burschen dreht Hühnerflügel, dreht beide Enden gegeneinander, bis sie knirschend auseinanderbrechen. Als ich ankam, wurde gerade die Glut aus den Öfen gezogen, mit großen Holzpaddeln in die Schütten hinein, Funkenfontänen. Alle sind stehen geblieben, haben innegehalten, mit was immer sie gerade in den Händen hielten ging es herunter auf die Knie. Wussten nicht, was sie tun sollten auf den Knien, die orange glimmenden Bröckchen auf dem Boden bekamen schwarze Kanten. Verzeiht, sagte einer der Köche, wir müssen weitermachen.

Ellen ist in dem kleinen Kabinett für die Zuckerwaren.
Sie braucht Ruhe, sagt Mrs W., hat nach wie vor Fieber.
Hab drauf bestanden, dass sie sie zu mir bringt. Nach etwas Hin

und Her hat Mrs W. sich einfach umgedreht, ist wortlos gegangen. Hab überlegt, Gresham zu rufen, da kamen sie wieder, sie und ein stämmiger Bursche und Ellen in der Mitte. Als müsste sie gestützt werden.
Ob ich beten würde, hat Ellen gefragt, als sie mich gesehen hat.
Hab genickt. Sie wollte nicht, dass ich ihre Hand nehme, das Fieber könne überspringen.
Ich vermisse dich, hab ich gesagt.
Ob das Mädchen sich geschickt anstelle, Mrs W. halte sehr viel von ihr.
Es ist zu weinerlich.
Ich solle Geduld haben, hat Ellen geantwortet. Geduld, Geduld, Geduld. Und weiterbeten. Sie bete ununterbrochen für mich, leise zwar, aber wenn sie nicht schlafe, dann bete sie.

Es reicht, hat Mrs W. gesagt, sie werde Ellen Brühe bringen lassen. Der Bursche hat sie allein gestützt, ist mit ihr den Gang runter.
Ich geleite Eure Hoheit hinauf, hat Mrs W. gesagt. Als wüsste sie nicht, wie ich richtig angesprochen werde.
Oben hat sie böse Blicke geworfen, dem Mädchen zu, Anne nennt sie es.
Ich kann nichts dafür, sagt es, sie war weg, als ich wiederkam. Hab den Nachttopf weggebracht, ich muss doch den Nachttopf wegbringen.
Sie soll aufhören zu jammern und mich richtig anziehen, hat Mrs W. erwidert und ist gegangen. Auf dem Weg nach draußen hat sie sich noch einmal umgedreht, sich verbeugt, ein wenig nur, gerade genug, dass ich mich nicht bei Gresham über sie beschweren kann.

Wann immer Ellens Gebete erhört werden, die der Alten wurden es: Es geht aufs Land. Es geht tatsächlich aufs Land. Gresham hat Erlaubnis erhalten, den Haushalt nach Osterley zu verlegen: *Zur Besserung seiner Gesundheit und zum Trost von Lady Mary*. So steht es in dem Brief von Cecil, das Haus ganz still vor Erstaunen. Die Alte hat so oft von Osterley gesungen, seinen heilsamen Wiesen und der lebensverlängernden Luft, dass es allen so unerreichbar erschien, als wäre es ein magisches Gefilde, das Paradies am Ende des Regenbogens und nicht ein Landsitz irgendwo in Hounslow.

1. November 1571, Bishopsgate

Ellen ist zurück. Noch schmaler als sonst, freut sich aber, mich zu sehen.

War bei Gresham. Ich möchte mich malen lassen, hab ich gesagt. Ob er sich für mich nach dem Verbleib eines Malers erkundigen könne.
Was Frauen mit Gemälden hätten, er hat den Kopf geschüttelt. Er werde Cecil schreiben und ihn um Erlaubnis bitten. Und wenn es mir gestattet sei, wolle er gerne den Maler meine Wünsche ausfindig machen. Solange ich diesen mit eigenen Mitteln bezahlen könnte.

2. November 1571, Bishopsgate

Ellen ist verschwunden. Warte seit anderthalb Stunden. Anderthalb Stunden. Auf Frühstück. Mein Hals juckt, gereizt und trocken, der Krug beinah leer, hab versucht, den Ale-Rest zu trinken, musste würgen, reichlich Flockiges hatte sich abgesetzt.
Beim Aufstehen nichts Bemerkenswertes. Ellen hat mich gewa-

schen, angezogen, ist runter, komme gleich wieder, seitdem warte ich. Tratschen, wenn sie das Tablett wieder runterbringt, ihre Pflichten mir gegenüber einigermaßen erledigt hat, ist eine Sache. Werde runtergehen müssen. Nach ihr sehen. Sie ist nicht auf der Treppe ausgeglitten und liegt seltsam auf den Stufen, das hätte ich gehört.

Sie kam mir auf der Treppe entgegen, mein Tablett in den Händen, ist zwei Stufen unter mir stehen geblieben. Hat es mir einfach gegeben, das Tablett, war so verblüfft, dass ich es genommen habe.
Mrs Wottons Vater sei gestorben, hat Ellen gesagt, sie hätte die Nachricht erhalten, als sie mein Frühstück holen wollte, und sich umgedreht, ist die Stufen einfach wieder runtergegangen. Hat mich mitten auf der Treppe stehen lassen, das Tablett in der Hand. Hab überlegt, ob ich die Griffe einfach loslassen soll. Zusehen, wie Teller, Ale-Krug, Senftopf herunterkollern. Wollte mir nicht mehrere Tage Mutter-der-Barmherzigkeit-zertritt-durch-dein-unbeflecktes-Herz-die-Schlange einhandeln. Hab das Frühstück ins Zimmer getragen, das Ale ist übergeschwappt, eine Lache auf dem Tablett. War zu schwer, um es hoch auf den Tisch zu hieven, hab es auf der Fensterbank abgestellt. Mit den Fingern gegessen.

3. November 1571, Bishopsgate

Das Journal ist bald voll. Ellen wird mir ein neues mitbringen, von einem ihrer Ausflüge. Wird das alte heimlich nehmen und verbrennen, so wie sie es mit denen davor gemacht hat. Ist besser so, sagen. Gresham lasse ausrichten, dass er den Namen des Malers brauche. Ellen versteht nicht, wiederholt die Worte erneut.

4. November 1571, Bishopsgate

Ich werde in London bleiben, hat sie gesagt. Einfach nur: Ich bleibe in London.

Wie sie sich das vorstellt, hab ich gefragt. Das geht nicht, gesagt. Sie hat weitergeredet, von Mrs Wottons Vater. Von einem Erbe. Einem Wirtshaus. Ich werde mich um die Zimmer kümmern, hat sie gesagt. Alles sauber halten. Gresham lasse bereits Erkundigungen einziehen in befreundeten Haushalten, nach einer geeigneten Person für mich, sagt sie. Eine geeignete Person.

Hab sie rausgeschmissen; hab solange RAUS gebrüllt, bis sie gegangen ist, die Treppe runter.

Ich will sie nie wiedersehen. Wenn ich ihr so wenig bedeute, soll sie ganz wegbleiben. Nie wieder.

Hab abgeschlossen. Wollte eigentlich nur die Tür zuschlagen, laut zuschlagen, der Schlüssel steckte von außen, hab ihn genommen und von innen abgeschlossen.

Sie wird schon sehen, was sie davon hat. Soll sie nur wieder angekrochen kommen, wenn es doch nicht so schön ist mit all den Betrunkenen, dem Gespucke und Getanze und An-die-Brüste-Greifen. Dem Erbrochenen und den herausgeschlagenen Zähnen, die man am nächsten Morgen zusammenkehrt. Soll sie nur kommen und betteln, dass ich sie aufnehme. Nie wieder. Will sie nie wiedersehen.

Schritte, die Türklinke hat sich bewegt.

Ich solle nicht albern sein und die Tür öffnen, sagt Ellen draußen. Werde nicht antworten. Werde nie wieder mit ihr reden. Wie kann sie nur. Für eine Mrs Wotton. Gewöhnliches Küchenpersonal. Soll sie doch klopfen, ich werde nicht aufmachen. Hergelaufene Fremde bedienen statt mich.

Herrgott, ruft sie, jetzt macht schon auf.
Hämmert, mit der Handfläche, würd ich sagen, gegen die Tür. Hoffe, sie holt sich blaue Flecken.

Wieder Ruhe. Hoffe, sie holt nicht Mrs W. Das geht nicht. Sie muss einsehen, das geht nicht. Kann mich nicht einfach so sitzenlassen. Das geht nicht. Wie soll ich denn ohne sie –
Dinner, ruft Ellen vor der Tür. Pause. Ob ich denn nichts essen wolle?
Werde nicht antworten.
Kapaun, ruft sie. Und Salat. Zum Nachtisch Gelee. Gelbes Gelee. Mit Honig.
Bleibe still. Egal, was sie da draußen veranstaltet, ich werde ganz still sein. Bis sie Angst kriegt. Mir könnte was passiert sein, ich könnte mir was angetan haben. Als wenn ich mir ihretwegen was antun würde – werde lachen, wenn sie die Tür aufbrechen.

Tok, Stöhnen, tok, Stöhnen. Gresham.
Lady Mary, ruft er, als er oben ist. Lady Mary, ich habe gute Nachrichten. Von dem Maler. Er könne es einrichten, schreibt er. Ich werde ihm antworten, dass ich mich sehr freuen werde, ihn in Osterley zu empfangen. Dort könnt ihr ihm in Frieden sitzen.

Wieso der Schlüssel denn überhaupt gesteckt hat, fragt Gresham. Hinter dem Holz beratschlagen sie. Sie wird Durst kriegen, sagt Gresham, das wird sie raustreiben, sagt er. Tok, Stöhnen, tok, Stöhnen, er macht sich wieder auf den Weg nach unten.
Hab Ellen noch eine Weile gehört, irgendwann ist sie auch gegangen.
Der Ale-Krug ist vielleicht noch eine Handbreit gefüllt. Könnte es mir aufteilen, winzige Schlückchen, jedes Mal, wenn die Glocken

schlagen, einen. Hunger habe ich auch. Wenn Ellens Vorräte noch im Regal lagern würden, könnte ich tagelang ausharren.
Warum leide ich Durst, warum bin ich hungrig, wenn sie vergessen hat, was ihr Platz auf Gottes Erden ist? Vergessen hat, was Pflicht bedeutet? Oder Gewissen? Warum muss ich verdursten, weil Ellen kein Gewissen hat, sich unten in der Küche mit Mrs Wotton die Fleischstücke in den Mund schiebt. Sie mit den Stumpen zerbeißt.

Hab die Tür aufgemacht, weit aufgemacht. Den Schlüssel in meiner Kiste versteckt. Werde sitzen und arbeiten, als sei nichts gewesen. Reden werde ich nicht mit ihr, werde nie wieder mit ihr reden. Lieber hergelaufene Fremde bedienen statt mich.

5. November 1571, Bishopsgate

Egal, wie sehr ich schweige, Ellen redet und redet und redet. Sie werde bei mir bleiben, bis wir nach Osterley umziehen. Kaum bemerken würde ich es. Für mich wäre eine Veränderung auch gut. Immer nur mit mir altem Weib, sagt sie. Ein jüngeres Mädchen, in Eurem Alter, sagt sie. Mehr wie eine Gefährtin, sie selber habe erst jetzt erfahren, wie wichtig es sei, einen Menschen zu haben, mit dem man sich austauschen kann.
Wünschte, ich würde krank.

6. November 1571, Bishopsgate

Traurig

7. November 1571,
zum letzten Mal: Bishopsgate

Das war es also. Den restlichen Wandvorhang fressen die Motten ohne mich.

Alles ist fertig. Alles gepackt. Hab Ellen runtergeschickt, wollte nicht, dass sie weiter neben mir die Nase hochzieht, sich mit den Handgelenken immer wieder die Wangen abwischt.

Ich könne ja schreiben, Mrs Wotton werde ihr die Briefe vorlesen, hat sie gesagt. Und ich solle nicht vergessen: Sie werde jeden Abend für mich beten.

Wusste nicht, was ich antworten sollte. Will noch arbeiten, ist es schließlich geworden.

Werde mich von ihr verabschieden, wenn das Gepäck verladen ist.

Ein letztes Weichet-all-ihr-Mutter-der-Barmherzigkeit.

Immerhin hat sie dieses Journal nicht gekriegt.

Rot!

Hans Eworth, 1571, Osterley

Mary Grey wird im Mai 1572 aus dem Hausarrest entlassen und lebt zunächst bei Adrian Stokes, ab Februar 1573 unterhält sie einen Haushalt in St Botolph Without Aldgate am Rande Londons. 1574 akzeptiert Elizabeth I. zwei Broschen als Neujahrsgeschenk von ihr, 1577 wird Mary Grey wieder Ehrenmädchen. Doch nicht für lange, im April 1578 stirbt sie an der Pest, im Alter von 33 Jahren. Sie war wahrscheinlich weitaus protestantischer, als ich sie in diesem Buch porträtiert habe.

Thomas Howard, 3. Herzog von Norfolk, wird im Januar 1572 hingerichtet. Mary Stuart erst 1587, wegen einer anderen Verschwörung.

Sir Thomas Gresham stirbt 1579. Einen Teil seines Vermögens erbt eine Stiftung zur Einrichtung von Gresham College. Das von ihm errichtete Gebäude des Royal Exchange wird beim großen Feuer von London im Jahr 1666 zerstört.

Catherine Willoughby, Stiefgroßmama, lebt ein Jahr länger, bis 1580, ist immer pleite und viel bei Hofe.

Anne Gresham, die Alte, stirbt noch viel später, nämlich erst 1596 in dem nun stillen Haus am Bishopsgate, das nach ihrem Tod Sitz von Gresham College wird.

Edward Seymour, Graf von Hertford, stirbt als Letzter 1621, nach zwei weiteren clandestinen Ehen. Er scheitert 1603 mit dem Versuch, nach dem Tod von Elizabeth I. den Thronanspruch von seinen und Katherine Greys Söhnen gegen die schottischen Stuarts durchzusetzen.

Und Ellen? Ellen hat es nie gegeben. Sie lebt daher ewig.

Lieber Leser, ich bin keine Historikerin und dies ist kein historischer Roman, sondern die literarische Aneignung eines historischen Stoffes. Ich habe trotzdem versucht, die historischen Begebenheiten so genau wie mir möglich zu berücksichtigen. Manchmal musste ich sie den textlichen Notwendigkeiten anpassen (Greshams Haushalt und somit Mary Grey siedelten z. B. bereits im Oktober 1571 nach Osterley um), manches habe ich der Einfachheit halber geändert (anstatt z. B. das Jahr im April beginnen zu lassen, wie in der Tudorzeit üblich, habe ich unseren Jahreswechsel zum 1. Januar zugrunde gelegt), und manches habe ich einfach nicht klären können (z. B., ob sich die verdammten Fenster öffnen ließen oder nicht. Wäre immer noch für jeden Hinweis dazu dankbar).

Figurenliste

A. ER und SIE

- Henry VIII., der gewichtige Onkel mit faulendem Bein und immer neuen Frauen
- sein Sohn Edward VI., der fahle Cousin
- seine ältere Tochter Mary I., die liebe Cousine
- seine jüngere Tochter Elizabeth I., die nicht ganz so liebe Cousine

- Katharina von Aragon, 1. Ehefrau von Henry VIII., Mutter von Mary I.
- Anne Boleyn (La Putain), 2. Ehefrau von Henry VIII., Mutter von Elizabeth I.
- Jane Seymour, 3. Ehefrau von Henry VIII., Mutter von Edward VI., Schwester von Edward und Thomas Seymour (s. u.)

B. Die Familie

- Henry Grey, erst Graf von Dorset, später Herzog von Suffolk, ein Spieler
- Frances Grey, geb. Brandon, erst Gräfin von Dorset, dann Herzogin von Suffolk, seine Frau
- Jane Grey (J.), älteste Tochter und Märtyrerin
- Katherine Grey (Kat), mittlere Tochter und Federkopf

- Mary Grey, zu kleine Tochter und Wesen
- Charles Brandon, Herzog von Suffolk, Vater von Frances Grey, bester Freund des gewichtigen Onkels
- Mary Tudor Brandon, seine Frau, Mutter von Frances Grey, Schwester von Henry VIII., für neun Monate Königin von Frankreich, in den Landregen verbannt, früh gestorben. Sechs Wochen später heiratete Charles Brandon die Dreizehnjährige
- Mary Stuart, die schottische Cousine, Enkelin von Mary Tudor Brandons Schwester Margaret Tudor

C. Die Angeheirateten

- Catherine Willoughby Brandon (Stiefgroßmama), überzeugte Protestantin und ständig pleite
- Adrian Stokes, zweiter Ehemann von Frances Grey
- Guilford Dudley, Ehemann von Jane Grey, die ihm nicht gibt, was er verlangt
- Henry Herbert, erster Ehemann oder auch nicht von Katherine Grey, Sohn von William Herbert, Graf von Pembroke (s. u.)
- Edward Seymour, Earl of Hertford, Sohn des Protektors (s. u.), erst mit Jane verlobt, später Katherine Greys zweiter Ehemann und Vater ihrer Kinder
- Thomas Keyes, Sergeant Porter, Leiter der Sicherheit in Westminster Palace, Mary Greys Ehemann

D. Bei Greshams

- Thomas Gresham, königlicher Diplomat im Ruhestand und Händler
- Anne Gresham, geb. Fernley, die Alte, seine Frau
- The Royal Exchange, seine große Liebe
- Mrs Wotton, eine Köchin oder nichts als Gesinde

- Thomas Howard, Herzog von Norfolk, ist eingesperrt und wird den Kopf verlieren
- Diverse Dienstboten

E. Bei Hof

- Catherine Parr, die Königinwitwe, letzte Frau von Henry VIII., in zweiter Ehe verheiratet mit Thomas Seymour, dem jüngeren Onkel von Edward VI.
- Edward Seymour, Graf von Somerset, der Protektor. Der ältere Onkel von Edward VI. und dessen Regent von 1547–1549
- Edward Seymour, Graf von Hertford, sein Sohn (s. o.)

- John Dudley, Herzog von Northumberland, 1549–1553 Lord President des Rates, Regent für Edward VI.
- Jane Dudley, Herzogin von Northumberland, seine Frau
- Robert Dudley, ihr dritter Sohn, später Graf von Leicestershire, »Favorit« von Elizabeth I.
- Guilford Dudley, ihr vierter Sohn (s. o.)

- William Herbert, Graf von Pembroke, Mitglied des Rates, der jederzeit fünftausend Mann in seinen walisischen Ländereien mobilisieren kann
- Henry Herbert, sein Sohn (s. o.)

- Die Clifford Schwestern, Cousinen der Greys
- Diverse weitere Hofdamen und Ratsmitglieder

F. Und sonst

- William Cecil, Lord Burleigh, erst Sekretär des Protektors, dann in Diensten von John Dudley, dann Vermögensverwalter von Prinzessin Elizabeth und schließlich: Staatssekretär und Lord-

kanzler von Elizabeth I. oder anders ausgedrückt: größter Sieger aller Zeiten im Wer-ist-am-schnellsten-beiseite-Spiel
- William Hawtrey, Besitzer des Landsitzes Chequers
- Ellen, Mary Greys Dienstbotin, Mutter der Barmherzigkeit

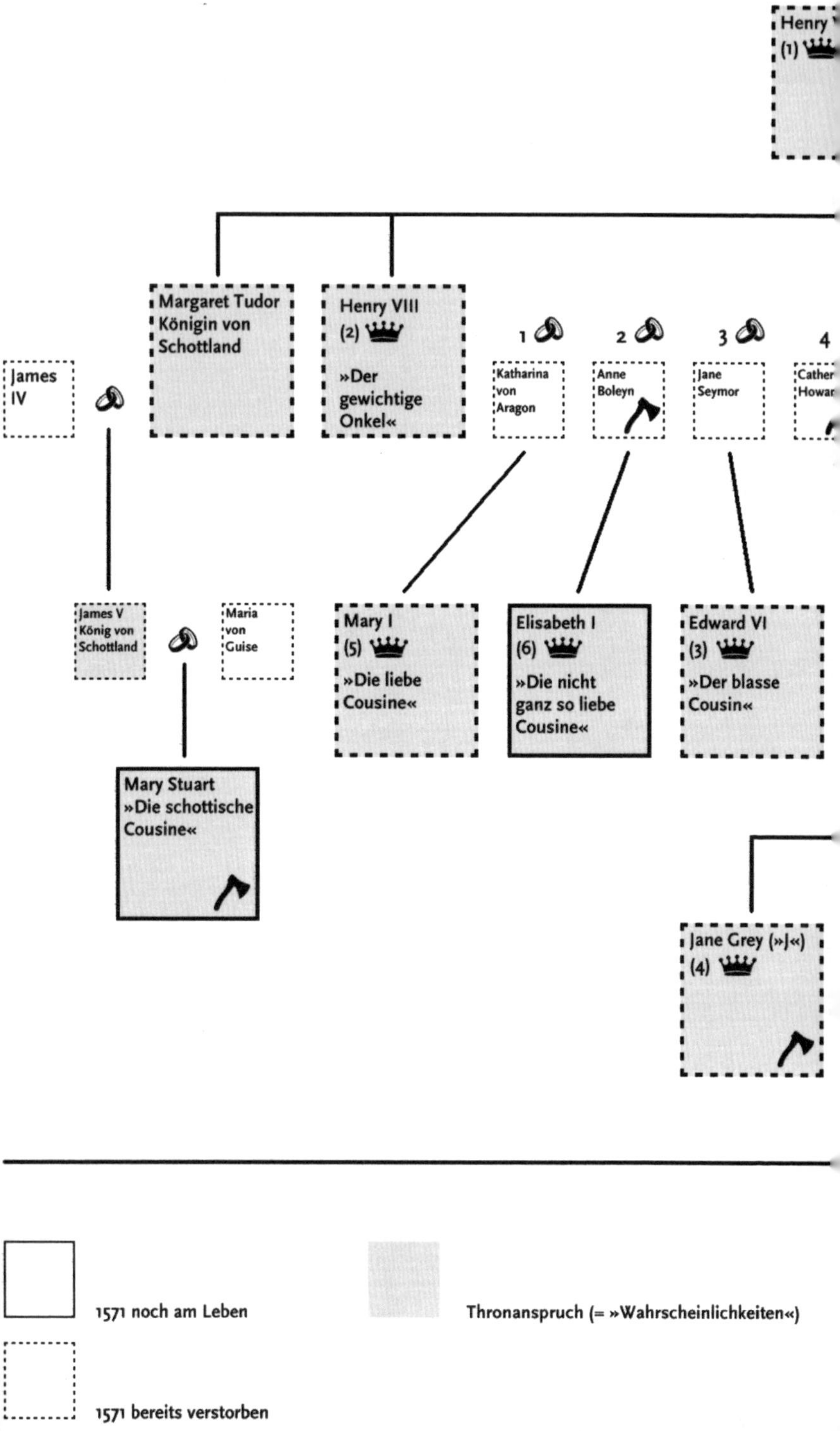

Henry
(1)
Margaret Tudor Königin von Schottland
Henry VIII
(2)
»Der gewichtige Onkel«
1
2
3
4
James IV
Katharina von Aragon
Anne Boleyn
Jane Seymor
Cather
Howar
James V König von Schottland
Maria von Guise
Mary I
(5)
»Die liebe Cousine«
Elisabeth I
(6)
»Die nicht ganz so liebe Cousine«
Edward VI
(3)
»Der blasse Cousin«
Mary Stuart
»Die schottische Cousine«
Jane Grey (»J«)
(4)
1571 noch am Leben
Thronanspruch (= »Wahrscheinlichkeiten«)
1571 bereits verstorben